U1003157

云鹿居漫笔

朱玉麒 著

凤凰枝文丛／孟彦弘 朱玉麒 主编

凤凰出版社

图书在版编目（CIP）数据

云鹿居漫笔 / 朱玉麒著. -- 南京 : 凤凰出版社,
2020.6
（凤凰枝文丛 / 孟彦弘，朱玉麒主编）
ISBN 978-7-5506-3186-1

Ⅰ. ①云… Ⅱ. ①朱… Ⅲ. ①随笔—作品集—中国—当代 Ⅳ. ①I267.1

中国版本图书馆CIP数据核字(2020)第075333号

书　　名	云鹿居漫笔
著　　者	朱玉麒
责任编辑	倪培翔
书籍设计	徐　慧
出版发行	凤凰出版社(原江苏古籍出版社) 发行部电话025-83223462
出版社地址	南京市中央路165号,邮编:210009
出版社网址	http://www.fhcbs.com
照　　排	凤凰零距离数字印前中心
印　　刷	苏州市越洋印刷有限公司 苏州市吴中区南官渡路20号　邮编:215104
开　　本	880毫米×1230毫米　1/32
印　　张	11.375
字　　数	209千字
版　　次	2020年6月第1版　2020年6月第1次印刷
标准书号	ISBN 978-7-5506-3186-1
定　　价	68.00元 (本书凡印装错误可向承印厂调换,电话:0512-68180638)

朱玉麒

1965 年生，江苏宜兴人，中国古典文献学博士。现任北京大学历史学系暨中国古代史研究中心教授、《西域文史》主编。主要从事唐代典籍和西域文献、清史与清代新疆问题、中外关系史研究。著有《徐松与〈西域水道记〉研究》《瀚海零缣：西域文献研究一集》等。

弁 言

“凤凰台上凤凰游”，是李白《登金陵凤凰台》之诗句，昔年我江苏古籍出版社立足南京、弘扬文史，而更名所由也。

“碧梧栖老凤凰枝”，是杜甫《秋兴八首》所吟咏，今日我凤凰出版社为学林添设新枝，而命名所自也。

30 多年来，凤凰出版社围绕中华传统优秀文化，彰显传承文明、传播文化、服务大众、贡献学术的出版理念，坚持以整理出版中国文、史、哲古籍及其研究著作为主的专业化方向，蒙学界旧雨新知之厚爱、扶持，渐已长成“碧梧”，招引了学界“凤凰”翩然来栖。箫韶九成，凤翥凰翔！嘤其鸣矣，求其友声！

“凤凰枝文丛”是本社与学界同人共同打造之文史园地，除学术研究论文外，举凡学人往事、经典品评、学术札记之文化随笔，旧学新知，无所不包。是作者出诸性情而诗意栖息之地，读者信手撷取而涵泳徜徉之处。

“凤凰鸣矣，于彼高冈。梧桐生矣，于彼朝阳。”

愿“凤凰枝文丛”成为我们共同的文化家园。

2019.5.22

引言

《云鹿居随笔》是我最近二十多年来学术论文之外的部分文字结集。当然，它们仍与学术有关，记人、品书，都是对我学术成长过程中接受教益的点滴记录。

记人的部分，是我从学、任教期间对一些师友的回忆。它们按照中学、大学、研究生和现在工作的时间顺序来写，但并不代表我成长过程中所有的受教内容，只是因为一些特殊的因缘，将其中的部分人事记录了下来。其中有些是为年长的老师祝寿，如郭预衡先生、郁贤皓老师。有些是老师们去世后的追思。写我中学时代受到影响的陈老师，其实并未见面；大学时代的吴老师，是我觉得应该在很久以后才会写作的纪念文字，却意外地因为他的早逝而急就。研究生就读时的北师大，总让我有找寻百年名校学术史的冲动，因此会记录下仓石武四郎、刘盼遂等等先哲的事迹。冯其庸先生出现在我远赴新疆以后的生活中，成为我在丝绸之路上的引路人，在西域研究的历程中，因此会常常写到他。……其实自己的成长过程，受益于师友的教育资源，远远超过文字的记录，将来有机会，还应该写出更多，来与读者分享。

品书的部分，也同样只是泛览书海的一粟。我在北师大攻读研究生以来，才开始写书评。第一篇书评，是接受了冯其庸先生馈赠的《瀚海劫尘》后的心得。此后在读研期间，陆续写了不少与专业相关的书评。那时候聂石樵先生每有新书，必定赐赠，因此我以补课的心态接受他所代表的北师大古代文学史教学，写下了读书报告。傅璇琮先生在给我的博士论文写过评语后，就引我为唐代文学研究的同道，不断将其新著赐下，每每读过，有所心得，即写出评介文字来。那一段时间我主要从事唐代文献的研究，所以这方面的书评也偏多些。

记录下来的这些人，每一位都是我身边读不尽的书；品评欣赏的那些书，它们的作者也都是我曾经与闻謦欬的学人。书与人，虽有形式的不同，结集一看，却都是自己学习历程的反映，与读者分享的同时，也是留给自己的印记。

其中大部分的文字，都曾经发表，因此会在文末有所标注；部分则未曾发表。现在发表这些文章，从标题到文字，多少有些改正，读者引用，请以此集为准。最后，感谢凤凰出版社，让我的这些随笔文字得到结集出版的机会。

2019 年 6 月 5 日，北大朗润园

目录

第二辑　艺苑史海珍赏

图版目录

第一辑　学林前辈杂忆

有一个老师叫陈元康

——我中学时代的启蒙师

“宜兴县中三样宝，苍蝇蚊子癞蛤蟆。”这是我在县中念书的时候，寄宿的同学传出来的顺口溜。癞蛤蟆要念成 lagebao 或者 labegao，才与前面的“宝”押韵，凡是宜兴人都知道。

按照文学作品生成的规律，这些校园民谣产生于这样的习惯：对自己当下的环境极尽讽刺，夸大不满。但是生活并不像这些歌谣概括的那么糟糕，特别是一旦这段生活成为过去，我们又充满怀念。现在想想，苍蝇蚊子癞蛤蟆，在夏天的宜兴，哪里没有？偏偏这些寄宿在县中一条水渠边上的同学，因为想家，晚上听到田鸡的聒噪，睡不着觉，编了这个顺口溜来泄愤。明明是蛙声一片，可以入诗，他们却怪罪晚上不叫的蟾蜍。

因为自己是城里的走读生，我总是羡慕他们在校园里无忧无虑的念书方式。那时便经常到他们的宿舍里喝口水什么的，看他们一个个蚊帐包围着的小小空间，组成了坚不可摧的班级集体。

出产癞蛤蟆的水渠，横贯全校，经过宿舍的南边，从一堵围墙下穿出了校园。这条活水，给校园增添了不少的秀丽，也是县中地灵人杰的风水源泉。我后来到过许多学校，看到有水的校园，总感到它有不同凡响的神秘力量，与这个学校的优秀师资共同酿造了他们的杰出学子。

与这宿舍一墙之隔、流水相通的地方，我本来不知道是什么单位。有一天，几个同学在水泥台上打乒乓球，出了一身汗，急于喝水。于是陈曙同学就说："走，翻墙头！"

我就跟着他翻过墙头，到了隔壁。

隔壁竟然也是一个学校，是教师进修学校。从层次上来说，就是我们宜兴的大学了（图1）。

我们走进一个宿舍楼，穿过幽暗的走廊，在中间一个门前停下来。陈曙带着我们走进了一间宿舍。里面没有人。简单的床铺和办公桌椅之外，我看到了满房子的书。

全部是文学方面的书，是我们的教科书之外的很多书，古代文学方面的书居多。在一楼比较潮湿的空间里，在外面绿树掩映的光线下，这些书静静地矗立在那里，散发着淡淡的纸墨香味。我从来没有见过这么多文学的书，用我现在的回忆来说，它们构架了一个非常完整而有系统的文学史空间。

图 1　1980 年代的宜兴教师进修学校校门

陈曙在那里忙着从竹壳的热水瓶里给我们倒水。但我这个时候已经不觉得口渴，迫不及待地伸手去翻阅那些书本，我记得有一套完整的人民文学出版社出版的中国古代文学理论丛书，《四溟诗话》《姜斋诗话》那些繁体字的黄色的封面，至今还印在我的脑子里。几乎每本书的扉页，可以看到鲜红的篆文藏书印章，让我仿佛回到了古代。它们第一次震撼了我，使我真切地感觉到文学殿堂的深奥宽广。

第二年，文理分科，我按照自己的兴趣去了文科班

再后来，我也拥有了在那个房间里见到的文学

图 2　献县任教时期的陈元康老师

那个神秘的书房的主人，是陈曙的叔叔，在教师进修学校任教的陈元康。

二十多年之后，我和陈曙在离开宜兴非常遥远的地方相逢，说起那段往事。

他第二天就给我寄来了《有一个地方叫献县》的文章，那里回忆了他已故的叔叔的故事，使我对这位未曾谋面的老师增加了更多的崇敬（图 2）。

他曾经在那个出生了纪晓岚的献县教书多年，为那里培养出了走入清华、北大的高才生。难怪，我是如此地幸运，他没有出现，就用他的书房，给我上了一课，指引我走上了文学研究之路。

我是如此怀念老县中那个古色古香的校园，其中的一个原因，就是它处在这么好的一个地方，周围的环境也为它的学子成才提供了借景。而在我成长的过程中——

有一个老师叫陈元康。

2011 年 3 月 7 日，北大中关园

附：

有一个地方叫献县

陈　曙

从记事，我就知道有一个地方叫献县。因为我的叔父陈元康就在那里工作。

回想那时，已是三十多年前了，我还是个黄毛小孩，随父母住在太湖之滨的一个小村。大约一年一度的寒假才能见到我的叔叔。知道他是个大学生，在献县教书。那时，大学生既不多见，更不“吃香”，甚至不宜在正式场合多谈。叔叔回家省亲，总能带一些诸如小红枣之类的北方吃食来，也要讲起献县那个地方：没有大米饭吃，四季

以粗细面食杂粮为主；献县有回民区，回民不吃猪肉，可他们吃的牛羊肉特别鲜美……这些事情在我这个小孩听来很觉得神奇。过年了，叔叔还包过几个北方的饺子来哄我高兴。虽然我总以为饺子的皮太厚，不及馄饨好吃，但是吃饺子的经历还是让我在小朋友面前沾沾自喜……

过了年，叔叔要回献县去了。那末献县到底在哪里呢？叔叔说要汽车火车来回倒着坐，就这样还得走上三天！怪不得叔叔不管走到哪里，总是要带着几本书呢！临行前，照例我父母要为他准备一些米粉、糯米等，偶尔还要带上一件新织的毛衣，说是献县那个地方特别地冷：冬天的小河就是大路！

叔叔走了，又到献县去了，要过一年才回来。满脑子奇想的我于是有了足够的时间在想象中描绘献县。不过，似乎每次总能得出结论：

献县那里大约常常是阴天。因为那时小小年纪的我从广播中听的最多的就是“黑暗的旧社会”，而看来献县是不如宜兴好的嘛！

我一天天地长大，进了小学，进了初中。依然常常讲起不常见到的叔叔，也知道了叔叔读的是南开大学，学的是中文。在我进宜兴县中读高中时，叔叔终于调动回宜兴了。但“陈老师”的称呼在老同事之间已变成了“老陈”——原来“小伙子”的叔叔已经留在了献县，那个常是“阴天”的地方。可叔叔讲起献县却是阳光灿烂：他亲手送出了去北大、清华上学的学生。这件事情在那个比宜兴更缺大学生的地方传为了美谈……

往后是一串细碎平实而又忙忙碌碌的日子。我高中毕业后也因读大学离开了家乡。偶尔见叔叔那日见稀少的头发，总想知道他在献县时的模样。唉，不经意间，我那渐渐淡忘的儿时印象，已经过去了二十年时光。

然而，我对献县印象的再次加强，竟会是我接到叔叔去世的噩耗之际。急忙赶回宜兴前，不知怎么的，我竟从容地查了查：献县，华北平原上的小地方，属河北沧州……，有小枣、牛羊，还有我那永远是读书人模样的叔叔的青春时光……

原来，献县是一个我不认识但想去看看的地方。

轻舟已过万重山

——我心目中的郁贤皓老师

一

在郁贤皓老师众多的弟子中，我是一个没有听过他正式课程、却得他浩荡师恩一路指引的特殊的学生。

现在回想起来，是在大学生活开始不久，我就见过郁老师。

大学一年级第二学期的某个下午，我在南师图书馆的阅览室里随便看书。当时可能在看一本关于《世说新语》人称代词研究的港台版书，图书馆的许多书不能外借，尤其是海外的书，必须在那里看。那时候真是瞎看书，总觉得大学的学习要与高中不一样，要看高中不看的书；所以喜欢了《世说新语》，就要去读与它相关的高深著作。

1980年代初的南师图书馆就是正对着宁海路老校门的一百号楼前广场东北侧的那幢小楼。古色古香，光线黯淡，走进去便有一种殿堂般的感觉，脚步和说话声都会不知不觉放低了。坐在阅览桌前，闭架借书台那里稍稍一点声音都能够听到。

这时候，有一个声音传过来："陶老师，我还要用一下 Dangweiyao！"

Dangweiyao 是什么书？——我心里暗自嘀咕，要看高深著作的想法，让我对这个书名充满了好奇。

于是，等到陶老师把书递到借书人的手中时，我抬头看过去：一个戴着黑边眼镜、身材魁梧的中年教师接过了两大本书名是《唐会要》的书。

啊！我明白了，这个老师是吴语区的人，他将普通话中的送气清音 t 和 h 都发成了不送气浊音。而《唐会要》究竟是什么书呢？我在四年大学里其实一直也没有弄清楚。

让我没有想到的是：三十年后《唐会要》也成了我案头必备的工具书。就在前几天我还考证了其中关于"荷泽寺"条的时间错误，将近三十年前在郁老师手中第一次见到这部书的情形，又重现眼前。——如果这样说起来，我第一次见到郁老师，他就用行动给我上了一课，向我展示了一个唐代研究者常用的工具书。

更让我没有想到的是：这位《唐会要》的借书人郁老师将在我后来的人生中产生举足轻重的影响。

二

转眼到了大三的第二学期，隔壁宿舍的同学倪培翔走过来说：有个勤工俭学的活儿——郁贤皓老师要找几个字写得好的同学帮助抄写他即将出版的《唐刺史考》。

那个时候出版著作的教师不多，郁老师出版了他的成名作《李白丛考》，他的名字在南师中文系的学生中如雷贯耳，被奉若神人。那是个非常重要的信号，在老一辈的学者如唐圭璋、孙望、段熙仲、徐复、钱玄、诸祖耿等先生带来南师中文系的光环之后，中青年教师的声誉鹊起，似乎就是从郁老师开始的。按照今天的话来说，那是南师中文系新的学科带头人，从郁老师开始诞生了。我们那个宿舍，好像写字都还不错，因此，带着一份崇敬之情，曹连观、沈利华、王正喜都去了，我也跟着去了。

郁老师的家离学校不远，在南大和南师之间的陶谷新村。上了二楼，便看到了迎上来的郁老师，他原来就是我大一时候见过的《唐会要》的借书人！

《唐刺史考》这部书在今天文史学界的价值已经不用再多说了。作为一部重要的工具书，它使唐代的职官史料从中央机构扩展到官卑人众的地方官员，体现了资料编纂加大加密的有序递增，从而被张广达先生誉为20世纪唐史史料编纂学的一个重要范式（图1）。

当时的我们并没有理解得那么透彻，只知道这是一部

图 1　《唐刺史考》书影

即将出版的大书，我们的工作，就是将那些已经由郁老师按照一定的体例编写好的刺史材料再一丝不苟地抄写在规定的方格稿纸当中。这是个枯燥的简单劳动，字好不好并不重要，重要的是一笔一笔把它写出来。其实郁老师本身的行楷字已经非常好认，但是他现在要求我们的抄写要更加工整，不能有任何的连笔出现。这个要求在我后来的工作中产生了影响，那就是出版和发表的任何稿件，尽量不要让文字的错误出现在作者一方。

印象里这个抄写的工作持续有半个学期左右，其中有几次到郁老师家中交稿或取稿。他似乎始终在忙碌着做下一步的工作，经常是饿了吃一碗清水挂面，累了就和衣躺一下接着伏案。一副“看似寻常最奇崛，成如容易却艰辛”的楷书对联悬挂在写字台前，一个听诊器却非常显眼地放在对面的床头，这两件矛盾的东西就这样一成不变地集中在他编撰《唐刺史考》的日日夜夜。我们去了，他会停下来交代新的抄写任务，或者告诉我“州”的三点不能连笔以防与“卅”字混淆、三点水也不能用两笔来连写以防被打字员处理成单人旁……，总之是一些鸡毛蒜皮的细节，却让我印象深刻，越是到今天，就越是体味到汉字除了具有书法的艺术价值之外，最重要的功能还是正确传达信息。

有时候，我也会拿抄写中觉得读不通的地方做下记号集中去问一下郁老师。那时，就看他口中说着：“噢，噢，这个材料在《全唐文》的 ×× 卷。”手里已经准确无误地取过某册《全唐文》，迅捷地翻到那一页核对起来。——这个精准的手法是怎样做到的呢？当时除了惊叹，好像也无从理解。直到后来有一个阶段武侠小说流行乃至社会上习武成风，倒让我想起：郁老师的这个本领，就是“功夫”！

《唐刺史考》的工作告一段落的时候，我们都拿到了一笔不菲的抄写费，可以用来贴补买书了。当时的费用好像还多出来一些分不均匀，王正喜就做主给每人买了一把吃西餐的小刀——这也是大学生活印象深刻的记忆：对于西餐是什么都没有见过的我们来说，那把愚笨厚钝的刀究竟有什么用呢？

抄写工作结束不久，记得是一个下雨天，在经过北大楼拐角处，我和王正喜还见到过一次打着雨伞、若有所思地走路的郁老师。他答应着我们的招呼走了过去，但忽然想起了我们是谁，又回头说：谢谢你们帮抄写《唐刺史考》啊！

此后，郁老师再次从我的大学生活中隐没。

三

很快，大学的最后一个学期来临了。

四年的大学，记录了我很多成长的愉快历程。但是，我最不幸的人生经历也在那个时期发生：我的父母在我大二、大四的时候相继因病去世。这个打击使原本打算回乡尽孝养之心的我感到无所适从。于是，我选择了去新疆工作。去一个印象中遥远而艰苦的地方做奉献，以此来回报父母的养育之恩，这是我当时最朴素的想法，也是唯一能让我重新树立生活信心的想法。

决心已定，便义无反顾。当其他同学还在匆忙地寻找自己的栖身之地时，我一如既往地抄写着《说文解字》的篆书字头，尽情享用最后的大学生活。可是，在遥远而辽阔的新疆，哪里有属于我的工作呢？悬肘行笔的许多刹那，其实心境也并不完全平静。

这个时候，郁老师的召唤来了：跟随他做本科毕业论文的倪培翔，有次在闲聊中偶然提起了我的毕业去向。难为郁老师竟然还记得我这个曾经为他抄写《唐刺史考》的学生，当时就说新疆师范大学中文系的负责人薛天纬老师是他研究李白的同道，他可以推荐我前往那里任教。于是我被邀请到他家面谈。

郁老师同情我的遭遇，也嘉奖我的志向，很快便修书新疆，向薛天纬老师推荐。

天气开始热起来了，我还在抄着《说文解字》。忽然就有那么一天，郁老师紧紧捏着一封信，急匆匆地来到了我所居住的四舍。他比我还着急地等待来自远方的回音，因此从系里拿到信后，家也没回就跑来了。薛老师来信了，他非常重视郁老师的推荐，向学校人事处了解了相关政策后，便回信郁老师，让我在暑假之后直接去新疆师范大学报到。那封挂号信写得非常热情，我至今还记得对郁老师和我都称“同志”，既是那个时代的烙印，也是对我前往郑重其事的表现——那一天，我走向社会的第一份工作就这样得到了。

此后的两三个月，我有机会多次去郁老师家，向他汇报后来我与薛老师、与新疆方面直接联系的情况。他也仿佛是自己要去新疆一样，向我交待出门应该注意的事项。有一天，跟我说起在新疆这样的北方地区教书，应该讲好普通话，忽然便停下来看着我说：“你的普通话讲得怎么样?”他完全忘记了我们一直在用普通话交谈，而是非常认真地从语言的角度重新开始注意我的说话。一分钟后，他认真地说：“唔，你的普通话还可以，到了新疆应该没有问题!”就是在类似这样的交流中，他帮我操心着远行的各种细节。

那时候的南师中文系每年有四个平行班，一百六十多人，我这样一个非常平庸的青年学生，竟然能够得到既没有担任过我任何课程、又具有崇高学术声望的学者郁老师的悉心过问，真的觉得是一种奢侈。这也提高了我对自己将来成为教师的要求和期待。

带着郁老师的殷殷嘱咐，经过四天三夜的火车旅途，1985 年 8 月 20 日，我来到了新疆。从此我在新疆师范大学中文系度过了 25 年的教学和科研生活。这四分之一世纪的青春岁月，成为我珍贵的财富。每当我闭上眼睛遥想西北时，茫茫的天山雪峰就出现在我的眼前，我已经与祖国的西北融化在一起！——是郁老师的推荐重塑了我的人生。

四

要说因为大学里的这些接触、大学毕业时候一个关键性的推荐，使我对郁老师终身铭感，那是一点也不过分的；但要因为这些我就到处吹嘘郁贤皓是我的老师，那又实在有些自抬身价。

我现在之所以非常自豪地称引郁老师是我的老师，是因为我有其他作为郁老师的学生而十分充足的理由：我毕业离开南师的日子，恰恰是郁老师给我的学术关怀和指导，从此穿越千山万水不断传来的开始。

首先，是他的推荐决定了我的学术道路。当我到新疆师范大学报到之后，似乎不由分说，我就成了中国古代文学教研室的教师，并且作为薛天纬老师的助教，开始隋唐五代文学的教学和科研工作。在新疆师大的岁月里，薛天纬老师成了我重要的导师，我最初的教学和科研道路，都与他耳提面命的指导分不开。这种种的因缘，容我以后用专门的篇幅，记录在遥远的新疆那些对我有知遇之恩的师友们。郁老师和薛老师似乎每年都会在唐代文学或者李白研究的专业会议上相见，我的近况成为他们交谈的重要话题。直到去年，郁老师还在回忆当我去了新疆一年之后，薛老师与他见面、感谢他输送了一个优秀的青年教师到新疆的时候，他如释重负的心情。

其次，是郁老师真切地关注着我的工作，从很多方面给我力所能及的帮助。他的著作出版，总不忘记签名赠送给远方的我。有时候托我的同学倪培翔寄给我，有时候他又亲自到邮局寄我。像每封寄给我的信件一样，他给我的邮包都不厌其烦地写全了“新疆维吾尔自治区”的名称，这个小小细节也让我感受到他处事认真的态度。从他早期的著作如《谪仙诗豪李白》《李商隐》《百科知识十万个为什么·文史编》，到后来的《唐风馆杂稿》《李白与唐代文史考论》，甚至具有工具书性质的《唐刺史考全编》《唐九卿考》等，我都拥有他的签名赠送本。他的《百科知识十万个为什么·文史编》，我敢说是影响我早年教学生涯最深刻的一部书。那些在我们的教科书中很难找到、在日常生活中时时会思考的文史问题，翻翻他的这本书，似乎都有答案。在今天的互联网时代，大概一个“百度”检索，就可以得到相关的资料信息。但是在上个世纪的读书时代，郁老师却通过自己半个世纪的阅读和需要，将这些内容汇总到一起，可谓金针度人，功德无量。至于专业类的文史著述在我学术研究中的重要性，更是不言而喻了。

最后也是更为重要的，是郁老师后来不间断地引导我从事学术的研究。我发表的第一篇文章《道藏所见唐刺史考》，就是在他的亲自过问下，在 1992 年第 4 期的《南京师大学报》上发表的。那时，我在薛天纬老师的指导下，参加一个《新编全唐五代文》的编纂工作。我们被分配了编辑一些唐代道教徒的文章，这需要从《道藏》中寻找其原始出处。这样，我在普查的过程中，注意到了昔年为郁老师抄写过的唐代刺史的资料。我曾经好奇地取郁老师已经出版的《唐刺史考》对照，发现有些内容没有被吸收进去，因此写信给郁老师汇报这一发现。他马上给我回信，嘱我在普查唐文的过程中，将这些刺史材料摘录出来。后来，他便根据我的这些摘录，重加选择和编排，推荐给学报，并以我个人的名义发表了。那一年在母校南师的《文教资料》上，还同时发表了我的另外一篇《"喜雨"别解》的小文。这两篇文章是我工作七年之后才有的一些成绩，是母校和母校的老师给了我学术的鼓励。而当《道藏所见唐刺史考》这篇文章在来年又被《复印报刊资料·魏晋南北朝隋唐史》转载时，对于一个初学者来说，它带给我继续学术之路的动力更是达到了极点！

我还在郁老师的指导下，从事起李白的研究工作来（图 2）。他在担任中国李白研究会会长并兼任《中国李白研究》年刊的主编时，亲自向我约稿撰写每年的李白研究综述，并约我为他主编的《李白大辞典》撰稿。在这些基础的工作中，使我了解到李白研究的前沿动态。我后来根据自己的兴趣，选择了李白在中国民间社会的影响作为努

图 2　1992 年作者与郁贤皓老师在长江天门山段江轮留影

力的目标，发表了《道藏所见李白资料汇辑考辨》、《李白贞义女碑考辨》、《脱靴的高力士：一个文学配角的形成史》、《戏曲作品中的李白形象研究》、《李白题材的小说作品叙论》等论文，这一步步的成绩，无疑都是在郁老师的感召下做出的。后来他又担任《中国古代诗文名著提要·汉唐五代卷》的主编，知道我的博士论文在从事唐代文人张说集的研究，又立即向我约稿，鼓励我在张说研究方面写出具有权威性的提要来。

正是这些点点滴滴的关怀和扶持，使我确立了以学术为生命的人生追求。

五

我的一生中，遇到很多好老师。他们在教诲我的过程中，只要发现我的一点优长，从此便不遗余力地帮助我、扶持我，使我能够有今天的学术之路。

郁老师是其中的一位良师，但是与我后来遇到的其他老师不同的是：当他对我还不了解、也不管我将来是否是块材料的时候，就给了我不求回报的无私帮助。我庆幸自己有这样的运气，从此得以与郁老师持续了很长并会继续延长的师生之谊。

我总结自己大学毕业以来的求学之路，虽然成绩无足称道，但在方法论上，确实有很多方面接受了郁老师的学术影响。我的走上李白研究和唐代文史考证之路，我的考证细节但又注意文史的宏观意趣，无疑都有郁老师的潜移默化存在。当我在去年作为优秀青年人才被引进到北京大学历史学系暨中国古代史研究中心工作，作为校外推荐人的复旦大学陈尚君教授给了我很高的褒奖，其中一段提到："（朱玉麒的）专业是中国文学，最初的学术研究显然受到南京师范大学郁贤皓教授的影响，注意从第一手文献的发掘进行文学史料的鉴别和考辨，在利用《道藏》史料方面有一些重要的发现。"我感激陈尚君教授的郑重推荐，更感激他对我在学术上受到郁老师影响的认定。

我后来总有机会与郁老师在相隔一两年见一次面，向他汇报我的近况，并听他闲谈。和郁老师的聊天是非常享受的。除非你问起，一般他不会主动地、一本正经地跟你谈什么学问。我觉得这也是他认真谨慎的地方：学术从来需要凿实，你如果需要了解他的学问，他都写在了书上；而聊天的过程往往容易使客观的事实走样，所以不如不谈。对他来说，聊天是艰苦的学术工作的课间休息。他会跟你谈自己早年在上海当工人、当记者的故事，谈他在南京这么多年印象深刻的菜品，甚至会跟你谈谈现代中国的股市行情。

在这样的闲谈中，他尤其好谈他的学生们。自从我认识郁老师以后，他就开始担任研究生导师，硕士、博士、博士后，陆陆续续，带出了很多。往往在谈兴甚浓的时候，他会用这样的引子开始："我的学生 ×××……"他会说起这些学生在读书时的情况、工作后的业绩，充满了褒扬之情。我就是在这样的闲谈中，首先听到了他的学生傅承洲、查屏球、诸葛忆兵、尹楚彬、陈泳超、胡可先、邵炳军等等的名字，然后才在不同的地点和时间，陆续识荆并一一"建交"的。

我有时候想，郁老师的这个闲谈，也不完全可以等闲视之。这些继承了他学术衣钵、延续了他学术生命的弟子，在闲谈之中，实际上是寄托了他对学术的执着和学术的理想。

我希望自己日有寸进，而郁老师也天天健康。

这样，我就会有一种期待，期待到南京拜访郁老师的师友们，会从他那里听到：

“我的学生朱玉麒……”

六

我还记得1985年离开母校的前夕，拿着毕业纪念册去请郁老师题词鼓励的情景。

他用钢笔认真书写，并郑重盖章。印痕未干的题词拿到我手中的时候，我看到了让我终身受益也没齿难忘的名言：“人无癖不可与交，以其无深情也；人无疵不可与交，以其无真气也。”（张岱《陶庵梦忆》）（图3）我非常感动在这临别之际，郁老师将他自己喜欢的名言写出来与我共勉。从此，我也将这句话铭刻在心底，作为指导我处世的准则：我会努力将完美作为人生的目标去追求，但是绝不因此而唯唯诺诺，成为八面玲珑的乡愿小人！

然而，这个题词的过程还没有结束。郁老师忽然对我说：你的字写得好，给我也写一幅，就写李白的“两岸猿声啼不住，轻舟已过万重山”！然后他对自己钟爱这一诗句的原因作出解释说：解放以来的历次运动，把许多人推向了风口浪尖，他们出尽风头，甚嚣尘上，就像两岸的猿声那样，最终却一事无成；这个时候许多默默无闻、埋头学问的人，虽然被冷落、遭白眼，时机一到，他们必将蓄

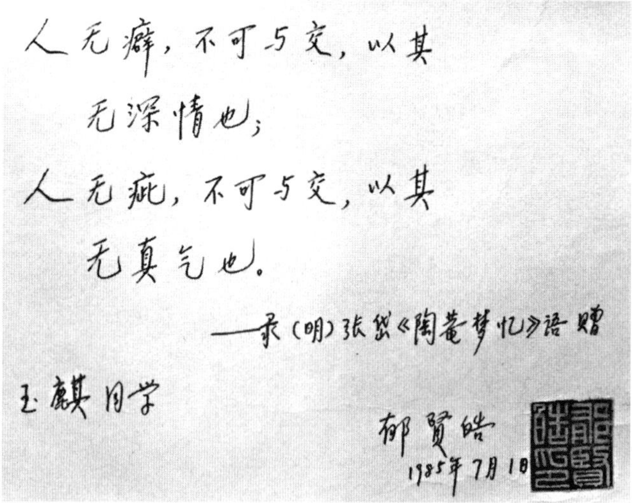

图 3　郁贤皓老师为作者毕业题词

势而发，如轻舟顺流而下，直达彼岸！

李白的《早发白帝城》是我们最早学会的唐诗之一，但是我从来没有想到可以有这样的理解、这样的境界！这个时候的郁老师就像当年的王国维一样，通过诗歌的“误读”，将人生的哲学赋予其中。

当时的我，虽然日日临池，但哪有写成书法的本事！我还没有妄自尊大到拿出自己的习字去破坏郁老师如此美好的学术境界。所以在那天，我是从郁老师那里收获了两段题词。这些精彩的人生感悟，让我常常想起，因此在漫漫的路途中，至今还未曾迷失！

现在，当我回顾与郁老师的师生情缘时，我已经看到：正像李白所描述的那样，任凭两岸猿声喧嚣不已，郁老师是那一叶从长江上游飘然而下的轻舟，长风破浪，创造了杰出的学术成果，汇入到人类文化的汪洋大海之中。

现在，在郁老师的八十寿庆来临之际，我也已经看到："莫道桑榆晚，为霞尚满天"，他又欣然揭开了学术的九秩华章！

2011 年 6 月 12 日，北大中关园

原载张采民编《郁贤皓先生学术思想研究文集》，南京：凤凰出版社，2012 年，185—194 页

永远也不会忘记

——追怀吴金华老师

2013 年 7 月 10 日傍晚，中华书局的徐俊先生来北大餐叙。刚刚坐下，他就感叹最近事务的繁多，上海、南京便跑了多少次，“吴金华的追悼会……”——听到这个话，我大吃一惊，情不自禁打断他：“您是说复旦大学的吴金华老师？做《三国志》的？”（图 1）

得到他肯定的答复，我一时恍惚，不知身在何处，晚餐也了无滋味。散归之后，急忙上网查询，看到复旦大学校园网上一条已经不是新闻的新闻，确证了吴老师逝世的消息：“著名语言学家、文献学家、教育部全国高等院校古籍整理研究工作委员会委员、复旦大学特聘教授、复旦大学古籍整理研究所汉语言文字学博士生导师吴金华先生，因病医治无效，于 6 月 2 日零时 50 分在长海医院逝世，享年 70 岁。我们看到，校园里已经挂满了追忆的白色千纸鹤，吴先生，一路走好！”

图 1　吴金华老师

那个晚上，我难以入眠而又无所事事，读着吴老师在他博客上留下的一篇篇文章，直到凌晨。伴随着晃动在思绪中的千纸鹤，我仿佛又坐回到三十年前南师中大楼 201 教室的古代汉语合堂课上，在分析完了第一次单元测验的试卷后，听到老师在喊——

“谁是朱玉麟？朱玉麟来了没有？”——麒麟二字在汉语中单独使用的频率，麟远高于麒，第一次见到我名字的人大多这么称呼，我也习以为常——我在教室的后排讪讪地站起来，不知道出了什么事情。大家的目光聚集过来，有人小声提醒说：“是朱玉麒！”吴金华老师从阶梯教室的第一排迈着大步走过来，边走边说：“噢，噢，是朱玉麒！朱玉麒得了满分！”……

三十年来吴老师留给我零散而深刻的记忆，在午夜的宁静和迷思中清晰地浮现出来。

一

我在 1981 年考上大学，开始了南师（南京师范学院，读书期间更名南京师范大学）中文系的读书时代。那个时候吴金华老师刚刚研究生毕业留校，我们可能是他教授古代汉语的第一批本科生。整整一个学年，1981 级 1、2 两个班的 80 多个同学听他传授学业。他的声音洪亮，要言不烦，语速快捷，似乎总是迫切地要将古代汉语的知识尽可能通过有限的课堂传达给我们。古代汉语是我在南师听讲最认真而从来没有打过瞌睡的课程；即使在同学看来非常枯燥的音韵学单元，由于自己具有的吴语方言经验，因而也听得津津有味。

当时的古代汉语教材是王力先生主编的厚厚四大册《古

代汉语》，它把我们在中学以前零散的古代汉语知识归纳分类、系统总结，让我觉得特别受益，因此也格外有兴趣。随着吴老师的课堂讲解，我几乎一个字、一个字地预习、复习着其中的内容，并且按照《古文观止》的顺序背诵古文的篇章。单元测验的满分可能就是因为自己的认真而水到渠成，而吴老师的课程也是我对古代汉语充满热情的重要原因。老师那次叫我的名字，是我第一次被大学老师点名表扬。我的脸因为激动而涨得通红，吴老师给我卷子时说的勉励话语，也完全没有听清楚。我看到我的卷子，确实基本做对了，在文字学训练单元的小篆还原为楷书的题目中，“爨”字中间却少写了“大”字；吴老师把它标示出来，还是算作正确的还原，鼓励性地向大家大声宣告我是唯一的满分。

我的记忆是那样的深刻，除了自己的虚荣心之外，现在想起来，一个年轻人在心智成长的过程中，是多么需要正面的激励！吴老师的那次鼓励确实激发了我更加认真地学习。后来的单元测验也继续得到过满分或者 99 分的成绩（图 2），我也因此被吴老师真正记住。记得有一次在南师老图书馆的港台阅览室读《世说新语》的语法研究著作，来这里借书而行色匆匆的吴老师从借阅台看到我，不辞辛苦地跑进来，关切地问在看什么书。然后说：“哦，是詹秀惠的著作，詹是许世瑛的学生，许世瑛是许寿裳的儿子，这本书……”老师告诉我这本书写作的背景、关于代词研究的特长、读这本书之外应该看什么什么。我吃惊

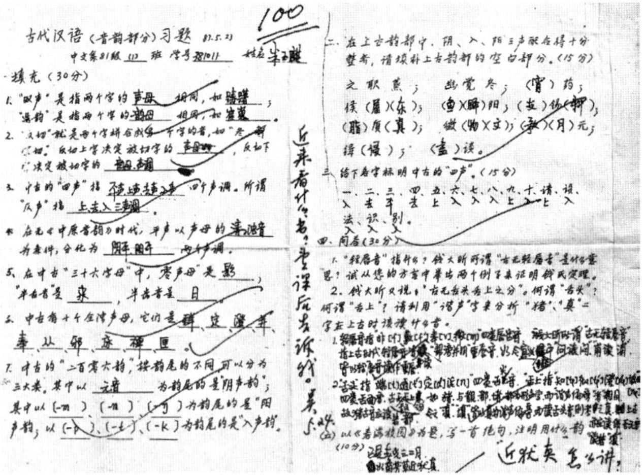
100

古代汉语（音韵部分）习题 83.5.23

中文系81级（1）班 学号 811011 姓名

一、填充（30分）

1.“双声”是指两个字的声母相同，如＿＿＿；“叠韵”是指两个字的韵母相同，如＿＿＿。

2.“反切”就是两个字拼合成另一个字的音，如“＿＿，＿＿切”。反切上字决定被切字的声母，反切下字决定被切字的韵母、声调。

3. 中古的“四声”指平声、上声、去声、入声四个声调。所谓“仄声”指上、去、入三声调。

4. 在元《中原音韵》时代，平声以声母的清、浊音为条件，分化为阴平、阳平两个声调。

5. 在中古“三十六字母”中，“零声母”是影，“半舌音”是来，半齿音是日。

6. 中古有十个全浊声母，它们是＿＿、＿＿、＿＿、＿＿、奉、从、邪、床、禅、匣。

7. 中古的“二百零六韵”，按韵尾的不同，可以分为三大类。其中以元音为韵尾的是“阴声韵”；其中以〔-m〕、〔-n〕、〔-ŋ〕为韵尾的是“阳声韵”；以〔-p〕、〔-t〕、〔-k〕为韵尾的是“入声韵”。

二、在上古韵部中，阴、入、阳三声配合得十分整齐，请填补上古韵部的空白部分。（15分）

之 职 蒸；幽 觉 冬；（宵）药；
侯（屋）（东）；（鱼）（铎）阳；（支）锡（耕）；
（脂）质（真）；微（物）（文）；（歌）（月）元；
缉（侵）；（盍）谈。

三、给下各字标明中古的“四声”。（15分）

一、二、三、四、五、六、七、八、九、十、请、设、
入 去 平 去 上 入 入 入 上 入 上 入
法、识、别。
入 入 入

四、问答（30分）

1.“轻唇音”指什么？钱大昕所谓“古无轻唇音”是什么意思？试从您的方言中举出两个例子来证明钱氏定理。

2. 钱大昕又说：“古无舌头舌上之分”。何谓“舌头”？何谓“舌上”？请利用“谐声”字来分析“猪”、“奠”二字在上古时读什么音。

（五）以《春满校园》为题，写一首绝句，注明用什么韵。（10分）

近来看什么书？要课后告诉我。吴 5.24

近状奚为？

图2　作者在南师古汉语课程上的小测验，吴金华老师出题并刻板、批改

于他对这样一本书也如此熟悉，几句点拨让我对《世说新语》的阅读有了纲领性的认识。

古代汉语的一个学年很快过去。除了课堂上的接触之外，我们平时和吴老师的见面并不多。不过，那个时候本科生有一些兴趣班，任课的老师会担任一些课外的辅导。我参

加的古汉语兴趣班就由吴老师指导，这样还有过几次向吴老师当面请益的机会。他传授过学术研究的心得，没有别的，就是用功学习。说他念研究生，跟随徐复先生读书，三年下来，一头黑发全没有了。我记得当时就看着老师，在年方四十的光景，周边一圈的头发还乌黑的，中间已经谢顶了。

在兴趣班的这一段时间里，我问过他《报任安书》中读不懂的句子的语法原理，因为那个时候正在通读《史记》。也问过他关于《说文解字》的问题，因为那个时候在临摹康殷《说文部首源流》的字头。老师说：康殷是个书法家，但是说文的源流还是要看文字学家的解读，要看《说文解字注》。因此我在大学的最后两年，就买了一本徐铉校的《说文解字》，撕下来，一页页书写字头，阅读解释，完成之后再从头开始，几乎天天如此。《说文解字注》也放在枕边时时翻阅。

那个时候觉得吴老师确实很忙，每次在校园里见到他，也总是风风火火地走路，去忙那忙不完的事情。但他又是一个务实而负责的老师，作为学生的我们所提问，都能够得到他的准确回答。三言两语，指明方向，也足够我这样的一个本科生消受很久了。

二

大三的时候，南师中文系的教学发生过一次革命性的变化，就是按照教育部的部署，开始招收第一届古文献专业的本科生。我的一个同乡谢秉洪也在其中，从他那里的课表中，看到南师组织了最强大的师资阵容为他们授课，让我艳羡不已，因此决定前往旁听。

但是古文献专业这个新生事物被众多的师生所关注，前来旁听的青年教师和学生不少。我打算旁听的文字学第一节课，为了确保本专业的学生听课，负责古文献专业教学的吴金华老师和我不认识的班主任朱邦蔚老师都在教室门口挡驾。我因此向两位老师表达我对文字学的浓厚兴趣以及不得要领的苦恼。吴老师笑眯眯地听着，最后推了我一把，让我进入了教室；朱老师还跟了一句：下次把你练习的《说文解字》带来给我们看看——这算是给了那些仍然被挡在外面的学生一个解释，表明我确实与他们还有所不同。我就这样在吴老师的支持下，以一个旁听生的身份系统地听了三礼学的大师钱小云先生完整的文字学课程。

我后来还真的带着一沓用旧报纸书写的篆书习字给朱邦蔚老师去验证。所以古文献专业的课程我还听过叶祥苓先生的方言研究、王继如老师的《汉书》研究，都得到了老师们的默许。

三年前，我给同是南师的老师郁贤皓先生八十寿辰写《轻舟已过万重山》的颂寿文章，曾经提到："四年的大学，记录了我很多成长的愉快历程。但是，我最不幸的人生经历也在那个时期发生：我的父母在我大二、大四的时候相继因病去世。这个打击使原本打算回乡尽孝养之心的

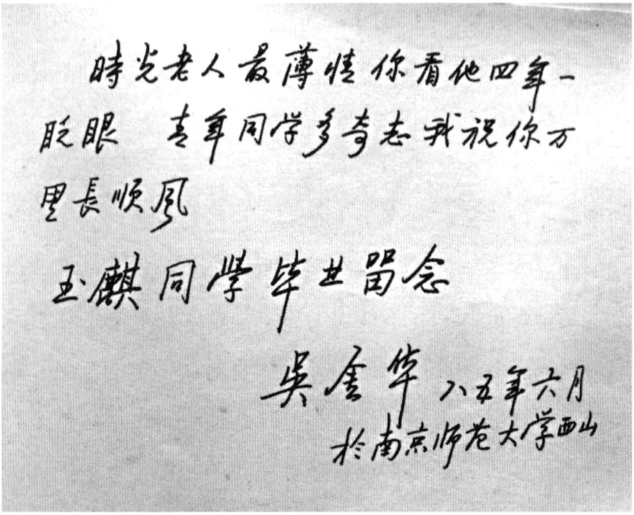

時光老人最薄情你看他四年一
眨眼 青年同学多奋志我祝你万
里長順風

玉麒同学毕业留念

吴金华 八五年六月
於南京师范大学西山

图 3 吴金华老师为大学毕业的作者题词留念

我感到无所适从。于是，我选择了去新疆工作——去一个印象中遥远而艰苦的地方做奉献，以此来回报父母的养育之恩，这是我当时最朴素的想法，也是唯一能让我重新树立生活信心的想法。”郁老师在了解我的意向之后，热情为我推荐到了新疆师范大学任教。

我去新疆的消息也被吴老师所得知。六月中，我和班上的课代表钱建平一起到老师家辞行，请他留别赠言。他留下了我的纪念册，说要好好想想；同时又关切地问我去新疆的准备。说到正在写的毕业论文，他劝我要把去新疆的事情告诉我的论文指导教师，这样，一般的老师都会给更高的分数，这对于远行的我到陌生的工作单位是有帮助的。我虽然并没有按照老师的说法去做，但特别感动老师的这些关怀不是泛泛的寒暄，而是真心帮我出主意、尽量争取好机会。记得那个时候临近端午，吴师母也从房间里出来，请我和建平吃粽子。

在离开南师的时候，我带走了老师的题词：“时光老人最薄情，你看他四年一眨眼；青年同学多奇志，我祝你万里长顺风!”那是对我未来的祝福和鼓励！遥想玉门关外的万里征程，我豪气倍增（图 3）。

三

1985 年 8 月，我去了新疆，随身的行囊里只带了一册郭在贻先生的《训诂丛稿》，伴随着我度过了四天三夜的火车长途。——我相信这是吴老师对我的学术影响；而我到达新疆师范大学工作的一个愿望，也是做一名古代汉语的教师。不过，在新疆师大报到之后，中文系已经根据郁老师的推荐和系里师资的需要，安排我到古代文学教研室，从事隋唐五代文学的教学工作。

古代文学也是我钟爱的学科，因此很快就投入到唐代诗文的研究中。虽然如此，在南师古代汉语的基础仍然帮助我通过了文学史料阅读的难关，我还记得吴老师在古汉语课上提及的张相《诗词曲语辞汇释》等语言学著作对于阅读中古以来古典韵文的价值，因此在工具书方面的熟练运用和新疆师大老教师们的帮助下，使我这个大学一毕业就从事大学教学的年轻人基本顺利地完成了最初的过渡。

因为学科的转变，我和吴老师的联系也不是很多。除了刚来的时候写信向他汇报到达新疆的工作情况之外，只是在每年的新年到来之际，写一张贺卡表达我的感念之情。

但是我没有想到吴老师也一直记着我。1991 年 5 月，我去敦煌考察回来，发现信箱里有一封从南师寄来的、耽搁了将近 10 天的信件，打开，竟然是吴金华老师发给我的由中国训诂学会等学术机构组织的“庆祝徐复教授执教六十周年学术讨论会”的邀请函。我大喜过望，生怕耽误了时间，匆忙跑到邮局给吴老师拍了一份电报作为回执，表达我一定去参加会议的心愿。

就这样，吴老师安排我参加了我学术生涯中的第一次学术会议。我带去会议的一篇小文章《“喜雨”别解》也在来年的《文教资料》刊出，成为我最早发表的学术论文之一。在那次会议上，吴老师把我看作他的学生，使我有幸以小门生的方式向徐复先生祝寿。会议期间，徐复先生和张拱贵先生一起到房间来看望与会者，问及遥远的西陲光景，对我在新疆的工作感叹不已。告别南师六七年之后，我又通过这次会议如坐春风，得到了来自母校的召唤和激励，使我在教学与科研的道路上感到无比温暖的指引。

吴老师在那次会议上给与会者赠送了他新出的《三国志校诂》。我还记得他当着我的面题字的时候，又把“朱玉麒”写成了“朱玉麟”。他忽然意识到这个错误，马上说：“写错了，写错了！算我的，我自己留下用。”不由我分说，又拿起一本新书重新题字送给我。他一丝不苟的严谨和对于我这个学生一视同仁的尊重，在这个细节里再次让我感动。

四

此后又是很多年，我考到北师大读研究生。除了汇报这样的变动外，也是每年的元旦给老师寄去一份祝福的明信片。1996 年 1 月 12 日，吴老师又让我大喜过望地亲笔写来长达三页的书信。长信的开头说：

玉麒君：

没有机会面谈，大约有十来年了？我自去年 4 月份调到复旦大学古籍所（内人随调），才开始获得了静心完成一些科研项目的心理环境和自然条件。前些年，我为教学、科研、行政事务所困，不但很少参加外面的学术会议，连基本的社会交往也很少了。如今，我打算至少闭门两三年，将出版社约定的项目完成。……

老师在信中（图 4），仍然把在我本科毕业时曾经给予的教诲当作最近一次尽责的谈话，因此觉得跟我已经有十来年的离别。在信中，他把我当成了一个学术的知己而家常般地倾谈内心，让我感动这种真切的信任。老师在信中接着又问起："君读完硕士，不知是否打算进一步深造？"随后为我推荐了南师和复旦他所熟稔的古代文学专业的教授，表示愿意为我说项；最后也殷殷期望我留在北京工作，而南京、上海这些南方城市，也可以考虑归来。

我把老师的信读了好几遍，激动不已。我每年写上几个字的明信片，表达学生对于老师的尊重之情，原不指望得到老师的回复。现在老师从他自己宝贵的时间中抽空写出这样情真意切的长信，我想一定只有极少数的本科同学能够受到如此非常的待遇。对于老师的眷顾，我也没有什么可以表达，也只有更加的努力可以不负这种厚望与重托。

这一年的年底，我又在北京见到了老师。高校古委会在北大召开会议，郁贤皓老师预先写信给我，希望在北京见见面。12 月 26 日，我从北师大骑车到挂甲屯的邮电部北京疗养院，按照郁老师的安排，利用中午的休息时间前往看望。郁老师的房间没有人，让我略感怅然。巡视走廊，

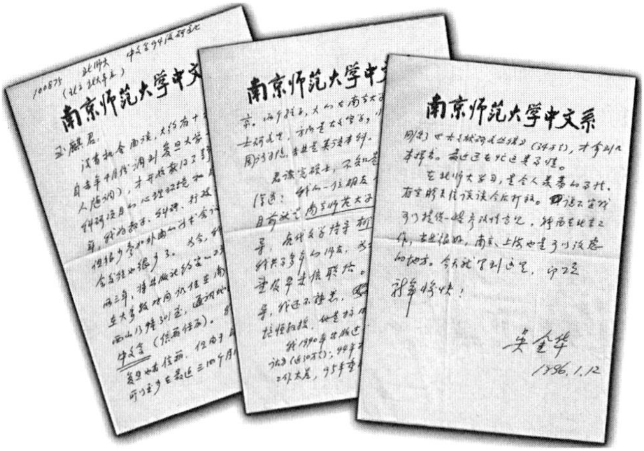

图 4　吴金华老师给作者的信

忽然看到别的房间贴着吴金华老师、赵生群老师的名字，那都是我在南师敬仰的老师，不由得高兴起来，虽然房间里也没有人应，心想我无论如何也要等到所敬仰的三位老师。我走下楼来，到门口等候。不一会儿，从圆明园的方向看到四五个人从那里走来，郁老师、吴老师、赵老师都在其中！我急忙迎上前去。老师们看到我来，也都非常高兴，拉着我的手接到室内，问长问短。

中午的时间太仓促，老师们商量，让我下午就呆在这里，留下一位老师和我说话，其他两位老师前去会场，发言之后再来替换。最后他们又留我吃了晚饭，继续说话，到晚上8：00才辞别回去。

吴老师最先留下来和我一起说话，长达一个半小时，这也是听他聊天最长的一次。老师讲他从南师调离到复旦这几年的经历。他在南师中文系担任了多年的副主任，欲一兴科研，无奈那个时候校方用人偏颇，许多环节不能畅达，以致屡调人才而不得进，遂萌去意，最终为复旦引进，重新开始了潜研学问的阶段。那天我和三位老师的谈话，回来之后写下了很长的日记，吴老师和我说的话，也记录下来满满一页。他遗憾自己在南师从事行政而未能多所建树，绝没有怨天尤人的不平，虽然离开南师，却又对南师感激深厚，让我感到他胸襟的洒脱。所以在日记里感叹："吴老师公私分明，真学问人之大度也！""老师由南师出离，亦不得已也。然其学问已见诸著述，弟子等已知努力之方向当效吴师。"

老师那天谈及的一些趣事，都是他亲历的"儒林外史"，可以见到他作为一个知识分子期盼高校学风纯正、师生教学相长的高尚追求。如他说南师老校长杨巩：徐复先生分房不得，以谦谦君子商求总务处长，有理难辨，拍案而去。处长向校长杨巩告状：徐复拍桌子，违反分房纪律。杨巩却深知教师甘苦，回答说：他要房，就把房分给他吧。处长又说：分房可以，但是必须做检查。杨巩又回答：检查就算了，你给他做检讨还可以。吴老师又说起他应外校用人单位邀请去访问，校长、人事处长均亲自招待，恭敬有加。饭后他独自从招待所到校门口的书店浏览，刚刚进门，一个人从蹲居看书的地方站起来，趋前来做双手捧握状。定睛一看，是刚才中午陪宴的校长，顿时让他感到这个学校的清风朗气。——回首当时的日记，我好像又看到吴老师站在我面前描述这些情景。老师期待高校行政中贤人政治的清明状态，是他最终不得不放弃教学管理的原因。我也为老师庆幸他最终回到自身的科研中，为汉语语言学史积累下了更多宝贵的财富。

五

此后我在北京继续读博士，做博士后，依旧给老师每年寄一次贺年的明信片。而老师也忽然间又在 2002 年 1 月 28 日寄赠来他近年的著作《三国志丛考》、《古文献整理与古汉语研究》作为新年的礼物，给我巨大的惊喜。2002 年 8 月，我再次回到新疆师大工作，和老师的联系也一如往昔。

再后来的几年，社会上开始流行千篇一律的中奖邮政贺年卡、互相抄袭的煽情贺年短信，让我觉得是对私人感情的亵渎；同时自己也心计转粗，再提不起用自己选择的明信片来写贺年卡的兴致，渐渐地就不再给任何人寄贺卡。调到北大的消息，似乎也只是用电子邮件告知了老师。

但这些并不表示我对老师的遗忘。听说中华书局开始重新整理二十四史的工程，我想《三国志》非吴金华老师莫属，后来打听，果然如此，心中为老师充满了自豪。间或，老师也会发一个邮件给我，如问问我新疆师大的饶尚宽老师的联系方式。2006年徐复先生去世，老师也给我邮件，提示我看他写的《训诂学家的乐趣——徐复先生二三事》。

我曾经有一段时间在华东师大授课，也到过复旦，但竟然没有想到过要去见见老师。我总想着自己和老师是纯粹的学术师承关系，应该通过努力地做出成果，像老师那样，隔几年出一本书寄给老师，才是老师所期盼；至于没有特别事情的日常见面，似乎都可以从略。这也许是个借口，特别是在老师遽逝的今天，我的不敬和遗恨才真正体现出来。如果当时即使去打扰一下老师，听他智慧的谈话，我的收获又何啻是埋头读书所能取得！

另外的一个原因是，我觉得吴老师始终是我印象中精力旺盛、不知疲倦的形象，我想总有接受他耳提面命的机会，却没有想到他会如此匆匆地离开我们。吴老师为徐复先生去世的上述纪念文章写到："今年九十六岁的著名训诂学家徐复先生于7月24日逝世，是学术界的重大损失。"现在再读这段话，让我联想到吴老师七十岁的不幸去世，更是这样的一种"重大损失"——因为在他的电脑里，肯定还储蓄着很多未及杀青的名山之作！

老师的学术成就，自有其登堂入室的弟子去做出系统的总结和继承。我的这些零碎回忆，只能表达一个在门墙之外得其教益的普通学生的一点思念，正像老师在《徐复先生百年诞辰学术纪念会感言》中说的："每个学生心中都有一群永不消逝的老师。"虽然我对吴老师的教诲领略不深，而老师对我的影响却一样铭心刻骨、永不消逝。我后来从硕士生期间攻读的古代文学专业转向博士生期间的古典文献学，到现在在历史系从事历史文献学专业的教学和研究，想想也都是老师的影响在起着潜移默化的作用。

在我受教于吴老师的1980年代中期，校园里流行着台湾电影《搭错车》的主题曲《酒干倘卖无》。我曾经觉得那撕心裂肺的歌唱，是我对早逝的父亲和母亲的心声。如今，趁我的眼泪还没有模糊眼前的屏幕之前，让我对您说——

敬爱的吴老师，您是我"从来不需要想起，永远也不会忘记"的老师！

2014年10月21日，北大朗润园

原载《凤鸣高冈——吴金华先生纪念文集》，南京：凤凰出版社，2014年，164—173页

留学师大第一人

——仓石武四郎与北师大

谁是进入北师大校园留学的第一人？在百年校庆回首之际，这个关系到办学思路的“师大之最”不能不令人充满探究的兴趣——而根据校方的年鉴或名单，这一论证似乎要等到晚近的留学生制度确立、北师大从琉璃厂校址搬到北太平庄之后才能展开。以师范为宗旨的师大总是较之其他高校有更为严厉的校规，因此在她的前期甚至连外校的旁听也绝不接纳，更不用说办理前来留学的手续了。

但一所学校的影响并不真的就被严格的制度局限了她的流光溢彩。“墙里开花墙外香”，就是在那样一个时代，日本学者仓石武四郎回避了校方的规定，在琉璃厂时期的北师大“偷听”了一年的课程。百年名校造就了无数并不为校方所备案的成功者——正是从这样的角度，我们将日本现代汉语教育的先行者、日本中国学的翘楚人物仓石武四郎，认定为“留学师大第一人”！

仓石武四郎（1897—1975）是日本新潟县高田市人，他的父亲仓石昌吉是明治维新时期著名思想家、教育家福泽谕吉的学生，典型的书香门第使他从小就与古籍结缘。1921年，他在东京帝国大学支那文学科毕业后，就来到向往已久的中国南方进行考察，短期的中国之行使他对“训读”法与现代汉语之间的隔膜产生了深刻的认识，因此成为他一生研究汉语教育、改革的契机。他于1922年进入当时日本中国学的中心——京都帝国大学大学院，在狩野直喜、内藤虎次郎等中国学的奠基者指导下从事研究。1926年，他担任了京都帝国大学讲师，1927年升任助教授，1928—1930年被日本文部省派往北京留学（图1）。

自1894年甲午海战以来，日本成为世界强国，往昔向中国学习的风尚一变而为中国学人纷纷留学东瀛，日本学者也以留学欧洲为时尚。但以狩野、内藤为首的有识之士却在建立新的中国学格局中认识到留学中国的意义。于是，在战后成为日本中国学中坚力量的仓石武四郎、吉川幸次郎等人便相继逆潮流之势而被派到中国留学。

明治以来日本的这种留学被称为“在外研究”，来到中国的日本学者实际上很少拜师或进高校接受严格的中国学问训练，很多人在中国只是进行考察和收集资料，间或约请一些学者做言语不通的“笔谈”——以致在研究那一段中日文化交流的内容上，这些笔谈的片纸只字成了稀世之宝。在仓石武四郎留学期间，真正能如此克服语言的

图 1　仓石武四郎北京留影（1928 年）

障碍而虚心就学的，只有他和吉川幸次郎、水野清一等少数的学者。仓石武四郎在当时的风尚中以不同凡响的求学精神，为我们展现了昔日遣唐留学生的古风。他与吉川幸次郎共同住进了北京的四合院，并穿上了中国服装，一如中国人那样开始了他们在北京的生活，在最初的四个月中，他们请了旗人来讲解《红楼梦》，通过这部名著的精读，他们既掌握了北京话，而且也了解到了北京人的风俗生活。其后，他在与中国学者的交往中了解到当时北京大学和中国大学的旁听制度，于是又办理了手续到那两所大学中听课。

二

但仓石武四郎的兴趣，是在清代考据学特别是小学、音韵的研究上。对他来说，以上两所大学所听的课程主要是在练习听力、揣摩各位老师的方言。他真正想听的课程，是语言文字学家钱玄同（1887—1939）在北师大开设的“国音沿革”和“说文研究”课程，因此他通过另一位学者马廉向时任师大国文系主任教授的钱玄同提出了请求，得到的回答是：“我在北京大学也有同样的课程，况且北大有旁听制度，去那里如何？倘若一定要在师范大学，那里没有旁听制度，我自然无法答应，不过，也许可以偷听……”（仓石武四郎《钱玄同与黎锦熙》，载作者著《汉字・日本语・中国语》，くろしお出版，1982年）在钱玄同先生的暗示下，他从1929年秋季学期开始了师范大学的学习。从仓石武四郎留存下来的一份《述学斋日记》（1930年1月1日至8月6日）中，我们可以大致还原他在师大的听课情况：

仓石武四郎 1929—1930 年秋季学期北师大学习课程表

星期	一	二	三	四	五	六
上午	钱玄同 国音沿革		钱玄同 说文研究		钱玄同 国音沿革	

仓石武四郎 1929—1930 年春季学期北师大学习课程表

星期	一	二	三	四	五	六
上午	钱玄同 国音 沿革				孙人和 词学	
			钱玄同 说文 研究		钱玄同 国音 沿革	

此外，根据他回国后上报文部省的一份《在外研究始末书》(图 2)，我们还知道他在北师大听过沈兼士的“文字形义学”、黄节的“曹子建诗”等课程，但在其日记中没有记录，可能只是开始的时候试听过一阵。他每周都穿梭在北京大学、北京师范大学、中国大学之间，聆听上述钱、孙、沈、黄之外还有杨树达、吴承仕、范文澜、赵万里、伦明等众多民国知名学者的课程。甚至每周一次，他还向晚清遗老杨钟羲学习清朝典制、向年轻的俞平伯学习翻译之道。这样繁重的课程学习在日本来华留学生中是非常罕见的。

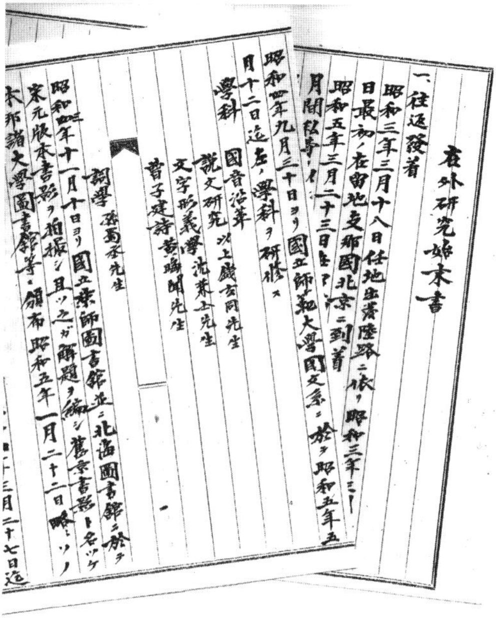

在外研究始末書
一、往返發着
昭和三年三月十八日任地出發陸路ニ依リ昭和三年三月
日最初ノ在留地支那國北京ニ到着
昭和四年九月三十日ヨリ國立師範大學國文系ニ於テ昭和五年五
月十二日迄左ノ學科ヲ研修ス
學科　國音沿革
說文研究　以上錢玄同先生
文字形義學　沈兼士先生
曹子建詩　黃晦聞先生
詞學　孫蜀丞先生
昭和四年十一月十日ヨリ國立京師圖書館並ニ北海圖書館ニ於テ
宋元版本書影ヲ拍振シ且ツ之ガ解題ヲ編シ舊京書影ト名ツケ
本邦諸大學圖書館等ニ頒布　昭和五年一月二十二日畢ル

图 2　仓石武四郎留学回国后提交的《在外研究始末书》中有关师大留学情况的记录

对仓石武四郎帮助最大的还是在师大钱玄同先生课上传授的知识。他听课非常认真，每节课都做详细的笔记（图 3），因此到后来许多的中国学生也都向他约定在考试前借其笔记抄写复习。但他的听课也遇到“偷听”带来的窘迫，在 1930 年 3 月 7 日的课上就碰到了麻烦，据他事后回忆说：

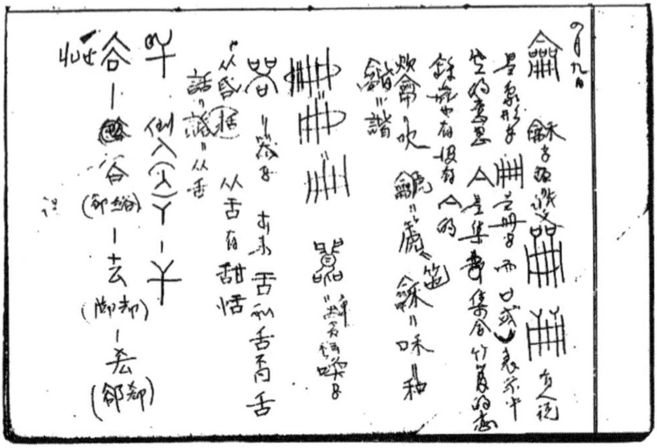

图 3　仓石武四郎在钱玄同音韵课上的笔记

不过，也发生了一件令人十分难堪的事情。钱先生是音韵学的老师，所以我需要音韵课的课堂资料。刚开始，只是在课堂上随便发，我也取了资料听讲。但不知为何，有一次，办公室的人来了，开始一边念花名册一边发资料。这样一来，像我这样偷听的不仅拿不到资料，还会被人发现。当时，我急得像热锅上的蚂蚁，而办公室的人也来到我身边并停了下来。其他学生也大致了解我的情况，目光齐刷刷地射向了我；老师也最终停止授课，由上往下看。幸好我旁边坐着研究生院的学生，就是后来很有名的孙楷第先生，我早先就认识他，所以他热心地为我辩解。老师也从讲台上对办公室的人说道："快点儿往前发！"最后，办公室的人也就不再追究了。我很想将自己的体会告诉大家，因为偷听是一件多么麻烦的事啊。（仓石武四郎《中国语五十年》，岩波书店，1973 年）

虽然发生了这样的事，但仓石武四郎还是自始至终在北师大听讲，直到当年 6 月他离京南下。

三

仓石武四郎的师大留学经历按照"制度"来衡量，充其量只是一段"留学外史"，但其意义却非常重大，可以说通过师大的留学，成就了五四新文化运动的海外传播和影响。在中国，一场轰轰烈烈的国语运动自 1913 年成立国语统一筹备委员会起、在随即到来的新文化运动中形成了高潮，钱玄同 1917 年参加国语研究会，主张文字改革并推行国语字音标准，从而成为国语运动的主将。他在该年编成的两册《音韵学讲义》，是我国最早的汉语音韵学教材。他参加编定了二三十年代教育部公布的《国音常用字汇》和《国语罗马字拼音方式》，成为新文化运动重要的成果。留学回国后的仓石武四郎继续在京都帝国大学任职，并在日本开始了长期的汉语教学改革，而钱玄同在北师大讲堂上灌输的知识成为他终生受用并付诸实践的准则。于是，新文化中有关国语运动的成就，都通过北师大的课堂，由运动的中坚人物钱玄同传授给了仓石武四郎；而日本的汉语教学改革，因为有了仓石武四郎的北师大听课经验得以蓬勃展开。1939 年，他以《段懋堂的音韵学》在日本京都大学获取文学博士学位，也未始没有钱玄同当年的影响存在。

1939 年，仓石武四郎任京都帝国大学教授，为了扩大其汉语改革的影响，翌年又来到首都东京，兼任东京帝国大学教授，1949 以后则长居东京，担任了东京大学的专任教授直到退休。此后，他创立中国语学研究会（今中国语学会）、仓石中国语讲习会（日中学院前身），为普及现代汉语教学不遗余力，1974 年因现代汉语教育的贡献被授予日本朝日文化奖。《仓石中国语教本》、《岩波中国语辞典》等教材和工具书，至今仍然是日本人学习汉语的权威性著作。此外，仓石武四郎的研究成就还表现在中国经学、文学等多重研究领域，他还以大量的精力投入到中国文学作品的译介传播中，是日本战后中国学研究者中涉及面最广的学者之一。在日本《中国语学》226 号（1979 年 11 月）上刊载的《仓石武四郎博士著述目录》就厚达 44 页，可见其用功的精勤。

四

仓石武四郎之所以选择北师大听讲钱玄同的课，一个重要的原因是从师大一出门便到了有名的琉璃厂文化街。自乾隆修四库全书以来，那里便成为中国有名的古书集散地。对于有藏书嗜好的仓石武四郎来说，真是如鱼得水，他几乎每天都光临这一文化中心，因此师大的听课同时成就了他作为藏书家的名声。后来他在琉璃厂购买的大量书籍，成为日本东洋文化研究所“仓石文库”的重要组成部分。

仓石武四郎在北师大不仅受到钱玄同的影响，他与先后在北师大任教的陈垣、鲁迅、高步瀛、黎锦熙、孙人和、杨树达、陆宗达也都有交往。陈垣先生感动于他的求学热忱，在他离别北京之际还专门到车站赠书相送；而在日本，第一个将鲁迅作品搬上大学讲堂的就是仓石武四郎；黎锦熙的《国语语法》则成为他回到京都之后利用率极高的教材。在北京留学的后期，他一直住在孙人和先生家中，与孙先生建立了深厚的私人友谊，一个典型的故事是：孙人和在与书肆的伙计通电话购书时，因为浓重的苏北方言而不能被对方明白，往往求助于一口京话的居停仓石武四郎来接电话。在仓石来北京之初，曾经表达过在中国最想见到的青年学者是陆宗达和赵万里，后来他们之间建立了深厚的友谊。据陆宗达先生的高足、北师大王宁教授回忆，

20世纪六十年代，仓石武四郎先生还将他用国音字母拼写的白话《四书》寄给陆宗达先生，但遇上“文革”，这件珍贵的文献在1978年才到陆先生手中，而此时的仓石武四郎已仙逝多年。此后陆先生多次对自己的学生提及仓石武四郎将《四书》“文言变白话，文字变拼音”的不寻常功力。这一方面反映出仓石武四郎与陆宗达这两位中日“说文”大家之间持久的友谊，另一方面也可看出他在学习国音字母方面的痴迷程度。

在日本东京的日中学院——日本战后第一所民间汉语专门学校——至今仍镌刻着第一任院长仓石武四郎的亲笔题词：“学好中国语，为日中友好架桥梁。”这位使日本现代汉语教育走上康庄通衢的奠基人、为日中友好而奉献一生的使者，无论从时间还是成就上，都堪称是留学师大的第一人。

※ 本文资料主要引自荣新江、朱玉麒辑注《仓石武四郎中国留学记》，北京：中华书局，2002年。

原载《北京师范大学校报》2001年11月14日第4版

春山秋恨有谁知

——刘盼遂先生与《刘盼遂文集》

四年前，趁着北京师范大学百年校庆的东风，《刘盼遂文集》历经多年的等待，终于作为“北京师范大学教授文库”之一种出版（刘盼遂著、聂石樵辑校《刘盼遂文集》，北京：北京师范大学出版社，2002年。以下简称“《文集》”。图1）。四年以来，出于一种偏爱，我一直关心着它在学界的反应。比较遗憾的是，与其朴素的装帧一样，它很少引起关注。这使我想起刘盼遂（1896—1966）生前经常引用的前贤名言“不因人热”——这是一些经典学术常有的遭遇。但相反的，刘先生的名声似乎倒并不比其文集让人感到陌生。20世纪八十年代以来，在反思中国文化发展的两个重要阶段——民国学术（20世纪前半期）与“文化大革命”中，刘盼遂的名字一直被不断地重复着——虽然他原本并不需要以这样的方式为我们所熟知。

图 1　《刘盼遂文集》书影

首先，是在民国学术史研究的热潮中，作为教育史上的奇迹，清华研究院1925年以来短暂的四期中人才辈出的现象，成为学术史的重要关注点。去年是清华研究院成立八十周年，自然又免不了这一话题的持续升温。清华研究院首届学员中的翘楚刘盼遂，作为成功的重要例证被频频点击。特别是从10年前《陈寅恪的最后二十年》的出版开始，当清华研究院超出了学界对它的敬仰而成为普遍关心的大众文化话题时，刘盼遂的知名度也因此远远超出了他生前从事教学科研的学术界。

其次，也是更重要的，是“文化大革命”。笔者在上世纪最后的六年，在北师大攻读研究生期间，不止一次地听到这个“文革”重灾区知识分子群体悲惨的命运。而最为惊心动魄的故事，是关于刘盼遂。这位忠厚木讷的长者与夫人在家中被红卫兵揪斗致死，死后的尸体，竟被伪造了自杀的现场，双双头朝下浸泡在了水缸中。但也有的说法认为两位前辈确实在揪斗之后不堪凌辱，自溺缸中；这种死法惊世骇俗，史无其例，越发体现出揪斗给善良的学者带来的心灵巨创。谢泳的《1949—1976年间中国知识分子自杀状况的初步考察》（谢泳《教育在清华：谢泳自选集》，天津：百花文艺出版社，1999年）将刘盼遂夫妇的死亡归入自杀的行列，但死亡方式，则比较审慎地填作了“不详”，大概是觉得成人自溺水缸实在是一种不可想象、无法接受的自杀方式。——这位传统国学的弘扬者，竟成了一个民族愚昧、残暴的牺牲品，成为野蛮的“文革”最可怖的记忆。刘盼遂因此而得到的“盛名”，确实令人百感交集。

人们关注这种死亡的意义，以至于这一过程也被迅速传说化为更接近于对“文革”进行有效性的批判，如北师大教授郭齐家的说法：“我校中文系教授刘盼遂先生是一位很有水平的教授，收集了许多古文化典籍，古宋版的、绝版的，红卫兵给他烧了，这位70岁的老先生扑在火上也烧死了，和中华文化共存亡。”（《即席讲话》，《首届儒家文化与乡村建设研讨会论文集》，2002年5月2日—4日）刘盼遂的死亡距今也只有40年不到的时间，但其生死情景却很快在我们的记忆中模糊或者扭曲，无论如何，也是一种悲哀。

不管是出于对他研究背景的敬仰，还是身前遭遇的同情，刘盼遂之成为“文化名人”是如此地出乎所料，他的名山之作，相反倒成为其次而并不为今世所看重。由于对学术的敬仰而敬仰学术的传承者，至于学术本身的内涵却又被忽略，这似乎也是人类社会的特性。居里夫人早就有过对报刊杂志过分看重科学家而不是科学的喟叹，这一点在社会科学的方面表现得尤为突出。学术本身的被忽略，最可能是由于这样两个方面的因素：一方面是它的有效性在岁月流逝中的不合时宜；另一方面，却是因为它的前沿性或专业性带来大众阅读的限制。

刘盼遂的学术研究为大众所忽略显然是因为后者，我们还是通过他在学界的品评及其著述来作探究。

二

对于刘盼遂学术成就的赞誉，在学界本身，一直是有口皆碑的，这也是外界声誉的根源（图 2）。

“赖有达诂君教我，春山秋恨有谁知”，是瓜蒂庵主人谢国桢（1901—1982）《忆刘盼遂》中的诗句。对于这位一向不以诗名的明清史专家来说，一口气写下五首怀念畏友的诗，其真挚的情感可想而知。不仅如此，他还写有一篇《记清华四同学》的文章，追忆当年在清华研究院风华正茂之际的总角之交。其中的一段这样回忆道：

刘盼遂，河南息县人。少治文字训诂之学，亦辨声韵，宗许氏《说文》之旨，能为魏晋之文，慕章太炎之学风，而以未能亲炙其门为平生之憾。……一九二五年考取清华，竟冠其军。以其记闻淹雅，考证精湛，为梁、王、陈诸先生所赏识。自其结业，旋讲授于燕京、河南、辅仁、北京师范诸大学，以终其身。及门之士，多有成材而去者。余与君忝属同乡，又同学，君年长五岁，余以兄侍之。君好静，而余喜动；君恬于荣利，而余嗜躁进，至屡踬而不悔。凡有取咎之事，辄请教于君，君尝诲之不

图 2　刘盼遂先生

倦。曾以梁鸿“不因人热”之语教余，如服一剂“清凉散”也。

1976 年 6 月是中国知识分子难以忘怀的岁月，谢国桢在那样的黯淡日子里，在亲友凋零的痛苦中，为自己的心灵抒写了这篇“恨赋”，显然是有所寄托的。这篇文章 20 年后才被收入到他的《瓜蒂庵文集》(沈阳：辽宁教育出版社，1996 年）中发表出来。谢国桢关于明清之际的文史研究很早就得到鲁迅等大家的肯定，无疑也是人中之龙。但他犹自对于刘盼遂叹服再三，敬仰之情实在超出了一般平辈同学之间的称道。这除了让我们感受到谢氏折节下人的襟怀，对于刘盼遂的学问也不能不心生景仰。

另外，作为其在新中国建立前后的学生兼同事聂石樵、邓魁英教授夫妇，也多次深情地回忆先师的生前身后。形诸笔墨，既有关于其动荡岁月中孜孜学术的生活留痕（《怀念刘盼遂先生》，聂石樵、邓魁英《古代诗文论丛》，北京：北京师范大学出版社，1993 年，513—525 页），也有其学术成就与方法论的总结（《刘盼遂先生的治学方法》，聂石樵、邓魁英《古代文学论丛》，石家庄：河北教育出版社，2000 年，339—343 页）。“远绍王念孙，近承王静安。”聂石樵在《文集》前言中的概括非常准确而生动地展示了刘盼遂在时代转型之际传统国学继承者的形象。

但是，对于新中国尤其是改革开放以来的研究者，要印证前辈的赞誉，寻找这位得到梁启超、王国维、陈寅恪等国学大师赏识的清华研究院“冠军”的文字，确实非常困难。笔者曾经在一篇祝贺郭预衡先生八十寿辰的文章里，提到“文革”之后通过由刘盼遂、郭预衡主编的《中国历代散文选》(北京：北京出版社，1980年)作为阅读古典文学作品入门书的经历，相信这也是许多“文革”以后成长起来的同龄人具有普遍性的经验。但除此之外，就笔者以往的见闻而言，1949年后真正出版的刘盼遂著作，只有《论衡集解》一种(北京古籍出版社，1957年版；北京：中华书局，1959年版、1990年新版)。

不过，在北师大的日子里，作为古典文献研究的后学者，在他人著述引用的刘盼遂零碎的札记、校语里，由一斑而略窥全豹，我慢慢起信，确立了谢国桢等前辈对刘盼遂品评洵为天下公评的高度信任感。

一个典型的例子是在王重民辑录的《补全唐诗》(收入《全唐诗外编》第一编，北京：中华书局，1982年)中。王先生根据敦煌遗书增补《全唐诗》的佚诗，在其1962年的序言中，就提及伯2555号中《拗笼筹》诗被他自己臆测为李峤、樊铸作品，而经刘盼遂法眼，指出其为朱湾《奉使设宴戏掷笼筹》诗。这样的识力，在今天《全唐诗》电子化的时代里似乎并不是什么本领；但在当时，如果没有博闻强记的学术功力，是断然难以在5万首唐诗中核对出这样一首并不知名的作品的——而刘盼遂并不以唐诗研究声闻于世。在《补全唐诗》的正文中，刘盼遂的校语也堪称是精金美玉、字字珠玑。如王氏据伯2552号补入了李昂的《驯鸽篇并序》，其中有“亦闻无角巢君屋，诸处不栖如择林”一句，刘盼遂出校云：“‘林’当作‘木’，与屋为韵。《世说新语·语言篇》：‘李弘度说，穷猿奔林，岂暇择木。’”（《全唐诗外编》，23页）当陈尚君接受中华书局的委托对《全唐诗外编》进行全面的校订、重新核对敦煌原卷时，果然发现“林”字应当是“木”字之误，王重民当年录文有失（陈尚君辑校《全唐诗补编》，北京：中华书局，1992年，25页）。刘盼遂是在没有见到伯希和敦煌文书原件的情况下，根据音韵训诂的原理和“择木”的用典，判断出了“林”字的错误，这种理校的功力，即使在今天的电子化文献中，通过复杂的程序检索，恐怕也难以达到在刘氏脑中一刹那联想所得出的结论。

在已经拆除的北师大过去的主楼里，七层最东边的一间教室，是中文系的古典文学教研室。曾经有一段时间，那里堆放了半堵墙的线装书。这些书，是1980年刘盼遂被发还的藏书中的一部分，经家属同意由中文系保管下来。很多年里，笔者在那里听课、听讲座，每次进去，总会对着这批默无声息的线装书静立片刻。那些曾经与它们的主人朝夕相对在“居之安”中凝聚起一个国学研究者光环的书籍，如今因为主人的离去，已经变成了没有生命的书堆。——这样的时刻，便是我在北师大与刘盼遂先生最接近的时刻。

这些碎片般的感受，使笔者产生了对《文集》的期待。虽然知道聂石樵先生已经辑校了刘先生的文章，但因为出版界的商业忧虑，一直付梓无望。到了2002年百年校庆前夕，《文集》终于出版；而从北师大图书馆网站的馆讯上了解到，那一批2800余册的刘盼遂藏书，也由中文系古典文学教研室于当年六月转赠给北师大图书馆。

三

《刘盼遂文集》是北京师范大学中文系聂石樵教授搜集、整理刘盼遂文稿的结集。这一工作从刘盼遂去世之后开始，聂先生对此的回忆是："当时自己心想，刘先生一生从事教书、研究工作，为国家教育事业默默作贡献，自己虽然淡泊名利，不求闻达，但作为学生把他的学问传授给后代，让后代从中受益，是义不容辞的责任。"（《写在〈刘盼遂文集〉出版之后》，《书品》2002年5期，7—8页）这是一个令人感动的场景，当"文化革命"在中国大地上愈演愈烈之际，仍然有着不怕死的读书人为了文化的传承、在高压的政治下做着薪尽火传的工作。三十多年的苦心，使如今出版的这本文集，收罗了刘先生正式面世的尽可能全面的文稿；整理的过程也不厌其烦：繁体横排，并加专名线，对待正文与校笺又分别字体——用对待古代典籍最严格的整理方式来排版一位当代学者研究传统文化的著作，聂石樵对待恩师的敬重之心昭然可见。

《文集》搜罗到的文章涵盖了刘盼遂一生最重要的文

字。这些著述，展示了刘盼遂遍征古代文献、出入语言文字与文学历史诸多领域的研究成果。正如聂石樵在前言中的精辟概括：《文集》体现出刘盼遂在小学、经学、史学、文学、校勘、目录方面的专心潜研。他继承了乾嘉学派的治学方法，而又将其发扬光大，不仅以小学通经，更以小学通史、通一切古籍，从正经正史到戏曲、小说，乃至敦煌曲词与民俗方言，均在其研究的范围之内，反映了民国学人在学术认识上的现代性，也昭示了古典文献学在新的时代里发展的道路。

翻阅《文集》的目录，可以看到刘盼遂学术研究一个非常明显的特点，那就是对诸多的经史子集名著均有所发覆。《春秋》、《天问》、《庄子》、《荀子》、《论衡》、《后汉书》、《文选》、《世说新语》、《颜氏家训》等，种种的著作经过前人的皓首穷究，留下的多是向称难解的问题和死结。刘盼遂对以上著作“避虚就实”，并不作全面的注解，而是以校笺、考误、补证、札记、定诂等等的方式，专门解决前人未发之覆。这些零散的篇章集结起来，便使《文集》在阅读古代典籍时成为无法回避的里程碑。

从最为艰涩的古代音韵、文字研究，到年谱、方志的编纂，刘盼遂的研究领域又体现出不见涯涘的通识。在许多经见而被忽视的典籍内容上，刘盼遂往往做出了非常精彩的文化史题目，如收在下编的《赤子解》、《嫦娥考》、《中国书中不规则记数法》、《谈〈胡笳十八拍〉非蔡文姬所作》、《辛稼轩词集中的语病》，以及考证古代伦常不定、上古谥法不限于卒哭之后、父子祖孙同名、齐州即中国、唐代白氏为蕃姓等等，都是非常出色的见解。它们所体现的正是作者采铜于山的锱铢积累下对古代典籍的贯通博识。

刘盼遂研究的广博与精深，是清华研究院梁、王、陈诸公身体力行的国学研究通人教育的具体而微，这些教育方法肇自乾嘉而又在新的学术视野中得到整合。它也一直影响到 1949 年以来的北师大中文系提倡文史不分家、文学史教学分段而研究不分段等等重要的教研原则。

四

经过“文革”的劫难，散佚在《文集》之外的刘盼遂文稿应该还有不少。《文集》中自序的那些著作如《说文重文疏》三卷（见《文集》530 页）、《说文声谱》三十六卷（541 页），以及《上秦宥闻先生书》（714—715 页）中所及《光州方言徵故》、《古今称谓字通考》、《光州先贤传》，皆未之见。单篇如聂石樵在前言中就提及：“另有一篇未曾辑得，即《跋王贯山说文部首表》，因其所刊载之河南大学出版之《励学》难以查找，也只好阙如了。”又据《文集》658 页云：“予于壬申（1932）春，作一文，名《评〈女师大学术季刊〉二卷二期》，载《大公报·文学副刊》二百二十八期。”则该文似亦未能采入《文集》中。而《文集》卷首的《刘盼遂先生未曾刊布的荀子校笺手稿》，似亦以排印成篇为宜。刘盼遂日常致师友、学生的的书信，无疑也是其学术心得之言，夏晓虹教授介绍《（冯永轩藏品）近代名人墨迹》（冯天琪、冯天瑜编，武汉：湖北教育出版社，2001 年）中多有藏主冯永轩在清华研究院时期的师生藏品（图 3），“如研究院同学刘盼遂、吴其昌的信札，也有助于考证毕业后各人的行止与学问”（夏晓虹《学者的收藏》，《中华读书报》2001 年 12 月 5 日）；类似刘盼遂赠给学生史树青的联语“箧底碎文征旧史，扇头警句记新词”（木戈《箧底碎文征旧史：访著名文物鉴定家、书法家史树青先生》引，《中国艺术报》2002 年 5 月 3 日）等，亦当有不少，这些都是作者著述之余事而有裨于了解其心迹者——如果我们没有忘记清华导师陈寅恪以“对对子”为国学之基本功而言传身教的话。另外，像笔者前此提及的王重民《补全唐诗》中的刘盼遂校语，同样也可以辑录为《敦煌写本唐诗校笺》一文，使读者更全面地了解到刘盼遂学术研究的会通。

笔者偶阅清人年谱，曾读到刘盼遂 1936 年春为清华同学冯国瑞所撰《张澍年谱》而写的《张介侯年谱序》。序中提及了冯国瑞所撰年谱是受到了刘盼遂编撰段王年谱的启发（今有《北京图书馆藏年谱珍本丛刊》影印本，北京：北京图书馆出版社，1999 年，第 137 册）。近年，邓

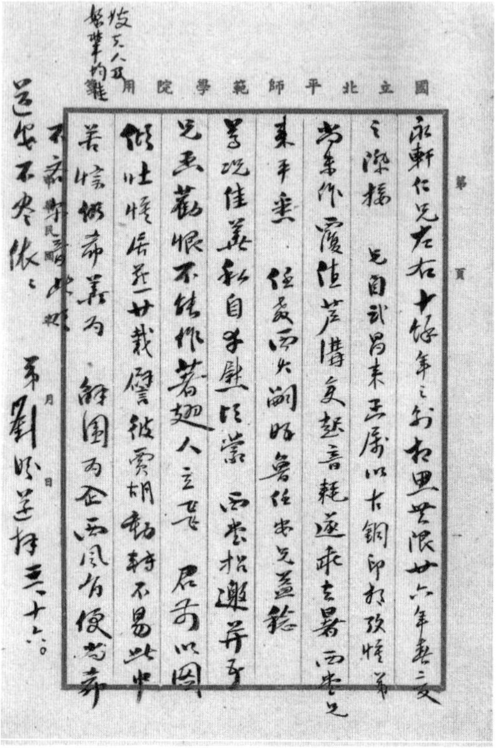

图 3　刘盼遂致冯德清书札

明的《冯国瑞藏梁启超手札考释》也披露了冯国瑞在撰写年谱期间向刘盼遂出示所藏梁启超手札、刘盼遂为之所作的题跋（《兰州晨报》2003 年 2 月 22 日第 14 版）。而中华书局 1936 年出版的于安澜（海晏）《汉魏六朝韵谱》，其中也有刘盼遂为之作序（今有郑州：河南人民出版社，

1989 年修订本)。这些,无疑都是珍贵的文字。总之,《文集》提供给了我们继续努力寻找刘盼遂论著的平台。

但即使网罗遗文,我们也会发现,刘盼遂贡献给后世的著作——这些薪尽火传的国学精华,在数量上也终究不会超过其清华同学如王力、谢国桢、姜亮夫、高亨等人。个中因由,是与这些劫后余生的同学相比,动荡的岁月夺走了刘盼遂老树著花的生命。李学勤先生曾经为煌煌 24 卷的《姜亮夫全集》出版(昆明:云南人民出版社,2002 年)写过读后感,他感叹说:“到了改革开放,他已是 80 高龄,加以衰病,竟能创办研究所,开设讲习班,招收博士、硕士学生数十人,主持多种学会,出版 10 余部专著,百多篇论文。秉烛之年,成为一生中最辉煌的段落。”(《学术史中的姜亮夫》,《中华读书报》2003 年 6 月 4 日第 10 版)我们也完全可以想见,如果刘盼遂逃过 1966 年的劫难,即使还要历经 10 年的动乱,在他 80 岁后的桑榆日暮之年,也必然要将多年的心得著书立说,为后世留存更多的贡献。

然而,这位在自己的名字中也盼望顺世、在对学生的教诲中再三强调学业成就必须“生活安定”的学者,却在劫难逃!作为“文革”的劫后遗存,当《文集》与作者满腹的经笥形成不协调的反差时,它最生动地表明了这一劫难不仅用残酷的手段灭绝了一个知识分子生存的权利,也灭绝了中国文化在刘盼遂几十年的接力临近终点的时刻应有的光辉。

不管怎么样，《文集》的出版，终究是一线鲁殿灵光，铭刻在传统国学的命脉中。在笔者所见四年以来寥寥的评介中，至今觉得最为深刻而沉痛的评价，还是聂石樵先生《写在〈刘盼遂文集〉出版之后》中引用启功先生的感慨：

“这比保存骨灰更有意义！”

——谨以此文纪念刘盼遂先生诞辰110周年、辞世40周年。

2006年1月21日，乌鲁木齐云鹿居

原载《读书》2006年第5期，149—155页

春风侍坐永相忆

——启功先生百年诞辰追思

什么时候开始知道启功先生的呢？现在也不太清楚了。1982 年初，大学一年级的第一个寒假，在家乡的新华书店看到了《启功丛稿》。其时因为练习写字，大概就知道了先生是书法家的大名，因此专门向半截玻璃柜台后面的营业员要来翻阅。那个时候真是腹中空空，看了目录，几乎不懂，又兼繁体竖排，读起来更是费劲，只好假装平静地将书放还（一直到十七年后，我才从《启功丛稿》中开始获得阅读的愉悦。我查自己的日记，在 1999 年 12 月 7 日星期二，写到："临睡前开始读《启功丛稿》，真是被吸引住了，因为现在有了启先生娓娓讲来的影子。"）。但是那一次的印象还是非常深刻：自己虽然上了大学，还不知道有多少看不懂的书需要去面对呢！

当时对先生的书法，还是能理解一二的：简洁、明净、挺拔、秀丽。因此凡有欣赏的机会，总会驻足看上一阵。

大学毕业的1985年，前往新疆师范大学任教，发现系里的资料室和复印机竟是如此方便利用。于是，中华书局那些有先生题签的著作就被我一摞摞借出，专门复印有他题字的封面或者扉页。从此我拥有这些书法，朝夕晤对，欣赏揣摩，欢喜不已。

那时，一位从北京师范大学毕业、教外国文学的同事赵建华，看我干体力活一样搬运书籍、复印题签，便说起在北师大求学期间接触过启功先生的情景。最后说："你应该到北师大念书，这老头，幽默、可爱，你一定会喜欢的。"这话说得轻巧！那个时候的启功先生名满天下，万里边关之外的我，只有仰止之情，岂敢非分之想。看着先生的题签被我汇总、剪贴，我已经分外满足，丝毫也没有奢望这样的机会。

但是九年之后，我真的就考到了北师大攻读硕士学位。再过三年，又由硕士生导师赵仁珪先生的推荐，考取了启功先生名下的古典文献学博士生，在他生命的最后八年里，得以追随左右。

现在想起来，从先生的著作留给我深刻的印象开始，已经三十年了；而从得到他耳提面命的教诲算起，也有了十五个春秋。他给了我无穷的关怀和指导，也留给我无尽的影响和思念。

二

我有幸侍坐先生左右，前后八年，大概可以分为三个阶段。最早是在北师大读博士的三年。

1997 年我师事启功先生攻读博士学位，他已经是 85 岁高龄的老人；而且如所周知，因为他国学大师的名声远扬，全国政协常委、中央文史馆馆长、西泠印社社长、国家文物鉴定委员会主任……一系列的职务和社会承担带给他繁重的工作。但是他丝毫也不懈怠北京师范大学教授这个重要的教育岗位，虽然比起其他的职衔来讲，社会影响要小得多。

敬业，成为先生给我的最大教益。

我曾经听他 1998 年在北师大电教楼五百座为本科生开设的讲座。早去了十分钟，已经是水泄不通，窗户上、楼梯口，都挤满了人。正式开讲的时候，先生的声音从讲台上传出来，沉稳而风趣。这是他数十年文史研究成竹在胸而天成自然的表现，也传达出他与学生交流由衷的喜悦之情。

在去世前的很多年里，他都坚持参加新生的入学典礼，并作勉励性的讲话。1999 年的教师节，我们去看望他，他刚刚从操场上举行的新生入学典礼上回来，非常兴奋，告诉我们："学生开学了，人多，扩大招生，礼堂坐不下，要在露天开。这晒太阳，实在吃不消！我们当然是坐着，有遮荫。但这学生可太苦了。所以发言还是简短点好。”当时听了就很感动：他为这些新入学的学生被暴晒感到着急，仿佛是自己的责任一样。在心理上，这些学生已经成为他必须去关怀的校友。

作为研究生，我们的受教往往是不定期地到他家中闲谈，有时候一两周一次，有时候一周两三次。因为他的见多识广，总是在海阔天空的闲谈中使我们得到知识的积累和思想的锻炼。他在家的日子，来自五湖四海求教的人永远是座无虚席。除非那些人是有特别的约定，否则，只要我们轻轻地一敲门，他便马上把我们让进屋内，然后朝先来的社会名流一拱手：“对不起，老兄，我的学生来了，我要上课。”于是我们坐下来，也还是一样的闲谈。但在他的心念中，他对我们有着义务和责任，我们的到来就是他尽责的时刻（图 1）。

1998 年，他 86 岁的那年春夏，完完整整地给我们上过他人生最后一次系统的课程。每两个星期一次，他早早地挪动着脚步，将家里的椅子集中到客厅，给我们拿好茶杯，然后开始一个上午的讲授，讲他几十年来一直思考着的中国古代学术史和文献学问题。——在那样的时候，他不应门，也不接电话——后来甚至把电话拔了；在那样的时候，没有什么比他作为一个导师在恪尽职守时更为重要。仅凭这一点，比起今天许多招生无数的挂名导师来说，先生崇高的职业道德，可以说是终身贯之、老而弥坚。一直

图 1　1997 年教师节，启功先生在寓所前与聂石樵先生、邓魁英先生及在校博士生等留影

到 2000 年的秋天，他 88 岁时，还曾经给我后面两届的研究生讲过几次古文献课程。

这些课程，后来根据录音整理为《论学术思想》、《论古籍整理》两个系统的讲义，收录在《启功讲学录》中。其中的《论学术思想》是他一生思考中国古代学术思想演变的总结，我们听到的，是他晚年最全面的一次讲解；而《论古籍整理》，如所周知，一直是先生提倡的“猪跑学”（文史典籍常识的戏称）内容，是他对从事中国学术、特别是古典文献研究者所做的文献常识和理论的普及。在他晚年，一直希望自己能够亲笔写定这些内容，但是由于眼睛的黄斑性病变和眼底出血，除了部分内容坚持自己写定外，终于也只好以口代手传授下来。否则，由他亲自来写的话，应该更为精彩。

作为教师，先生更多地是以身教的方式传承给我为人处事和求道问学的方法和准则。

八年侍教，我从未见他对学生辈疾言厉色的训话。声色俱厉的情况是有的：有时候接到一个死乞白赖的电话，要求他参加无谓的会议；有时候遇到不速之客，推门而入要求写字。——百般推辞不了的情况下，先生会高声要求中止电话、会拿出救心丸要求送客。不过，当不愉快的电话结束、送客的大门关上，他马上会将苦恼抛置脑后，和颜悦色地为我们让座、接谈。我们有时几个同学一起去，他也非常注意与每个人的交流，经常在讨论了某个同学的问题之后，又及时地问询下个同学的论文题目甚至是家中的情况如何，将话题自然而然地转到另一个同学的身上。经常说“小叩小鸣，大叩大鸣”，但是在先生这里，即使你讷言朴语，他也会体贴你的心理，给你教益。我在博士论文的后记中提到：“尽管自己愚钝而不善叩问，先生见解闳通，总会在不经意处给予切实的教益。”我想这一定也是其他同学认同的、在别的地方很难得到的感受。“因材施教”“有教无类”，这些在孔子时代就保留下来的中国传统教育理念，在先生这里可以得到完美的印证。

他温和而尽责的态度，贯穿了我撰写博士论文的全过程。论文指导的一些琐事，总是让我感动。

我的博士论文做了一个纯粹的古典文献学题目——《张说集版本研究》。有一次，因为《张说集》的一个影宋抄本全帙曾经傅增湘先生校勘，我便向先生提出，希望请教傅增湘先生的嗣孙傅熹年先生。先生当时就打通了傅熹年先生的电话，并让我与傅熹年先生直接通话，说明希望请教的问题以及询问前往请谒的地点。先生给傅熹年打电话时，说：“他不会占用您太多时间的。”实际上也是在告诉我不要浪费对方过多的时间。放下电话后，启先生又说：“我们两家是世交，你去请教版本学的问题，傅先生当然很高兴。我们守着傅熹年称傅增湘为傅老先生，而对外则说傅增湘先生。”我很快就明白了：启先生是老派而讲究礼节的人，大概是我刚才在电话里和傅熹年先生的交谈，因为紧张而有时直呼傅增湘的名字，甚至连先生也不加缀。于是我表示歉意说：“我太不注意了。”启先生说：“这没什么。但傅熹年先生是受过旧式教育的人。”先生用这种变通的温和说法，提醒我见到傅熹年先生后要讲究用语。——他这种体谅对方、给人台阶的方式，让我感到温暖。

后来我到车公庄大街的中国建筑历史研究所拜访傅熹年先生时，他果然对我这样的年轻人还有志于版本目录学的研究，表示了鼓励，回答了我的问题，赠送了我当时已经脱销的《藏园群书题记》。我事后想起：我当时还是辞不达意地直呼了傅增湘的名字。不过，傅熹年先生也并没有表现出不悦的神色。对于我们这些“文革”中成长起来、早已经坏了规矩的年轻人，启先生和傅先生都给予了分外的包容。

又有一次，说到《四库全书》编纂中，张说的集子有阁本和殿本的区别。先生很有兴趣地向我打听这最新的研究情况，以及哪些有用的参考书。等到我告辞时，却到里屋拿出500元钱给我说：“不用客气，去买那本四库（指《纂修四库全书档案》）。用得着，我俩合用，因为书可以互通有无，买书的钱也同样可以互通有无。”等到我将书买来请他看时，他说：“买到就好，我现在也看不了了，你拿着用。我需要的时候，再请你查询。”他实际上就是替我买下了这本有用的书。后来我做博士后课题，他陆续从拍卖会上帮我买下《西域水道记》的翻刻本、徐松的信札送给我，每次也都重复类似的话：古人有通财之谊，我的就是你的，你留着用。——他体贴地保护着年轻人的自尊心，却又仗义疏财支持着对学术有所追求的读书人。

当我决定了博士论文的题目之后，《张说集》的问题仿佛就成了先生自己的事情。有一段时间我没有去，而他

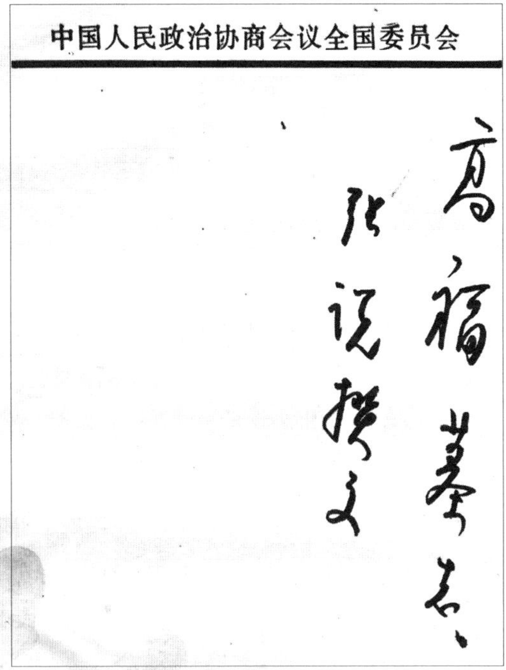
中国人民政治协商会议全国委员会

高福墓志、
张说撰文

图 2　启功先生写给作者的便条，提示注意张说文中碑志关系

忽然想起了值得关注的问题，便会写张纸条，托前往请教的师兄弟带给我。其中有一张是提醒我：他早年曾经收集到一张高力士父亲《高福墓志》的拓片，而《张说集》中有高福的碑，应该注意神道碑与墓志之间的关联（图 2）。

我在2000年完成的博士论文《张说集版本研究》中，感谢先生的指导，其中一段这样表达说：“（先生）指出碑、志年代差异的遵从，碑、志文字的改窜，张说大手笔与‘以诗为文’等问题，均对我的文集校勘与作品研究提供了帮助。”这些不仅表现在我的论文撰写和《张说集》整理上，同样也对我现在的文献研究产生了持续的影响力。

在我撰写博士论文的最后时刻，我需要对校《唐音统签》中收入的张说诗集。这部书分十签，只有故宫博物院图书馆珍藏全套；收录张说诗集的《唐音乙签》，更是孤本独存。而故宫博物院图书馆一般不对外开放。无奈，只好又去请先生代为通融（图3）。当时他正患一种非常折磨人的病——带状疱疹，那是一种无时无刻不在的顽固性神经痛。因为年老抵抗力差，这种疼痛折磨了他大半年。但当我提出这个要求时，他还是坚持着拿起已经很久不用的笔，为我写了一封信，向时任故宫博物院副院长的杨新先生介绍我去看书。那时，赵仁珪老师正好也来看望先生，看着先生艰难握笔的样子，打趣地对我说：“你可以把这封信自己保留，复印一份拿去见杨新先生。”先生抬头说：“哼，这又何必？”他咧着嘴忍痛苦笑的神情，至今都清晰难忘。当时，故宫博物院珍藏的《唐音统签》因为要影印到《续修四库全书》中去，而全部被拆散拍照，无法阅读；我拿着这封信的原件去故宫拜访杨新先生，结果当然是得到了图书馆的折中安排——让我从馆中

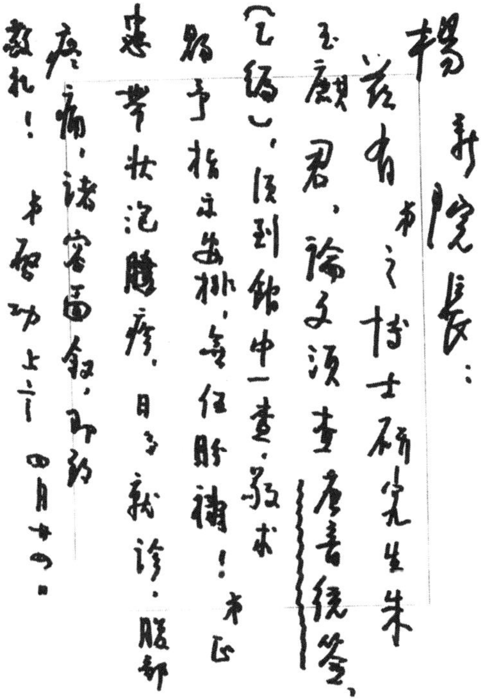
楊新院長：
茲有本系博士研究生朱玉麒君，論文須查唐音統籤、〔乙編〕，須到館中一查，敬求
賜予指示安排，無任感禱！弟正
患帶狀泡疹，日日就診，腰部
疼痛，諸容面叙，即頌
敬礼！ 弟啓功上言 四月廿四日

图3　启功先生为作者查访资料致杨新副院长书

的电脑上校对了《唐音乙签》的扫描件，论文所需要的最后一部张说诗集本就是这样在先生的支持下得到圆满的校订和研究。

我的博士论文答辩在2000年6月特别炎热的夏天举行。校外的答辩委员如任继愈先生、冯其庸先生、傅熹年先生，均由启先生先此一一打电话请好，向他们致歉因病不能前往当面邀请，然后帮我约好了时间，分别送上论文。在我答辩的当天，先生仍卧病在床，还是忍痛前来帮我打点细节，并向各位答辩专家致谢后离开。我保留了一张答辩开始前他向我耳语的照片，非常传神，大家都说可以题为“面授机宜”。但是只有我知道，当时他对我说的话与答辩内容毫不相干。他只给我说了一件事：“答辩委员们的午餐，我已经在实习餐厅安排好了；他们的司机，我也给了误餐费。”按照普通的惯例，一般都是由学生或者研究生办公室请委员们用餐，但在我的答辩会上，老师却自己掏钱，甚至连司机也一一照顾到，这无非是让学生不要分心他顾、认真答辩。他就这样不顾自己的病痛和衰老，仔细安排了我一生中重要的时刻（图4）。

三年侍坐，先生的温和慈善，树立了韩愈所谓“仁义之人，其言蔼如也”的风范；先生的尽心尽责，也呈现了他为北师大题写的校训“学为人师，行为世范”的境界。2000年前后，他先后被授予“师德标兵”“职业道德明星”等荣誉，堪称实至名归。当我自己也忝任研究生导师的时

图4　答辩会前，启功先生向作者交代会后安排

候，先生的言行自然就成了我的楷模。可是当我对学生的态度有性急而不耐烦的时候、当我因自身的忙碌而对学生的学业有所怠慢的时候，我才知道自己与先生的差距有多远，所谓“高山仰止，景行行止”，先生发自内心而行云流水般对我始终如一的关注、支持，是我一辈子要去体悟并传承的精神衣钵。

三

我从北师大博士毕业后，又到北京大学历史学系从事博士后研究。虽然与先生的距离远了，但是先生的关怀却没有因此而间隔。在博士后的两年中，我还是有机会一如从前那样，隔一段时间就到北师大听先生聊聊天。2000

年的秋天，还继续来听了他给下面的研究生讲古文献的课程。而我在北大从事的博士后研究工作，从以往的唐代延伸到了对清代、民国年间的文献和学术史研究。对于先生来说，近世掌故更是他最为熟稔的内容，给予我的指导也就更加密切起来。

其实在博士期间，就经常听启先生说起清代的故事，真是家珍历历。那时我向他请教乾嘉朴学，他曾经展示给我刚刚收藏到的《窥园图记》题跋长卷。《窥园图记》是乾隆年间的著名学者王鸣盛为经学家费玉衡《窥园图》所作的题记。记文由王鸣盛口占、江声篆书并作附记。民国年间，图、记分散，而《窥园图记》为沈兼士先生所得，分请当时流寓或定居北京的学者题跋留念，这其中有杨钟羲、章太炎、陈垣、黄节、余嘉锡、杨树达、高步瀛等学界名流。启先生通过这个卷子，告诉我钱大昕、王鸣盛的高下之别；而关于民国的那些学者，说："《窥园图》的题跋里，章说了许多错话，陈垣先生就来驳他。后面诸公也是这个意思，杨遇夫先生等于是个评判员。高阆仙先生用骈文写，他引的这些典故我都不知道。所以我对邓（魁英）先生说：我们这文献学专业的博士，也别做作业，单能把这个跋标点了，就算过关了。"

在启先生看来，这个长卷比他以往收藏的价格不菲的名画、名帖，都更具有文献价值。有一次，他便让我拿到北师大图书馆拍照留副，并由我点校、录文。后来我也向先生提出整理和研究这一长卷，以为学习清代与民国学术史之门径。这一想法得到先生的首肯，并多次就题跋渊源给予指导。这一工作也一直延伸到了我的博士后期间。可惜此后学业紧张，又兼初涉这一领域，资料收集过程较长，未能及时做出完整的成果向先生汇报。先生于 2005 年 6 月遽归道山，《窥园图记》题跋的整理便因我的愚钝与懒惰，留下无穷遗恨。

作为对先生的纪念，也为了实现先生乐于流布学术新资料的遗愿，我在先生去世当年的下半年，将《窥园图记》及其题跋的录文、标点本，根据传世文献及先生生前的传授，对其中作者生平与题记背景略作笺注，以《元白先生所藏〈窥园图记〉题跋》为题，发表在了《文献》2006 年第 2 期上。当然，这一笺注还远远没有将先生当时对我工作的期待完成，我仍然需要努力从事。我曾经向先生说：这个研究的副标题可以叫“民国学人对乾嘉学派的一次回应”。先生当时站着，将拳头一握、用力一拧说：“岂止是回应，简直就是一次学术较量，一次批判！”他说着话时的神情，至今还在我眼前。

因为《窥园图记》的事，我对先生所传授的近代史事也很有兴趣，因此到北大后，合作导师荣新江教授就嘱我与他一起整理仓石武四郎在 1930 年中国留学的《述学斋日记》，这是多年前池田温先生委托他的。我看过日记后，发现其中提及的许多民国人事如杨钟羲、孙人和、《壬寅销夏录》等，似乎都听启先生说起过。因此，当我将日记做了初步的录文和注释后，就集中了其中的一些问题去向启先生请教。

启先生果然对杨钟羲于1930年前后在太仆寺街的寓所开办“雪桥讲舍”、有吉川幸次郎等两位日本学生拜师的情况非常熟悉，为我们的注释提供了许多重要的背景资料。其中提及在民国年间一些重要的书籍流传情况，先生均曾耳闻目睹，因此每说起其中的一部，便能告以来龙去脉，不啻是在给我补目录学的课程。

其中有一部《壬寅销夏录》稿本，是清末大收藏家端方的书画藏品目录，后来落到杨钟羲手中。仓石的日记中频频提及，似乎杨钟羲父子要通过他卖给日本的机构。从日记的记载来看，大概是因为开价太高的缘故，仓石武四郎并没有能够使这一目录东传到日本。我向启先生问起这一书的下落时，才知道这一重要的书画目录提要，曾经先生之手，在解放初期从个人收藏家那里售归了国家文物局。

先生告诉我，端方的收藏品中，以名家书画的数量最多，后来散出，有的甚至为海外的著名博物馆收藏。作为目录的《壬寅销夏录》却孤本流传，对端方书画藏品的前后传承有详细的记录，因此特别受到书画研究者的关注。为了加深我的印象，启先生还专门为我约了当时收藏此书的中国文物研究所，带着我和后来从事中国艺术史研究的师弟薛磊一起去看了原件。这一记录书画艺术品的稿本，本身也像艺术品一样精彩。后来，我看到《续修四库全书》也将这部重要的书画目录影印在了“子部·艺术类”中。但黑白缩印的效果，与当时看原件的感觉真是大相径庭。我后来将启先生谈论这部书的流传过程以及其中一些名画的真伪辨别记录了下来，以《〈壬寅销夏录〉与尉迟乙僧画》为题，收录在了《启功讲学录》中。实际上在我整理仓石武四郎日记的过程中，获闻先生关于中国近代史和艺术史方面的知识和见解，要比能够用笔记下来的多的多。

后来《仓石武四郎中国留学记》一书出版，我又向启先生提出请他题签，他毫不迟疑地提笔便写，还对封面的安排提出了意见（图 5）。

我在北大真正从事的博士后研究课题，是“嘉道之际的西北历史地理学：以徐松《西域水道记》为中心”。其中的核心，是清代乾嘉学派的后期殿军人物徐松。早在博士生期间聆听先生教诲时，也听他经常提起徐松的名字。有一次，中国书店送来拍卖图录。先生让我们看，说有用得着的书，可以提出来。我那时就已经想将来从事徐松与西域的相关研究了，因此看到上面有一册清末影印的巾箱本《西域水道记》时，便向先生提出来可否打听一下这书的情况。先生当时让我折页记下，后来等中国书店拍卖会结束之后不久，我就在先生处得到了这部书。

我到北大真正开始了徐松的研究之后，每每来北师

图5 启功先生题签的《仓石武四郎中国留学记》封面

大，先生必会与我讨论徐松研究的进展，对清代的西域和徐松的经历充满兴趣。2001 年年底，我偶然在当年嘉德春季拍卖会的图录上看到有徐松的书札信息，但为时已晚，只好请先生代为打听下落。先生当时便为我打电话了解它的去处。后来得知书札流拍，原件已经由主人拿走。但是到了 2002 年年初，拍卖行给启先生拿来了复印件供我研究。徐松的著作，因为其后人及弟子的早逝，而在身后无人继承，多所散失。因此有关他的一纸一字，都对研究其生平以及嘉道之际的学术史，至关重要。先生为我获得的这两封信札，都是寄给一位“六兄大人”的，但具体的名字却并不知道。在我前往取件的时候，先生已经为我研究信件多时。他告诉我说：“从信的内容来说，徐松与这六兄大人似乎是结拜兄弟，但言‘愚弟’而不是‘如弟’，则又不可知晓；同时这两封书札的年代也没有记载。不过，即使什么也不知道，也多一份材料。”——确实像先生所说的那样，在人物、年代都不明确的情况下，这两封珍贵的信件还是提供了徐松从西域赐归后的许多生活细节（图 6）。后来我根据信中人物长龄的年谱，考订出书札的撰写时间是在道光八年，先生也为我高兴，并给我讲解了与信札相关的清代人事如长龄、张格尔、笔帖式、抱见礼、理藩院等等，对我注解和研究西域史实提供了很大的帮助。至于这两封书札的受书人，一直要到 2009 年 11 月，距先生去世已经四年，上海博物馆的柳向春博士帮我找到另外

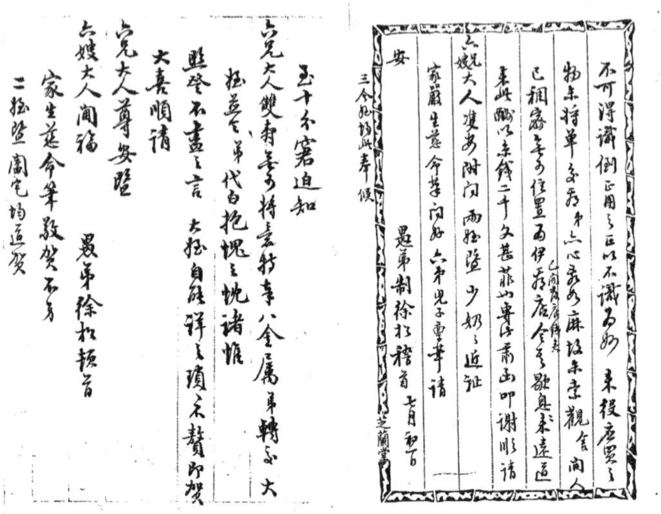

图 6　启功先生为作者提供的徐松致六兄大人信札二通局部

三封徐松信札的影印件时，从那三封书信标明“香坨六兄大人”及“家六老爷”上，让我能够联系起来，知道所谓的“六兄大人”，就是徐松的同年进士徐香坨无疑。当时的心情，真是恨不能起先师于九泉而告之！

后来我又看到早在 1995 年的嘉德拍卖图录中，也提到过有徐松的书札。又是启先生，设法打听到了书札的下落，并向拍卖者申请到了复印件，使我得以对徐松的生平交游研究有进一步的收获。

先生对我从事西北史地学的研究，是非常赞赏的。我曾在博士后报告《徐松与〈西域水道记〉研究》的后记中提到先生对我研究工作的厚望："给予这一工作始终关怀着的，有我博士生期间的导师启功先生。我汇校《西域水道记》所使用的各种版本中，唯一不是复制品的宝善书局本，就是先生赐赠。他常常向我提起乌鲁木齐南梁子上一汪水洼就是自来水厂的记忆，也多次垂询清人的西域水道图究竟有多少准确性这样的问题。……先生的心迹，使我在进行历史文献研究的同时，不敢忘记其中应有的现实意义。"

先生曾经在 1983 年参加一个智力支边的讲师团，到西北讲学。那是他唯一一次到过新疆，而新疆的缺水给他留下了深刻的印象。几乎每次讲到去新疆的经历时，他总会提起南梁子上很小的一个水洼（当指乌拉泊水库）是乌鲁木齐饮用水源的事。他也总向我提起西北水利的难以管理，说从《清史稿》点校中看到过即使是位至封疆的大臣，在西北出行，也被突如其来的山洪冲走的事件。后来我读《沈文忠公年谱》，知道确实是在同治元年，署理陕甘总督沈兆霖在甘肃青海交界的地方遇到骤至的山洪而被淹死。因此，清人的著作究竟能够对于我们今天的西北水利研究有多大的意义呢？在文献整理的价值之外，现实的关注也成为他和我共同思考的问题。

他还多次由他祖上在新疆仕宦的经历，提起新疆的阿古柏叛乱给地方带来的动荡。这与他1983年在新疆演讲《少数民族与中华民族文化的关系》一样，现实和民生的关怀是他学术人生中重要的价值观。

我深刻地体味到，他对我博士后期间的工作支持和帮助，不仅是因为我个人，而更因为我所从事的工作本身，也是他所期待的事业。

四

2002年7月，我结束在北京八年的求学生涯，决定返回新疆工作。先生对于我的选择同样表现出热切的支持，这不仅来自精神的层面，甚至表现为超过我想象的物质支持。

7月6日上午，我去送刚刚通过的博士后报告，先生的内侄章景怀老师和夫人郑喆老师专门到北师大的住宅等我，接我去先生新近由政协分给他在雍和宫北边的寓所。先生幼时曾在雍和宫寄名当喇嘛，因此晚年能够与之为邻，非常满意，清静的市隐环境也使他可以躲过许多无谓的俗务而专心修养、写文章。那个上午也真是清静，没有电话、没有访客，先生永远有那么多说不完的知识和见解，和我谈我的博士后报告的内容，谈《窥园图记》题跋以及他与杨钟羲的亲戚关系，还有桥川时雄、缪荃孙和古代书仪的具名落款等问题，不知不觉两个小时就过去了。章景怀老师又开着车带我们到附近的便宜坊烤鸭店吃午饭，兼算为我饯行。

饭后回来的路上，先生问我：去新疆是坐飞机还是坐火车？郑喆老师插话说：飞机那么贵，当然是坐火车了！我也告诉他：坐火车卧铺，两三天时间，其实很轻松。启先生便不说话了。当我们把他送到家中告辞时，他从桌上拿了一支笔和一个旧信封（图 7），进里屋去脱外套。一会儿便匆匆出来，将这个信封塞我包里，说：一定坐飞机，这笔钱算是我的一点心意。然后不由分说地把我和章老师夫妇送出门外，关门休息。我回到家中，拿出信封，看到背后郑重地写着"程仪 / 功上"四个字，信封里面是整整一万元钱。

7 月 22 日下午，我又到先生那里送他上次吩咐我买的书。刚刚坐定，先生便从一个盒子里取出一个新的信封，上面早就写好了"书帕 / 功上"四个字。他一边给我解释书帕这个词在明朝所代表的陋习，一边说："我们却不是这个意思，我先前多托你买书，现在这点钱就权当我助你托运书的费用。"我再三推托，他却一再说："够是不够？不够还有。"我也只好将信封收起，坐下听他说郑康成笺注的问题，并听我说用电子检索古籍的功能。也是到了六点之后，才相约再见，告别回家。

先生两回一共给了我两万元钱，我当然没有舍得去坐飞机，运书的费用也只是不多的一小部分。我把这钱看成

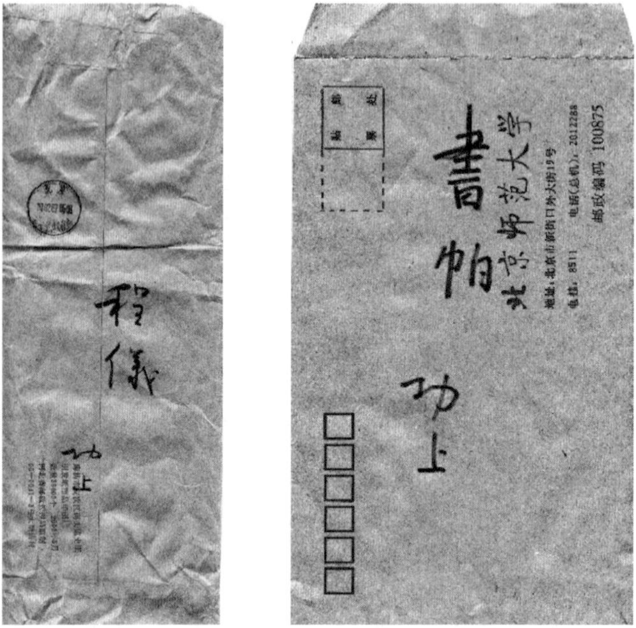

图 7　启功先生资助作者前往新疆费用的信封

是先生颁发给我的特别的“励耘奖学金”，除了到中国书店买了两种平时不敢问津的西域古籍之外，余下款项被我带回新疆，用于我在那里从事的学术耕耘。

先生对我的关怀并没有因此结束，他继续通过不同的方式激励着我在边疆的工作。

2002 年 9 月 10 日教师节，我给先生打电话拜节。他告诉我赵仁珪老师会寄一份表格给我，让我尽快填写。我接着给赵老师电话拜节的时候，他告诉了我原委：先生还没有忘记我做的博士论文，他那时刚刚从赵老师那里听说国家学位办有评定优秀博士论文的制度，便郑重其事地委托赵老师打听我是否可以申报，然后便请赵老师联系我填写申报表格。手续齐全后，他又请赵老师打印他的推荐书，修订之后交付学校。因为已经是一次时间久远的补录了，我的博士论文后来得到了优秀博士论文的提名。无论得失，先生这种持久的关心，却比获奖更让我珍惜。

2002 年 10 月，先生又在电话中告诉我：嘉德拍卖会又有徐松的手札出现了，他已经订下，准备买下来送我。11 月份我有机会去北京大学参加学术研讨会，19 日和启先生相约共同去参加冯其庸先生《论红楼梦思想》的首发式。回来的路上，他让陪同的张海明老师给了我一个信封。我回到宾馆，打开看，正是嘉德拍卖会图录中的徐松手札真迹，估价 7000 到 9000 元。不过它还是去年春天流拍的那两件信札。因此下次去看启先生时，便告诉他这一情况，劝他不必为我买下。但是先生说："那也用不着退回去了，这个信札留在你那里最合适了。"

2002 年 12 月底，上海博物馆五十年馆庆，与北京故宫博物院、辽宁省博物馆一起，聚集晋唐宋元四朝国宝级书画真迹 72 件，举办了一场"晋唐宋元书画国宝展"，启先生也受邀参加。我后来也有机会前往观摩，还请启先生专门在北京先给我讲了对这些作品的见解，他如数家珍，确实是烂熟于心。后来我听陪同他前往的赵仁珪老师说：当时参观的现场更是传奇。启先生坐在轮椅上，隔着玻璃，放大镜又用不上，其实也看不真切。可是轮椅推倒哪一幅作品前，博物馆的人告诉他是什么名称，先生便滔滔不绝，言其本源、道其细节，随同参观者都是现场聆听了一次真正的大师鉴宝讲座。

但是——赵仁珪老师下面的话让我为之一再动容——三天时间，启先生也只看了半天展览；其余的时间，启先生向上博提出来要看最近收进的清代书迹。这个要求当然得到了满足。赵老师陪同先生一幅幅经眼，听先生讲解，也自然增加不少见识。等到结束，启先生却悄悄地告诉他：我就是想帮朱玉麒看看有没有徐松的信札！

2003 年，他又应我的请求，为我博士论文期间从事的《张说集校笺》、博士后期间从事的《徐松与西域水道记研究》题签鼓励。后来听说，他在 8 月 31 日为我题签，而在 28 日刚刚摔了一跤，但是只要能动，就仍然做事。由此可见对我这个学生的挂心。惭愧的是，这两样书稿，至今还都没有完成。先生的题签一直贴在我的书案前，鞭策着我拿出高质量的书稿来回报社会（图 8）。

2003 年的上半年，“非典”影响了全国、更影响了北京的秩序。我经常通过电话向先生问候。每次从电话那头

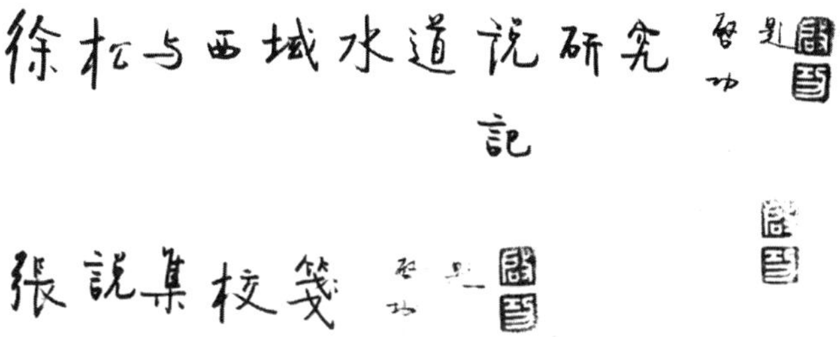

图 8　启功先生为作者学术研究工作的题签

传来的，都是他愉快的声音，问长问短，关心新疆的地震，告诉我“非典”没什么，应该经常说说高兴的事。但是他因此也减少了出门走动的机会，身体也明显不好。等到 10 月、11 月之交，我经北京去台湾开会的时候，他已经做了穿刺，腰间挂了尿袋，更加影响了他的活动。但是他依然乐观，称自己现在是佩“金鱼袋”了（图 9）。

10 月 31 日，我有机会在他住院期间的一个晚上陪护他。半夜，他忽然叫醒我说：你到台湾，帮我把那里影印的宋本《施顾注苏诗》买回来。然后告诉我说：现在大陆出版的苏轼诗集注本都还存在问题，这宋本的施顾注不仅

图 9　启功先生病中仍向作者和张廷银传授学问

书品好，注释也接近原诗，最值得参考。而自己年幼时就喜欢苏诗，说着说着，竟将苏东坡的《游金山寺》从“我家江水初发源，宦游直送江入海”开篇，到“我谢江神岂得已，有田不归如江水”结尾的二十二句，一口气背诵了下来。后来我将这套书从台湾背了回来，先生那种喜悦，至今还历历在目。

但是那天晚上，我久久不能入眠。先生的生命状态已经如此衰弱，却还孜孜不倦去寻求学问。晚年的先生，有很多的工作要做，如为国家所做的各种书画鉴定，以及不胜其烦的应酬，如他所说被布置的“家庭作业”（各界的求字等等）；但是他还是不断地挤出时间，将自己的学术思想总结出来，形诸文字，传给后人。2000年以来，他发表的文章，有很多都是自己一笔一画写出，像《读论语献疑》、《文史典籍课程导言》、《“八病”“四声”的新探讨》、《谈清代改译少数民族姓名事》、《汉语诗歌的构成及发展》等（先生对于自己的文章需要假手口述、录音，深感迫不得已，因此以上重要的论文，均重新写过。如发表在《文学遗产》上的《汉语诗歌的构成及发展》，他就认为很不成熟，后来专门重写，交由我打印出来。新的开篇提到：“去年在校内作过一次普及性的‘学术讲演’，经学友们从录音写成文字，又增加了一层的隔阂。承友人为刊物索稿，顺便即拿去发表了。不但拙稿内容不成熟，还加上许多词不达意处，是我非常抱歉的。现在重新把积年所学、所想、所讲过的一些拙见，从头写出，求教于敬爱的读者，希望惠予教正！”，无不都是他晚年的文史研究力作。像他这样一个饱经忧患、老病交加的人，是什么支撑着他始终微笑着面对人生呢？也许只有深刻体悟了中国传统文化的精髓，才能理解启先生这种积极进取的境界和乐观向上的旺盛生命力。

2004年，我有三次机会到北京出差，见面也还总是非常高兴，问我在新疆的教学，问我爱人的工作和孩子的读书情况。10月份我到金台饭店开会，他又在附近的北大医院住院，衰老得厉害，但还是非常得体地维护自己的形象，告诉我：这儿空气不好，过两天出院了，我们到家里再谈。过两天到家里拜访他，虽然已经举步维艰，依旧谈锋甚健，说近代史事，如在目前。先生健康的心理状态支持着他生命的每一天。

2005年元旦前一天，我还能听到先生从电话那头传来爽朗的笑声，道是互视新年。但是农历新年的正月初一，先生昏迷之后再次住院，从此没有出院。

2月份我有机会进京探望，那时他已经在重症监护室。护理人员说此时先生并未熟睡，但已不能说话、睁眼，人也比我去年10月所见瘦了许多。我去摸他的手，他的右手便忽然动起来，开始拨拉手中的念珠。

这年的6月，我因为《西域水道记》书稿的出版事再到北京，25日便抽空前往探视。先生已挪到里屋的玻璃房内，探视者只得隔着玻璃门远远观望。先生刚刚做完胃的营养输液，非常难受，浑身抽搐，两手紧搂着的玩具小兔等动物也随之起伏，看了让人落泪。郑喆老师叹息着说：能够坚持到过了生日就好了。先生的生日是7月26日，但我想着先生以往多次在病危状态死里逃生，此次也定不例外，过完生日应当还能有所好转。

——谁知这次竟然例外！

6月30日清晨，我从西三环乘车到北太平桥西里的中华书局看《西域水道记》的校样。车过花园桥，就接到廷银师兄的电话，告以先生已于凌晨2 ∶ 25去世。而几分钟前，我还在畅想着这本由先生题签并一直关注的西域典籍能够在他生日前出版的情景。想到从此天人永诀，再也无从请益，心中一恸，不觉热泪夺眶。

先生去世已经七年，这期间我东奔西走，一直也没有写过纪念先生的文字。这并不是对于先生的淡忘，而是随着时间的流逝，先生生前的言行举止，渗透到我生活的方方面面，成为无形的影响，庞杂而多样，几乎无从谈起。往往在生活中的许多不经意间，便觌面先生著作中讨论的问题，有时甚至就是在世时曾经当面赐教的一个细节。这样的时候，先生语笑吟吟的容颜就会浮现眼前。

记得先生在世时，每次见面请益之后，我总会将当时讲话的情景详细记录。那天的日记便会比平时涨出很多，仿佛春秋时代的子张书绅。我清楚地记得，在2006年他因病故去之后，中共中央统战部批定的先生讣告所罗列的11个最重要的社会头衔中，“著名教育家”列于首位。我庆幸曾经与先生这样的智者并世，且得其耳提面命、传道授业，这是我今生可以自豪的福祉。至少从先生作为教育家的角度而言，对于先生给予我的这些教诲，也不应该成为我个人的专享。今年是先生诞辰一百周年，我不敢再以自己的笔拙与冥顽作为借口，因此写下这些受教的点滴回忆，来纪念他曾经给予这个世界的仁爱之一二。

先生给我留下的光风霁月般的人格印记，不会因其去世而从我的记忆中消褪；

先生以其身教而树下的人伦与师范典则，也将是我有生之年始终不懈的追求！

2012年2月17日，北大中关园

原载文物出版社编《以观沧海：启功百年诞辰纪念文集》，北京：文物出版社，2012年，377—397页

也无风雨也无晴

——郭预衡先生八十华诞识小录

许多偶然的际遇塑造了每个人心目中并不相同的偶像。

“中国文学史编撰暨郭预衡教授治史思想学术研讨会”的召开，使我有机会回到相别不久的北师大，同时也产生了一种要将多年来对郭预衡先生的爱戴之情诉诸文字的冲动。因为六年前当我有机会到师大求学时，就曾有一种夙愿实现的愉快。这个夙愿，就是对郭预衡先生的景仰（图 1）。

郭预衡先生的名字，因为一本特别的书而很早就镌刻在我的心中，这就是先生主编的《中国历代散文选》。

一

当我进入高中的时候，正是像古代文禁松弛的时期到来一样，“文化大革命”刚刚结束，对文化的弘扬热潮

图 1　郭预衡先生晚年留影

逐渐来临。那时我才发现中国有古典的诗文，有朱自清的《背影》——那些在今天的初中、小学课文中早已普及了的美丽文字，却在我的童年和少年认知中一直阙如。所以后来读研究生，有老师指出我们这一辈人研究中国文学的起点与外国留学生一样时，我心里是非常难受但也非常赞同的：失去了与生俱来的母语文化亲和力培养，我们甚至还无法与具有另一种文化观照优势的留学生抗衡。

我确实就是在高中才开始小学古诗文的训练，而且我所在的县城原本以文化积淀的深厚著称，但“文革”时的武斗也同样出色，“破四旧”的彻底性使网禁松弛之后很久也无法找到丰富的古典诗文读本。

有一天，又揣着一、两角积攒许久的钱踅进新华书店的时候，看到了《中国历代散文选》。这仅仅是一本刚出版的上册，其厚度显然不是我囊中十来个铅角子所能承担。我还是鼓足了勇气向营业员要来翻阅，我敢说当时在琳琅的篇目前出现的激动，远远超越了老成之后第一次看到全套《四库全书》的感觉。

当文化的粮食终于出现之后，我的下一步心机就是如何获得它。不是夏天，没有买冰棍的零钱可省；靠两、三天才可以买一个烧饼的五分钱机动早餐费来攒起一块五角钱，实在又有些旷日持久。那时父母的工资都只有三十来块钱，提出来花这么多钱买一本课外读物，显然是不合情理的。思想斗争了许多天，也天天都到书店去看那本书是否脱销。

中午放学回家，忽然一个舅舅和一个姨夫来到我家。我知道向父亲提出买书最适合的时机到了——即使不能买成，当着亲戚的面，也不会遭到“不懂道理”的呵斥。父亲的态度确实温和得很，舅舅与姨夫也笑着听我喋喋不休

图 2　《中国历代散文选》书影

地推销此书。午饭吃完，父亲说："你先上学去吧。"我免了一次挨骂，虽然觉得买书无望，心里倒也不太爽然。

傍晚的时候父亲下班，将一个牛皮纸包放到桌子上，说："舅舅、姨夫一家拿出五角钱，我们三人凑成一份，替你买了这本书。"哎呀！我的"中国历代散文选"——封面上朱文印章一般的书名从此连颜色也钤在了我的心上（图 2）！

我从此开始去拥有这本书，一字一句地跟着书中的篇目、解题和注释去读它。当时还没有人教我应该如何去理解散文，我的一个方法是找每一篇中的成语。看到过去学过的成语被还原到文章中时，阅读的兴趣便被激发，"多行不义必自毙""一鼓作气""防民之口甚于防川"……我至今还能记得这些成语在《中国历代散文选》中的具体位置。

第二年春天的时候，父亲又不声不响地为我买回了新出版的《中国历代散文选》下册，这次的一块四角钱是他一个人独自承担的。而且我因为进入高考复习阶段，很久没有逛书店了；难为我的父亲，还常常去书店为我关注着下册。

在我愉快地拥有了《中国历代散文选》之后不久，我也考上了大学，开始将古代文学从兴趣转为专业来学习。

但当下一个春天来临之际，父亲却因病故去……

《中国历代散文选》带着父亲的慈爱与希望，被我永远珍藏。它随我远行万里，成为后来从事教学的重要参考书。

二

《中国历代散文选》是由刘盼遂、郭预衡主编，北京师范大学中文系古典文学教研室的老师集体完成的散文选本。但在当时，我只记住了刘、郭二先生的大名，并且认为刘先生在“文革”去世，这本书自然主要是由郭预衡先生总其成的。一直要到很久以后，自己也开始从事古典文学的教学时，才将这本书与北师大中文系的学术传统联系起来。

虽然不是因为这本书而考入北师大攻读研究生，但如开篇所说，报考北师大，又确实因为想象到有郭预衡先生执教而一偿景仰夙愿的因素存在。

不过当我进入北师大时，郭预衡先生已在教学岗位上息影多年。在代代相传的中文系研究生月旦雌黄中，郭预衡先生的不再担任导师被认为是现行研究生制度最值得商榷的问题之一，也同样被看作是北师大资源最大的浪费。

但是郭先生的影响依然存在。在我就读北师大期间，郭先生晚年的重要著作《中国散文史》和《中国古代文学史长编》开始出版。前者在很长时间里我只买到了中册，但因为正好自己的专业是在唐宋文学阶段，其中关于唐宋散文史的翔实论述便成为重要的研读著作，时时翻阅，时读时新。我尤其喜好作者在断代的文体叙述中显示的通识修养，这一点，在六年的学习中，我感到是北师大文史学科研究方法上最突出的传统。

而先生主编的《中国古代文学史长编》(图3)，也体现了另一种文学史编写的途径：以文学史基本论述为纲，附以丰富准确的文献材料。它既不是一般的资料汇编，也不是仅存论点的文学史叙述；在引而不发的简要论述统率下，史料、作品与历代评述展示了走进文学史的切实途径。我特别感动的是《序言》里提及本书的编写提供了三种需要，“尤其是在中小城市或边远地区图书资料比较缺乏的情况下，有了这样一部教材，就可以不必翻检群书而看到一些原始资料，用于教学，比较方便。”这样一种思路使郭预衡先生从一般的学问家中分离出来，具有了教育家“金针度人”的风范。我在这几年的使用过程中，确实也从其裁断与史料的相互生发中得到了多重启迪。

三

我个人在郭先生著述影响下对中国古代文学的接受，某种意义上也是与我同辈的后学具有普遍性的经验。作为

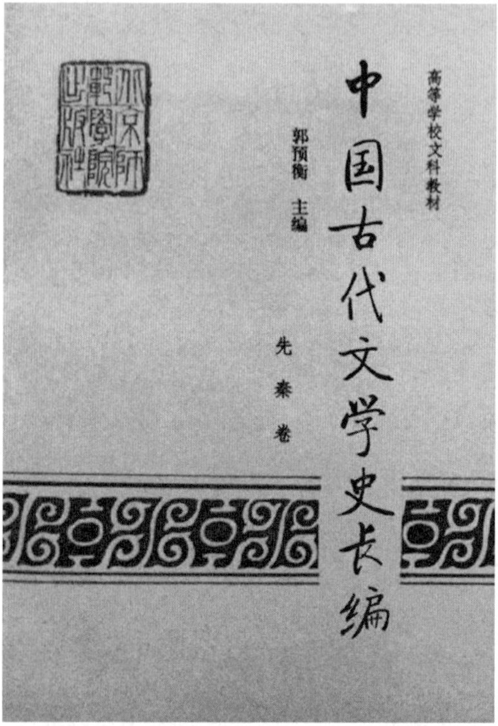

图 3 《中国古代文学史长编》书影

新一代的古代文学史读者，在经过一番比较之后，会发现《中国历代散文选》注解的优胜性，会接受《中国古代文学史长编》惠予的丰富性，也会注意到《中国散文史》撰述的不可替代性。因此，仅从经过文化断裂之后的薪火接续角度上立言，郭预衡先生的意义便显得分外凸出。

较之一般读者而言，我的幸运还在师大的几年学习中，虽然郭先生已然退隐，却由别的因缘，得闻謦欬。一次是在硕士生期间，由业师赵仁珪先生带着，去郭府请益。郭先生是一位不苟言笑的长者，虽然感到拘束，但坐在那里的时间，先生却不惮其烦地解答我们的问题：关于研究生期间合理安排读书、关于阅读鲁迅、关于笔记……那一次的接触，使我认定郭先生的不作导师确实是一种资源损失。后来阅读到先生的文章时，就自然会浮现他清癯、通达的风神，也由此对其文风的洁净、利索感受颇深。

了解到郭先生晚近有许多的工作要做，我后来也没有再去打搅过先生。我想向先生请益的人也多多，未必能记得这一次，所以后来碰到先生时，也从未去向行路专注的先生请安——而不同一般的是，我碰到先生总共有三次，都是在他去图书馆的路上。那时的郭先生已近八旬，仍然如此勤勉不倦，这是使我在他身后满怀敬意而惭愧不已的地方。“所谓大师者，非谓有大楼之谓也，有大师之谓也。”走过我身边的郭预衡先生，以他的言行，确立了大师的风范。这种印象，交汇在对北师大的记忆中，将成为我永远的财富。

在师大新近拆除的主楼中，六层中文系顶西头的一间，是我们当时常常听课的教室。里面挂着郭预衡先生手书的苏轼《定风波》词条幅。“字如其人”，这也是我每每想见郭先生风范的地方。现在想来，苏词的内容实际上也同样显示出郭先生的气度：

“回首向来萧瑟处，归去，也无风雨也无晴。”

谨借此句，为郭预衡先生寿！

2000 年 10 月 21 日，北大畅春园

原载《师大周报》2001 年 4 月 13 日第 4 版

赶不上的送行

——王富仁老师哀思录

有些人你本该送一送，但却事与愿违。去年是傅璇琮先生，在北京举行告别仪式的时候，我却在江南预约了访碑的活动。今天刚刚离开了北京，却看到同学群里发出了王富仁老师去世的消息。

二十年前一起在北师大听他课程的同学中，我大概是最近的时候还听过他病中授课的学生。我出差在汕头大学呆了三天，第一天，他才从北京化疗回来；第二天他给学生上课，也没有力气接待我；第三天，见到了。当时听他说话，也还中气十足，以为能如他所言“撑一撑”挺过来，没有想到时隔数月，遽尔已逝。

到了汕头，其实就是到了潮州。唐朝，韩愈在潮州呆了八个月，留下的文化影响如韩江流日夜，不绝千年。如今，富仁老师在汕大十多年，他的影响，也会让大海涨潮！

不能给老师送行了，发出下面的日记，寄托我的哀思。

2016 年 11 月 29 日星期二

晚 7 : 00，杨为刚陪同看望王富仁。他得了肺癌，刚从北京化疗回来。目前与一条老狗在一起生活，雇了保姆照料生活。他依旧乐观。还在上课，虽然体力不如以前，但说人还是要撑一撑。讲到学问，又是滔滔不绝，将近一个小时我们才告辞。他欣赏现代文学中的鲁迅、曹禺，说鲁郭茅、巴老曹中，只有鲁、曹有存世的作品。又说到俄罗斯文学的意义，他自己本科是俄语，所以也有所用，曾经做过中国现代文学在俄罗斯的研究论著目录。他认为俄罗斯文学最好的是陀思妥耶夫斯基，是萨达姆、卡斯特罗也一直阅读的对象。说萨达姆在被抓住的地窖里，还在读《罪与罚》。又说《红楼梦》的伟大在于有哲理。说 20 世纪是大学生的世纪，21 世纪是研究生的世纪，后者理性，20 世纪的那种冲突不一定会重新发生云云。种种感言，均一如二十年前听他在北师大谈中国教育与文化，发人深省。我呈上自己的小书（《徐松与〈西域水道记〉研究》），他看了一下还说：那时在新疆，约你写篇关于西域研究的通论性文章，现在，这《新国学》也不办了，只好作罢。出门，坐杨为刚的车到大门口，然后步行归来。

以上的文字，是我 2017 年 5 月 3 日在听闻富仁老师于 5 月 2 日去世以及将于 6 日在八宝山举行告别仪式的消息后，发表在朋友圈里的微信文字。

那一天，我正出发前往新疆，上午到达机场候机的时候，看到这个消息，想起年底与他的见面，不禁悲从中来，在飞机上匆匆打开电脑，写下这些哀思。两年之后，汕头大学文学院编辑《在辰星与大地之间：王富仁先生纪念文集》（上海：上海三联书店，2019 年），将其收入，时距富仁老师去世已经两周年。

最近看这段文字，想起富仁老师留给我的思念，又何止于此！特别是自己到北师大读硕士的时候，以古代文学的研究生选修王富仁老师的现代文学课程，留下的印象至今也未曾磨灭。

二

我在 1994 年考入北师大攻读研究生时，富仁老师是一个偶像般的存在，关于他的故事已经成为传说，大家争以一见为荣。年轻学子的心目中，北师大少数几位名师，富仁老师是其中最为年轻、正当壮年的一位，连带考上他的那些学生，也往往会随着提及导师富仁老师的名字而被别人肃然起敬。富仁老师以研究鲁迅的博士论文《中国反封建思想革命的一面镜子——〈呐喊〉〈彷徨〉综论》，成为了新时期学术研究的里程碑（图 1），他也因此成为新中国第一个现代文学专业博士。这个耀眼的学位，是那个时候外行也跟着内行一起景仰的标志。2008 年，我还在

图 1　王富仁老师的博士论文《〈呐喊〉〈彷徨〉综论》书影

新疆师大工作，参与了和首都师大在新疆合作举办的“文学与文学研究的公共性”会议，因为薛天纬老师居中联系，居然请来了莫砺锋和王富仁这两位改革开放以来的第一个古代文学博士和现代文学博士（图2），因此成为当时会议吸引眼球的亮点之一，由此可见他们的影响力。

我要说的是，当我带着这种外行式的景仰选修富仁老师的《研究生论》这门课程时，很快被他犀利的辨析所折服，也很快明白了他解读鲁迅与众不同的途径所在——鲁迅著作是一个思想家的文本，研究者自己首先也必须是一个思想家。事实证明，他给我们讲解研究生文化作为中国文化的新现象及其影响与承担，人生的阶段性，学习与研究的巨大差异性，理性精神与现代社会，研究论文写作的选题与人生，政治和学术自由等等，都是以一个思想家的角度来探究研究生在现代社会中的生存价值和实践，给我以往拥有的学习和工作经验以振聋发聩的理性梳理，也为我未来的研究提供了目标，即使后来未能完全实践，而“虽不能至，心向往之”！1995的春夏之交，每周四的上午，我就夹杂在大多数现当代文学研究生中间，听了整整一个学期的《研究生论》（图3）。

我记得后来还听过他的一些课程，此刻没有找到那一时期的笔记，记忆不是特别连贯，但其中一些问题，却铭刻心间。如他讲过一次影响未来中国的“十大社会现象”，他在20世纪末通过自身思考中国和世界命运的“预测”，

图2　2008年，与王富仁老师在乌鲁木齐达坂城

图3　1995年，在王富仁老师北师大书斋

都在21世纪初期得到印证。我时时在不同于过去的许多现象中看到今天的变化时，都会想起富仁老师的精辟总结，仿佛此刻的人生都在验证他的思考。

三

富仁老师上课的时候，与平时哈哈笑着打招呼的状态完全判若两人，他平时的谦逊和善让你觉得是和一位农村大爷在聊天。之前的学生说王老师介绍自己的时候，有时会笑吟吟地说："王富仁，为富不仁的富仁两个字，嘿嘿!"这个说法我没有求证过，但是看他平时待人接物的态度，自嘲自讽地让你放下拘束，我觉得是很像的。但是，当他完全进入到无人之境的学术讲解过程中时，往往是紧锁眉头，严肃得令人不敢松懈。他常常会从上次的课程开始进入，有时会重复半节课、厘清思路之后，才进入新的内容。前来上课或者课间，他会在走廊上狠狠地吸完一支烟后才进来。甚至有一次，他坐下之后，忽然又起身，一边笑着说"不行不行"，一边走出去，到了室外，又再抽一支烟，才镇定了情绪，进来开讲。这个时候的我，也已经是当了多年老师的回炉生，很快理解了这种把课堂当作战场而"如临大敌"的高度紧张状态。原本以为这样的状态只有我这样肾上腺素控制不好的人才会发生，想不到即使是名师而辩才无碍的富仁老师，也会有这样的情绪。有了富仁老师给我的“示范”，后来再度回到讲台，我对自己因为重视上课而紧张的反常状态反而开始习以为常。

富仁老师讲课的魅力在于其课程从不因袭已有的成见，而必然别出心裁。他的课程很少引经据典，都是用自己富于思辨的长句，江河奔泻般地滔滔不绝。现在我翻开当时《研究生论》的课程笔记，几乎是很完整地记下了他当时的讲解，那种思辨的力量，时至今日，都仿佛能听到他在字里行间时不时流露出来的山东口音。1995 年春季学期的星期五，我还选修了罗钢老师的《马克思主义文艺学专题》，每节课几乎都在介绍当代西方文学思潮，各种新鲜的名词，让我们尽快地在学术语言上与世界接轨。因此，在北师大专业之外的学习中，这两种完全不同的授课语言和方式，都是我自感工作多年之后得到“进修”的丰富营养。

对于富仁老师课程的欢喜程度，并非我个人所偏爱。在我选修他的课程时，就看见崇拜他的学生甚至连他个人不修边幅的习惯也学去了。譬如他喜欢把毛衣束在皮带里那种他认为比较保暖的方式，其实是非常容易磨损毛衣的笨拙穿着；而在那个冬春之交的一段时间里，有些男生居然也这身打扮走进了课堂。

我刚刚到新疆师大工作的时候，担任薛天纬老师的助教，从事唐代文学的教研工作。薛老师和王富仁、罗钢两位老师是西北大学的研究生同学，因此我到北师大读书的时候，对他俩都产生了莫名的亲近感，期间也有过在薛老师进京时和他们一起餐叙、聊天的机会。现在回想起来，我与富仁老师相处的时间其实并不长。但是，富仁老师是那种你听过他一席话就不会忘记的人。如今对于富仁老师的这些记忆，都是在我的脑海里胶着着的内容，也好像还可以一直写下去很多很多。

我相信不仅是我的印象如此，所谓“千江有水千江月”，在辰星与大地之间，富仁老师的精神将随中国文化而不朽！

2019 年 6 月 4 日，北大朗润园

心在天山

——冯其庸先生诗书画影艺术的西部情结

一个人的成就往往有着太多的异数。当我们在现代中国的环境里为冯其庸先生融诗书画于一体的传统艺术品格拍案叫绝时，一定会有兴趣探求其成功背后的因素。在笔者看来，其中最重要的一个异数，是先生晚年对于中国西部的倾情。

在包孕吴越的太湖之滨，冯其庸先生度过他青少年时代的耕读生涯。与多数的江南文士一样，长江下游地区深厚的文化积淀为其成长提供了优良的条件；但与多数的江南文士又不一样，先生在启蒙之初就遭遇到国破家亡的民族危机，日本的侵略使他的读书生涯饱经流离颠沛。艰难的境遇之所以没有阻碍先生的求学历程、并最终成就了他今天作为学者、诗人、艺术家等多元的传统文化人形象，一个很重要的原因，在其后来的回忆中提到：“予少读玄奘法师传，遂仰之为师，虽万劫而不灭求学求真之心也！”

图 1　冯其庸先生挥毫

（《冯其庸书画集自序》）（图 1）

由《西游记》而《大慈恩寺三藏法师传》而《大唐西域记》，玄奘法师西天取经的形象在冯其庸先生少年时代的求学历程中成为不灭的明灯。而先生后来锲而不舍的奋斗经历与成功，也无不打上了玄奘“诚重劳轻，求深愿

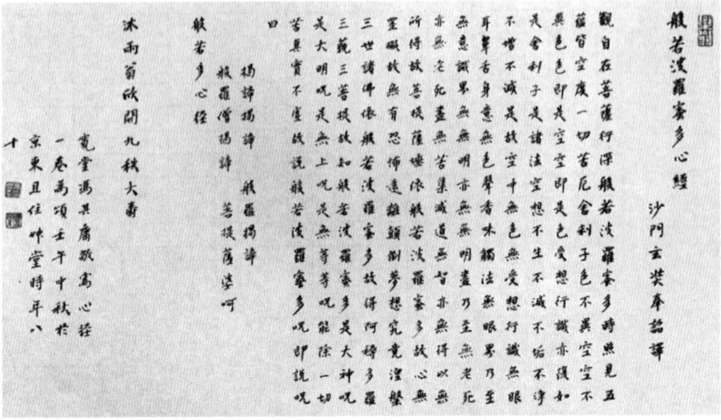

图 2　冯其庸先生书玄奘译《心经》

达”（唐太宗《大唐三藏圣教序》）的精神印记（图 2）。

正是由于这样一种少年情结，当年过花甲的先生在 1986 年的新疆焉耆——当年玄奘西天取经路过的渡口——拍下他西部摄影中最早的精彩篇章“开都河落日”时，他最近二十年的艺术生命就与中国的西部紧密相连在一起。从此以后，几乎每隔一年，新疆的山水便会迎来冯其庸先生不辞艰辛的跋涉。“莫负明年沙海约，驼铃声到古城边”（《和田赠雒君》）似乎成了先生与新疆、与西部终生的契约。

如果说以往六十年的历程是玄奘西天取经的精神激励了先生的话，那么六十岁以后的生命中，又是玄奘西天经行的丝绸之路以更形象的体验丰富了先生的文化创造。中国西部在先生的花甲之年后成为其永不枯竭的营养源，先生曾经说：“我的文章有两个来源，一是读书，二是游历。”（《夜雨集自序》）在艺术领域，先生的“文章”就是大气磅礴的传统诗书画！如果说这些作品在其六十岁之前一直作为一个古典文学研究者的“余事”而停留在读书、养气阶段的话，那么当先生此后的行踪游历到玉门关外、在西部广袤的大地上留下深深的印痕时，先生包蕴着时代步伐和传统精神的独特风格便逐渐形成了。

冯其庸先生的旧体诗词以豪放见长，在先生 19 岁之年写下“东林剩有草纵横”（《呈湖山诗社张、诸二社长》）的诗句时，就被前辈诗人以“清快”相呼。此后当先生的行踪走遍中原各地，这清快的诗才纪录下了日后成为其绘画素材的山山水水。而当先生涉足西部寥廓的山川时，漫长的丝路更提供给了先生行吟的古代场景。笔者曾经多次伴随冯其庸先生坐车穿越冗长的考察旅途，往往是在乏味的颠簸之后停车小憩时，先生已经开始纪录下刚才吟成的诗作。这时候先生的思绪已经与古代的吟士千古相接：

轻车昨夜到凉州，千里关河一望收。忆得王翰诗句好，葡萄美酒不须愁。（《庚午初冬十一月十二夜到凉州》）

荒城故垒尚迷离，想见嘉州寄语时。我亦故园东向望，漫漫长路接天涯。（《题唐北庭都护府故址》）

作为一个学者，冯其庸先生也有诸多的诗篇表达对西域历史的思考，尤其是那些发生在西域而对中华民族文化产生巨大影响的人物，都在先生的诗中得到称颂：

千山万水不辞难，西向疏城问故关。遥想当年班定远，令人豪气满昆山。（《访疏勒》）

乘危远迈有孤僧，国主高昌亦可儞。难得焚香深结拜，西天一路好徐行。（《再题高昌城》）

高原万古朅盘城，负笈东归有圣僧。我到九天寻旧迹，白云半掩宫巷横。（《题塔什库尔干朅盘陀古城》）

西域雄浑的山水更与先生豪放的禀赋契合，融汇为明快旷达的新边塞诗：

地上仙宫五百閨，赤霞遥接北天门。平生看尽山千万，不及龟兹一片云。（《题龟兹山水》）

看尽龟兹十万峰，始知五岳也平庸。他年欲作徐霞客，走遍天西再向东。（《再题龟兹山水》）

以西域为题材的诗作成为冯其庸先生近年最为多产的文学作品。而先生也最乐意以其洒脱的行草书写这些同样洒脱的作品——在新疆，当代的方志多收录了先生那些最能揭示地域风貌的美妙诗篇。

在先生的绘画艺术方面，西部的考察更是留下了深刻的烙印。先生早年的作品大多是花卉藤萝，其中最主要的原因是先生以教学和学术研究为主要工作，“为了可以利用短暂的时间，我就只学作花卉。”（《墨缘集·学画漫忆》）这些小品也熔铸着先生的浩然之气，烂漫的牡丹与泼墨的葡萄，无不显示出旺盛的生命力。那幅先生题为“刘琨死后无奇士”的葡萄就非常鲜明地体现了先生在“文革”中听说刘少奇含冤屈死的消息后愤懑难抑的不平之气。及至先生游历西域，在遥远的和田看到枝干纠结苍老的葡萄王、看到硕大无比的葫芦王时，先生的花卉作品更加汪洋恣肆，赢得了刘海粟大师“泼墨葡萄笔法奇，秋风棚架有生机”的称誉。

但是，先生“觉得山水更能与我的本性合”（《墨缘集·学画漫忆》），因此当晚年离休之后，便重学山水。

先生刻苦地临摹古代名家的山水名作，同时，往日所历的山山水水，也都奔赴笔端，成为先生驱遣的素材。先生临写王石谷、黄大痴、龚半千、戴本孝等的大幅山水，几可乱真。而最能显示其本色并别开生面的作品，却是先生体验天山、昆仑之奇，感受龟兹佛国山水之独特皴法而创作的诸多设色山水。先生的《金塔寺》诸作以赤橙黄绿的浓重色泽勾画了祁连山中“黄叶丹崖共一径，寺门高挂碧霄垠”（《题金塔寺》）绚丽景象，其写实的风格确实描画出了一个佛相庄严的绝境。而像《却勒塔格山群峰》、《取经之路》、《古龟兹国山水》（图 3）无疑渗透了先生对龟兹石窟“古寺千相金剥落，奇峰乱插赤参差”（《题克孜尔千佛洞》）的参悟，这些画幅以烂漫的色泽和非凡的造型，为传统中国绘画增添了新的题材。

相比于传统中国文人，在诗书画之外，冯其庸先生的艺术表达还多出了摄影这样一种工具的使用。先生早期的西部摄影作品曾经汇集为《瀚海劫尘》。“人文摄影”或许是冯先生西部摄影最为恰当的定位。在先生看来，丝绸之路的意义在于反映一个民族上下求索、追寻真理的精神特质，先生的西部摄影作品的内涵正是以玄奘取经之路为中心，考察中国境内丝绸之路沿线的历史地理沿革与民俗文化景观。因此，在其摄下的空寂的风景背后，都可以读出丰富的语言。“汉家烽火两千载，我到沙场有余温。”（《题腾格里沙漠中之汉方城》）“东洞更存无上笔，圣僧夜渡

图 3　冯其庸先生画龟兹山水

葫芦河”（《题安西》）与这些诗句相应，通过摄影，先生立体地表述了人类经营西域的历史和文明。

如前所揭，冯其庸先生近二十年来在诗书画影方面的西部题材作品，是与他早年对玄奘的敬仰、与他几十年来对中华民族的感受连接在一起的。几十年的人生经验使先生坚信："伟大的中华民族必定会强盛！而强盛之途，除了改革、开放、民主、进步而外，全面开发大西北是其关键。"（《翰海劫尘序》）先生希望通过自己的学术研究和艺术创作，为开发大西北做出贡献。在先生北京的书房，有关西部的图书资料几与大家所熟知的先生作为红学家而收藏的《红楼梦》文献相埒。而在新疆，先生也舍弃了方便的度假村与伪民俗，直上崎岖的山路寻访丝路故道，颠簸几百里的长途看望一个烽燧遗址。《玄奘取经东归入境古道考实》是先生在翻阅大量文献资料和翻越5000米的高山之后，以二重证据法考订的迄今为止最具说服力的玄奘行踪文字（图4）。在西部，即使有了便利的交通工具，真正的考察还是辛苦异常，因为恶劣的天气与地貌并未改变，"惊砂夕起，空外迷天"（唐太宗《大唐三藏圣教序》），玄奘时代的情景依然如故。但是，从"风雪如狂"的天山绝顶老虎口达坂，到帕米尔高原5000米以上的"头痛山"，都留下了先生寻访的足迹。特别是荒无人烟的楼兰故国，先生最终以80多岁的高龄、在2005年克服种种困难，野营七日，穿越罗布荒原，完成了他在西域最终的心愿。而且，特别令人感动的是，在每次辛苦考察结束之后，先生都坚持做出日记，及时记下当日的感受与内容。艺术创造与学术研究一样需要亲身的经历与感受，正是这些自古以来中原画家不曾经行的绝境，因为先生的亲临，才有了他对西部

图 4　《玄奘取经之路暨大西部摄影展》宣传册

题材出色的表现。

1995 年，冯其庸先生总结其十年西部的行踪，出版了摄影作品集《瀚海劫尘》。十年之后，《冯其庸书画集》作为其艺事的又一次总结，虽然不仅仅反映了先生在西部经行的历程，但先生在前言、后记中对“横绝流沙越大漠”的再三致意，以及选择在三上帕米尔、走过罗布泊之后出版其包含众多西部作品的书画集，也无疑可以看作是对自己二十年来西部关怀的回顾。

“边缘不是世界的尽头，而是世界阐释自己的地方。”中国的西部边缘，正是古代中西文化交流而创造新的文明的起点。冯其庸先生以玄奘的精神对中国西部文明史的寻访之路，也必将以更新的艺术手段，结出更为丰硕的成果。

2006 年 4 月 11 日，乌鲁木齐云鹿居

原载《经典艺苑》2006 年 2 卷，5—11 页

昆仑直上意如何

——冯其庸先生的西域研究

上个世纪八十年代，远在新疆的旅游热潮还未成为时尚、西部开发的国家战略正在酝酿之际，学者冯其庸以花甲之年开始了他学术道路上新的征程——中国西部特别是新疆地区的考察和研究（图 1）。这个学术的计划持续了

图 1　冯其庸先生在楼兰三间房遗址

四分之一世纪，直到今天仍笔耕不辍。从最早结集的《瀚海劫尘》，到中国人民大学国学院西域历史语言研究所的创建、《〈红楼梦〉六十三回与中国西部的平定》力作的问世，对于西域文化的研究和推动，被纳入到他所提倡的大国学领域，成为终身持之以恒的“西部工程”。

一　冯其庸先生的西域研究成果

二十五年以来，冯其庸先生的西域研究成果，主要表现在三个方面：

1. 诗书画影抒性灵

冯其庸先生最初的西域考察系统成果，是十年游历、四到新疆的大型摄影集《瀚海劫尘》。该画册融摄影、游记、诗歌于一体，体现了作者进入到中国西部之后最初的感动和艺术创造。

笔者曾经在《漫漫丝路接天涯》的读书报告中详细赏评冯其庸先生这一摄影画册的丰富内涵，体会到作者从人文与自然景观两方面展现丝路，以每一处人类生息与曾经生息的地点作观照，形成了全景式的丝路画面。在《瀚海劫尘》中，丝绸之路展示出多元的文化意蕴：民族的风情，历史的废墟，自然的风光，宗教的艺术，在遥远的岁月与旅途中叠加。作者的选景角度来自他作为一个文人画家的独特眼光和综合性文化素养，而摄影画集的诗文交融，使笔者进而提出“文人摄影”这一概念，是因为一本单纯的摄影艺术集不可能以这么厚重的文字信息，叠现出几个世纪的文明历程，而这正是一个具有悠久历史和多种文明形态的国度在其摄影语言值得探索的新走向。因此，在《瀚海劫尘》中，摄影的现代技术手段为文化研究带来新的视野，而文化的背景呈现也为摄影艺术打开新的表现渠道。

此后，冯其庸先生多次在北京、上海等地推出“流沙梦痕”、“玄奘取经之路暨大西部摄影展”、“寻访玄奘取经之路影纪展”等等的以西域为主题的书画、摄影展览，以其娴熟的艺术造诣，不仅记录了他不断积累的西域考察成果，也向广大民众宣传了西域大气磅礴的历史和现实场景。笔者曾经以《心在天山》为题，记下对其诗书画影讴歌新疆风物的艺术享受。概而言之，在反映西域风貌的文学作品中，冯其庸先生的旧体诗词和散文随笔隽永耐读，不同于一般游记的浮光掠影，而体现出对西域文化的深度考察经历。其诗歌以豪放见长，是西域的辽阔山水和不同寻常的风情感动诗人，从而一气呵成、舒卷自如。如：

古道一线开混沌，天山莽莽此为门。雪练九曲羊肠白，红柳百丛鸟路昏。万马奔腾来谷底，千驼踯躅过险嶟。我今吊古心犹怯，绝巘横空欲断魂。（《题白水涧道》）

荒城故垒尚迷离，想见嘉州寄语时。我亦故园东向望，漫漫长路接天涯。（《题唐北庭都护府故址》）

流沙万里到龟兹，佛国天西第几支。古寺千相金剥落，奇峰乱插赤参差。曼歌妙舞归何处，西去圣僧亦题辞。大漠轻车任奔逐，苍茫唯见落晖迟。（《题克孜尔千佛洞》）

冯其庸先生的西域诗篇较多地表达了他对西域历史的思考，触处即见的遗址生发了他对汉唐西域的流连之情，以上作品都表现了他面对西域山水思接千载的联翩浮想和激烈壮怀。

以西域为题材的诗作成为冯其庸先生近年最为多产的文学作品（图 2）。在新疆，当地的方志多收录了先生那些最能揭示地域风貌的美妙诗篇。甚至在许多地方，都有文化工作者像书写古人的作品一样，将先生的西域诗歌作为当地的文化名片制作了巨大的影壁做文化宣传。如“看尽龟兹十万峰，始知五岳也平庸”（《再题龟兹山水》）、“平生看尽山千万，不及龟兹一片云”（《题龟兹山水》），是库车县几乎老少皆知的名句。一个当代诗人能为他所吟咏的地方所记住，是难能可贵的。他的散文如《西域纪行》、《秋游天山》，抒写其 1986 年初次到达新疆的新鲜感触，也多为时人所称道。

冯其庸先生以洒脱的行草书法著称书坛，他以这一形

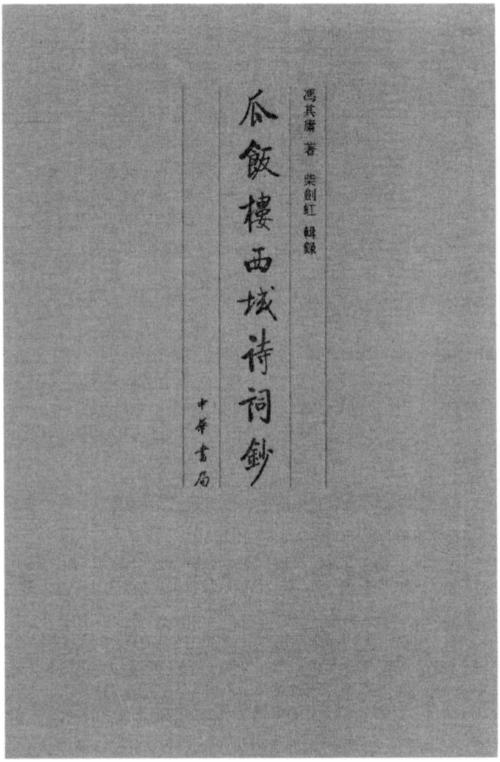

图 2 《瓜饭楼西域诗词钞》书影

式书写西域作品，风姿摇曳、沉着痛快，豪迈的诗歌与飘逸的书体可谓相得益彰。这些西域题材的书法作品不仅频频出现在冯先生晚年的书画展览中，而且也为新疆地方的诸多名胜所镌刻，增添了西域山水的人文精神。在绘画方面，西部的考察更是在他晚年的巨幅中留下了深刻的烙印。先生"觉得山水更能与我的本性合"（《墨缘集·学画漫忆》），因此在离休之后，重学山水。最能显示其本色并别开生面的作品，是他体验天山、昆仑之奇，感受龟兹佛国山水之独特皴法而创作的诸多设色山水。像《却勒塔格山群峰》、《取经之路》、《古龟兹国山水》等等，渗透了先生对龟兹石窟"古寺千相金剥落，奇峰乱插赤参差"（《题克孜尔千佛洞》）的参悟，这些画幅以烂漫的色泽和非凡的造型，为传统中国绘画增添了新的题材。

2. 读书行路探真知

随着考察的深入，作为学者的冯其庸先生，在晚年的学术研究中，有关西域文明的论文也厚积薄发，成为其探索西部文明的重要印记。这些研究文章数量不多，但领域阔广，覆盖了文化、历史、地理、艺术、宗教等等方面，体现了一个国学研究者思考和研究地域文明的多元方法与深厚积累。

有关西域石窟艺术的研究，如《对新疆石窟艺术的几点思考》是为《常书鸿文集》的出版所写的长篇研究性序言。作者立足常书鸿先生对新疆石窟艺术的本土接受和中原影响等问题的创见，根据自己的研究视野进行了深入探讨，其中涉及了诸如中心柱窟、菱格画、有翼神像等多个方面，从广阔的中外建筑史、美术史范围内作出了切实的论证。

对西域传承的外来宗教，先生也别有慧心。如《〈大秦景教宣元至本经〉全经的现世及其他》，根据2006年洛阳出现的景教经幢，判断了敦煌学史上关于景教《宣元经》真本、伪本的问题。关注这样的问题，也如作者所说，是与他早年求学期间的读书经历相关的："早在1946年我在无锡国专读书时，就读过冯承钧先生的《景教碑考》，后来我又特地到西安去考察过这块明代出土的古碑。我也读过国内专家们对景教研究的著作，现在突然见到这件新出土的景教拓本，就引起了我的兴趣。长期积在我心中的这个问题，因为新资料的出现，就促使我写了这篇文章。"（《逝川集》新序言）作者对新材料的敏感，是与他朝夕关注丝绸之路上的中外文明交流相关的。

围绕着玄奘的几篇写作时间漫长却又互相衔接的论文，探讨了玄奘西天取经往返所历西域的许多地理谜案，是冯其庸先生最为精心的研究成果。如为《吐鲁番市志》所写的序言《玄奘西天取经的第二个起点》，对吐鲁番在玄奘取经之路上的重要性给予了高度评价。《流沙梦里两昆仑——玄奘东归最后路段的考查》则是作者多次考察、反复研究，最后以 83 岁高龄穿越罗布泊而取得的最新成果。最为人称道的《玄奘取经东归入境古道考实》一文，则是他在翻阅大量文献资料和翻越 5000 米的“头痛山”之后，以二重证据法考订的迄今为止最具说服力的玄奘行踪文字。虽然玄奘翻越的具体山口细节还难以确凿认定，但是通过瓦罕古道、途经公主堡、回到石头城的大概线路是无疑的。2005 年作者第三次前往帕米尔高原，将“玄奘取经东归入境古道”碑竖立在明铁盖山口通向瓦罕古道边（图 3），不仅是这一考证的里程碑，更是一种象征——象征后世对玄奘舍身求法精神的崇敬。

最能够体现作者精深学历和卓见宏识的西域研究成果，是《〈红楼梦〉六十三回与中国西部的平定》。作者分析了康熙订《尼布楚条约》前后的情况和乾隆平定准噶尔统一天山南北的大概，以及平准事件在当时普天同庆、乾隆皇帝为此事曾写过四通碑文的情况，进而分析《红楼梦》六十三回中贾宝玉将芳官改名为“耶律雄奴”后的说话，认为这是曹雪芹对乾隆二十年平定准噶尔之后发自内心的对西部平定的歌颂。这个一反《红楼梦》作者批评时代常态的现象，被冯其庸先生认为是西部平定深入人心在当代作家笔下情不自禁的流露。这一既是红学、又是西域的研究成果，正是冯先生在这两个领域内数十年浸淫而形成的通识表现。

图 3　冯其庸先生在玄奘东归之明铁盖达坂立碑

3. 辛苦奔波开风气

作为学者的冯其庸先生，出于对所从事的学术的公器之心，常常不惜奉献自己的时间和精力，组织公益的学术活动，推动其良性的发展。这方面如在红楼梦研究、汉画研究方面的体现，已为学界所熟知。当他在晚年开始了西域研究的征程后，为西部发展辛苦奔波、开创风气的学术活动也成为重要的学术内容。

新疆的同道出版西域研究的著作，他不吝笔墨，为这些著作或者题签，或者写序，乃至亲自向出版社作推荐。从 1987 年为白应东先生所编《丝绸之路诗词选集》作序，到 2010 年为钟兴麒先生的《论中亚突厥化问题》题签，其间不知多少著作得到他的支持、鼓励。

新疆地方的学术建设，也倾注了他的关怀。“新疆师范大学西域文史研究中心”、“吐鲁番博物馆”、“龟兹文化广场”的建立，都有他慷慨的题词。学术条件艰苦的龟兹石窟成立研究院，他更是当仁不让、应邀担任名誉院长，为年轻一代“导夫前路”。

由中国敦煌吐鲁番学会主办的《敦煌吐鲁番学研究》年刊，在 1999 年第 4 卷“吐鲁番专号”曾经面临资金断流、难以为继的时刻，冯其庸先生慷慨解囊，独立承担了该卷的出版经费，为该刊渡过难关。

2005 年，他不顾年迈，促成中央电视台大型文化考察活动片《玄奘之路》的拍摄，并亲自带队攀登明铁盖达坂、深入罗布泊沙漠，挑战其生命的极限，宣传玄奘不辞万死、追求真理的伟大精神。

2005 年，他受命担任新中国成立以来第一家以国学为教育研究目的机构——中国人民大学国学院首任院长，提出大国学的概念，将西域研究纳入到国学的序列之中，并于两年后招聘贤才、创立了西域历史语言研究所。

以上种种不辞辛苦的学术引导与参与，体现了他对于中国西部特别是新疆地区的人文关怀。正是由于他的这种引领，今天的西域研究已经在学术界蔚成风气，产生了高水平的良性循环：由他创立的中国人民大学国学院西域历史语言研究所，业已成为国内培养西域胡语研究的重镇，逐渐为国际学界所瞩目；活跃于西域研究领域的杰出才隽，如荣新江、沈卫荣、孟宪实、李肖、赵莉、姚崇新等，均曾得到他不同程度的支持或提携；由他题词并始终关怀的《西域文史》、《西域历史语言研究集刊》等刊物，也在学术界成为重要的成果发表园地；同样由他题词的西域文献研究成果——荣新江等主编的《新获吐鲁番出土文献》，荣获中国出版物的最高奖项——第二届中国出版政府奖。

二　冯其庸先生的西域研究精神

总结冯其庸先生以往西域研究的成绩，一些看似相反却又相成的精神特质，是成就其在中国文化中除了以文学、史家、红学家、戏曲家、书画艺术家著称之外，更以西域学为世所瞩目的重要因素。

1. 梦想与责任

冯先生多次提到，对于中国西部的向往，是他少年以来的梦想。他在《瀚海劫尘》的序言里说：

我向往祖国的大西部，可说由来已久。最早是抗战时失学，在家种地，读到了李颀、高适、岑参等描写西域风光的诗，使我大为惊异，从此在我的心里就一直存着一个西域。那时我十四岁。抗战胜利后，我读到了《大慈恩寺三藏法师传》，玄奘追求佛典精义而万死不辞的勇气，实实震撼了我的心魂。私心窃慕，未有穷已。窃以为为学若能终身如此，则去道不远矣；为人若能终身如此，则去仁不远矣！

1986 年，当他第一次踏上梦想多年的土地之后，西域的风土人情没有让他失望，恰如签订了终生的合约，促使他多次走上梦想的地方。他在 1998 年完成的《玄奘取经东归入境古道考实》中提到：

十多年来我连续去新疆七次，都是为了一个目的：调查玄奘取经之路和丝绸之路。到目前为止，玄奘取经之路，在国内的部分（主要是甘肃到新疆的部分），基本上已经清楚了，能去的地方也都去了，楼兰、罗布泊当然不易进入，目前还未能去，但我仍希望能去，不希望留下空白。

楼兰、罗布泊作为一个生命的禁区，即使当地的文物考古工作者，也鲜少涉足。但是，当冯其庸先生在2005年83岁高龄第十次来到新疆的时候，他终于挑战生命的极限，穿越罗布泊、圆梦楼兰！

2009年12月27日，在为新的《冯其庸文集·逝川集》写序时，他还在留恋那未曾走到的地方：

玄奘取经东归之路，还剩下从帕米尔塔什库尔干下来到达古于阗国的这一段路程，未经调查考实。……我很想再次上帕米尔，从塔什库尔干东侧下来，补完这段从帕米尔到朱俱波的路段，……我仍希望能完此心愿。

对于丝路、对于新疆的眷恋，冯先生深受少年时代读到的玄奘故事的影响。“不有艰难，何来圣僧?”（《瀚海劫尘序》）玄奘的精神使他的梦想在后来的考察中不断升华，成为一种责任，一如作者在《瀚海劫尘》前言中的叙述：“我向往中国的大西部，是我坚信伟大的中国民族必定会强盛！而强盛之途，除了改革、开放、民主、进步而外，全面开发大西部是其关键。”

由于这样的责任感，使他晚年的学术生涯，增添了为西域研究而奔波的辛苦。

他走遍玄奘在国内所有道路的考察梦想，是一种精神驱动。正如他《在〈玄奘之路〉开拍仪式上的发言》所呼吁：重走玄奘之路，是为了弘扬玄奘的精神，振兴民族的自信心。由他担任首席顾问的中央电视台“探索与发现”节目拍摄的《玄奘故道寻踪》，第一次以玄奘为核心，将中印之间的玄奘遗迹联系起来，向全国播放，确实达到了体现玄奘身上的中华民族精神、并将和谐的理念通过玄奘表达出来的目的。

他致力于人大国学院暨西域历史语言研究所的创建，更是从国家发展战略的角度，对新时代国学研究和西域研究作出的重要推进。冯其庸先生在《关于振兴国学教育的几点思考》一文中，认为恢复经史子集等基本的学科是国学的重建和继承，而随着时代的发展，使传统文化丰富和深化，必须增设新的学科；在目前阶段，作者提出了西域研究、敦煌吐鲁番学研究、汉画学研究、红学研究的新国学学科建设。在《大国学就是新国学》等文章中，更是对以上观念作出了鲜明的揭示。将中国西部的研究融入到国学研究的新学科中，是一个知识分子对中华民族当代命运思考的清醒认识和责任表现。

他个人的西域研究论文《〈红楼梦〉六十三回与中国西部的平定》，当然是十几年来由考察西域的格登山碑联想到《红楼梦》的时代与描写，而反复思考、水到渠成的成果；但同时，作者克服身体的病痛、奋笔完成，在2009年新疆“七·五事件”之后不失时机地发表，无疑也是以学术来为西部和平安定环境所做的积极贡献，其中体现了作者对于现实政治的寄托。

可以说，在当代西域研究的领域，冯其庸先生不仅是优秀的学术研究者，同时也不避辛劳，承担了组织推动者的双重身份。而这一切，都来自对学术真理和国家道义的崇高责任感。

2. 激情与实证

如上所述，作者所深入的西域，是他少年以来梦寐以求的精神国度，一旦身临其境，便引发了积蓄已久的诗情。从“天山看尽百千峰，碧绿橙黄俱不同”（《过天山》）的百看不厌，到“天涯浪迹无穷意，再上冰川续后篇”（《〈瀚海劫尘〉自题》）的无穷回味，都抒发了作者攀登高峰、壮心不已的英雄气概。“莫负明年沙海约，驼铃声到古城边”（《和田赠雒君》）是他与新疆、与西部终生的合同，以至于他一次次前来考察、一次次地挑战身体的极限，如其诗作所言：

老来壮志未消磨，西望关山意气多。横绝流沙越大漠，昆仑直上意如何？（《访喀什，拟登昆仑，感赋》）

他表达自己对龟兹山水那颗放不下的心，也是对整个西域的拳拳之情：

我在库车，尽情地饱览了古龟兹国的风光。……在龟兹停留一周，因急事赶回北京。但从此我的心中又多了一处放不下的地方。我年年都想再去，因为我觉得龟兹这部大书，我刚打开，还没有细读。（《瀚海劫尘序》）

现实生活中的冯其庸先生，在西域的考察中，形诸文学、书画，形诸待人、接物，都充满了文人式的激情；而当他将这种对于西部的热爱形诸学术研究的论证时，又将心灵的激情潜藏在了科学的实证精神之下。这种实证精神，是他从事学术的一贯风格，发表在《中国教育报》2010年1月8日的专题采访《冯其庸：人民学术为人民》，非常准确地表达了这种学术精神：

冯其庸做学问讲究“三到”：历史文献典籍到、地下考古发掘文物到、地理实地考察到。“地理实地考察到”很受瞩目，中国传统学术就有“读万卷书，行万里路”的古训，冯其庸更是认为：“实地调查和读书一样重要。一有机会我就到全国各地游历，我自称这是读天地间最大的一部大书。”

冯其庸先生从1986年第一次来新疆讲学，已经年过花甲，但是这个在以往读书过程中经常邂逅的边疆，却给他留下深刻的印象，从此十到新疆。为什么在繁忙的工作和研究之余，如此频繁地行走在西域的土地上？他在上引的专访《冯其庸：人民学术为人民》中回答说：

为什么我去新疆10次？因为有些学术调查不可能一次完成。玄奘取经东归路线一直弄不准确，没有可靠依据，只能一段一段查，这次走错了，下次再来。

考察是学术研究的前提，文献是学术研究的基础，两者的结合才是社会科学能够创新的根本。冯先生对西域的钟爱之情，正是在这样的实证表现中得到了升华。

这种实证的精神贯穿其西域研究。以最近引起清史学界和红学界广泛关注的《〈红楼梦〉六十三回与中国西部的平定》为例，该文是冯先生基于文学细节和历史史实的吻合，去体会曹雪芹二百多年前撰写《红楼梦》时立足时代而又超越时代的伟大笔触的会通之作。他提出《红楼梦》六十三回“这一小段情节和文字，极有可能是乾隆二十年扫平准噶尔，彻底解决了清朝定鼎以来顺、康、雍三朝想做而未能做到的事而增写进去的”。一些商榷者的意见，偏于一执，否定其间的合理性。事实上冯先生也专门有文字回复：“《石头记》里这段故事的情节和文字，虽然说得如同儿戏，有点像‘假语村言’，但拿它与当时的历史背景相对照，还是能够斗榫合卯的。”我体会冯先生的解释是：曹雪芹的这段描述出于儿戏而没有正面歌颂，恰恰反映了他对于当时统治者总体的反感、但又不愿意对平准这一亮点也违心批判的矛盾心态，因而用游戏之笔，在批判的基本笔触下对封建统治者作出了有限的让步。

文学和历史研究遵循“通性之真实”（陈寅恪语），文学真实是建立在生活真实基础上的艺术真实，因此，文学作品基于时代，而其表达又更为典型，自然不可拘泥史实的细节。对于古代文学的研究，往往需要这种合理的想象给予阐释，而这种天才式的“理校”又必须源自生活本身。冯先生以上的考证，仍然是其学术研究实证的风格特色的一以贯之。因为这样的“细读”成功，如果不是对《红楼梦》的字字句句都了然于胸、对西域历史的风风雨雨都反复考察，是断难在文学作品的字里行间视通万里、把握到伟大作家反映时代的精微之处的。

因为对西域的热爱之深，所以才会充满心灵的激情，踏遍西域的山山水水；因为这种心灵的激情，所以才会捧读西域这部大书，为她呐喊推波、为她辛苦笔耕。在冯其庸先生的西域成果中，我们看到玄奘精神在今天的复兴！

2011 年 10 月 14 日，北大朗润园

原载李经国主编《师友笔下的冯其庸》，北京：文化艺术出版社，2012 年，170—179 页

走遍天西再向东

——追随冯其庸先生西域考察琐记

一

冯其庸先生去世的消息，是在1月22日下午由先生的女儿幽若姐告知的："玉麒兄，您好！我父亲今天中午12:18在潞河医院平静安详仙世。"那一刻，我心里无比怅惘。

回想起10天前，还刚刚与荣新江、孟宪实二位教授去家里看望过冯先生。他比年前我们去医院里看他时瘦了不少，见到我们来，很激动，一下子来了精神，说了很多话。说我们遇到了好时光，可以安心做学问，可惜他自己虽然还关注，已经没有能力从事研究了。又说起到明铁盖调查玄奘东归入境事、去罗布泊事，历历在目，甚至还记得第一次到明铁盖达坂前，我缺氧之后的狼狈状态。在更早一些时候，我和孟宪实一起去医院看望他，他也非常高兴，说到当年在西域的事，拉着我的手说："你看我走了这么多路，现在却不能走路了。"忽然便哽咽起来。

即使是那样，只要冯先生在张湾住着，我便总觉得会有那么一天，会回到 1995 年 -2005 年的那个阶段，先生的电话打过来："小朱，你计划一下，今年我们再去一趟新疆！"于是，一个月后，我们驰骋在了龟兹盐水沟的山路上……

现在，先生离世的消息传来，我知道那个邀约同游的电话，再也无法等到。先生的西域之行，终于停止在了 2005 年他前往罗布泊的第十次新疆考察之后。

为冯先生守灵的晚上，看着烛光中的先生遗像，我每每恍惚起来，觉得他还没有走远，脑子里想起的，都是追随他在新疆的一些琐事：一会儿是在莎车的营房里，教我用牙刷蘸了肥皂刷衬衣的领子；一会儿见他拿着金庸的《书剑恩仇录》，问我"玉旺昆"是不是一个真实的地名；一会儿又是在明铁盖前，他冻僵了的手指在艰难地打开相机后盖更换胶卷；一会儿又是回程的时候，他仰起脖子从贴身的衬衣口袋拿出钱来说："一起来还是一起走，你还在读书，机票我来买了！"

是的，冯先生经常客气地对别人说我是他在西域的向导；实际上，在那些西域同行的岁月里，是先生的引领和熏陶，使我走上了西域研究的学术之路。

二

1986 年 10 月 4 日，我第一次见到了前来新疆讲学的冯其庸先生，聆听了他在新疆师大关于《红楼梦》的讲座。今天翻出 31 年前的日记，看到我是这样记录了听讲后的感受：“下午冯其庸要来作学术报告，3 ： 30 便与系上的秘书打扫教室。4 ： 00 冯来，讲了三个小时，很有精神，且很认真——来过的几位内地学者，我觉得都对新疆怀有极虔诚和尊敬的感情，作一些报告特别实在，讲心里话。冯先生是江苏人（听口音是无锡人），中国红学的巨擘，考据方面很有成就。晚上 8 ： 30 在行政楼四楼仍有座谈。”

作为刚刚开始从事古代文学教学的青年教师，那个时候的我对于冯先生的了解，仅限于把他当作《红楼梦》研究的专家而已。听过他的讲座，我以为那是第一次也是最后一次的见面。因为在那样一个交通并不方便的时代，内地学者带着对新疆的神秘向往，克服重重困难前来者，虽然不少，但也难得再度前来，更何况已经 62 岁高龄的冯先生呢？然而来年的 8 月，冯先生却第二次前来；1991 年、1993 年，冯先生又第三、第四次前来。

1993 年 10 月 5 日，他第一次深入南疆考察回来后，专门让陪同前往的胥惠民老师邀我到他在乌鲁木齐下榻的宾馆，与我畅谈南疆的感触，然后一起去博物馆参观。那天我的日记里写到："冯先生很客气，聊新疆见闻，他觉得西域研究比之《红楼梦》更具有现实、历史意义。"这个振聋发聩的说法，在当时让我大为吃惊，甚至觉得可能是一种对新生事物夸大的称赞。但之后，却发现他不止一次在发言中、文章里表达了这样的见解。正是这样的认识，使他与西域结缘，于是又有了 1995、1997、1998、2004、2005 年一次比一次深入的考察，一直到第十次！他十次西域之行到达过的地方，超过了很多一生都在新疆的当地人。冯先生成了西域的"发烧友"、玄奘西域遗迹的追踪者、新时期丝绸之路研究的开创者、大国学理念的倡导者——西域成了他《红楼梦》研究之后攀登的又一座学术高峰。

三

与冯先生熟悉起来，并追随他一起在新疆考察，就是在 1993 年他第四次西域经行之后。在这之前一年，我曾经环游塔里木，因此在冯先生前往南疆之前，新疆师大安排冯先生考察了呼图壁的康家石门子岩画，我有幸陪同，在途中向他介绍了南疆喀什、和田等地的情况。在冯先生开始关注西域以来，我可能是他认识的人中在新疆经行比较多的，因此他不耻下问，将我引为小友。因为这个机缘，1994 年，当我考上研究生，重新开始北京负笈八年的学生生活时，向冯先生问学的机会就分外地多起来。

从那以后冯先生的几次新疆之行，以及河西走廊直到额济纳的考察，我都得以受邀追随左右。之前我也在新疆工作，对于广袤的新疆的历史地理考察，虽心向往之，但从经济条件到人际关系，青年时代的我都无法实现。是因为冯先生的资助，我才得以完成憧憬很久的壮游；因为这些壮游，我也有意识读了更多有关新疆的书，从而对新疆增进了更多的认识。

2000 年，我博士毕业，到北京大学历史学系博士后流动站工作，从事起西域历史文献的研究。这个转型，不能不说是受到冯先生对西域热情的感染，以及多次西域之行给予我更多感性认识的影响。在 2002 年的博士后出站报告的致谢里，我写到："冯其庸先生多次西行探访玄奘故道，每次都特别资助我随行考察，我因此得以在十年之中走遍天山南北、黑河上下。先生的心迹，使我在进行历史文献研究的同时，不敢忘记其中应有的现实意义。"后来我做《西域水道记》与《新疆图志》的整理，在地名索引的处理时，对于同名异地、同地异名的高度警惕，无不来自跟随冯先生考察途中跋涉过的语源各异的地方的敏感。今天，当我在校勘即将出版的《新疆图志》地名索引时，看到蒲犁与疏附属下的"明铁盖达坂"时，似乎又回到了与冯先生三上帕米尔、寻找玄奘踪迹的那些时光。

四

冯先生的新疆之行，有他明确的目的性，就是要感受早年传统典籍习得中的遥远西域和漫漫丝路。在他 1986、1987 年最早的两次新疆考察之后的游记《西域纪行》、《秋游天山》中，都表达了这样的向往。后者开篇即言：“丝绸之路……尤其是新疆，古代称为西域，是丝绸之路的主要地段，也是唐玄奘向印度取经的经行之地。”

如何在今天的新疆大地上体验和寻觅千百年历史中的古代西域，冯先生找到了以玄奘取经往返西域为核心的穿越之旅。十次新疆考察，他逐步深入，从玄奘西行走出今日国门的别迭里山口，到东归入境经行的瓦罕走廊，都一一考察，最后在生命禁区的罗布泊，走完了玄奘在西域的最后一处踪迹（图 1）。

他的学术研究也在他称之为“西域学”的领域里结出硕果，最为人称道的《玄奘取经东归入境古道考实》中，他考证了玄奘东归进入中国境内的瓦罕古道及明铁盖山口。瓦罕古道上的多个山口，究竟哪个是玄奘归途经历，因为《大慈恩寺三藏法师传》和《大唐西域记》并没有明确的记载，因而众说纷纭。斯坦因以“波谜罗川”的大龙池比定作萨雷库里湖为前提，认为玄奘是从瓦罕古道北边的排依克山口进入的。冯先生根据其在玄奘记载中的经历国家、明铁盖地名与玄奘“橐驼数千”故事的吻合，及公

图 1　2005 年 10 月，罗布泊合影（左起：荣新江、王炳华、冯其庸、罗新、朱玉麒）

主堡、朅盘陀国的地望，将东归山口确定在了瓦罕古道南边的明铁盖山口，当然有其合理的因素存在。

更为重要的，是冯先生提出了“玄奘归国古道”的概念，除了学术的意义之外，它的认定也具有在当代中国弘扬玄奘精神、建立民族自信的现实意义。这个概念引起了研究者的兴趣，但是多数的研究在另立新说时，用了类似“基里克和克克吐鲁克相对明铁盖要平缓得多”的理由来做替换，仍然是一种皮相之论。一方面，《大慈恩寺三藏法师传》里关于玄奘归来的途中，为了顺道而放弃所谓的平坦不止一处，归途中“其山叠嶂危峰、参差多状，或平或耸，势非一仪，登陟艰辛，难为备叙”的描述即其例证；另一方面，在瓦罕古道各个山口的巴基斯坦、阿富汗那一侧，究竟道路的平坦程度如何，如果没有做过全面翔实的调查，也不可轻易否认明铁盖的说法。

对于我们而言，冯先生提出的这个概念所以重要，是因为它将玄奘所代表的中华民族伟大精神在帕米尔高原上物化而得以瞻仰。玄奘之路的研究，我们至今还欠着对于这条道路的一次全程考察，而冯先生已经引领我们走过了一半。

五

冯先生的新疆之行，不仅在其晚年创造了他学术事业的一个新高，也创造了他文艺事业的新高，使他作为一个文学家的古典诗词创作更添豪放雄浑的气韵、作为一个书法家的行草更具纵横恣肆的意态、作为一个中国画家的山水更增浓墨皴染的色泽。

而他的西域学研究，也以他山之石的方式，进入到了最为耕耘自适的红学园地里。在 2009 年新疆“七·五事件”之后的不寻常岁月，他发表了《〈红楼梦〉六十三回与中国西部的平定》的宏文。他分析《红楼梦》六十三回中贾宝玉将芳官改名为“耶律雄奴”后的说话，认为这是曹雪芹对乾隆二十年平定准噶尔之后发自内心的对西部平定的歌颂。这个在《红楼梦》以批判时代为常态的例外，被冯其庸先生认为是西部平定深入人心在当代作家笔下情不自禁的流露。在对《红楼梦》的文学文字作出本色当行的细读之外，冯先生分析曹雪芹创作《红楼梦》的时代背景，自康熙签订《尼布楚条约》以来的国内国际形势，到乾隆平定准噶尔统一天山南北的时事，也一样精确老辣。这不仅是文史互通的典型，也是其对于西域作为中华故土的统一中国理念的学术表达。

正是这样一种文化自信和道义担当，他的西域研究越走越远，甚至不惜暮年衰龄，开始带动时代的步伐。他致力于《玄奘之路》纪录片的拍摄，从 1998 年以来，就多方寻找合适的机会来宣传“不有艰难，何来圣僧”的文化丝路；他致力于弘扬西域学的研究，从 2002 年以来，就开始打报告给有关方面呼吁成立西部研究中心。在同样艰难的历程之后，他的这些愿望终成正果：2005 年，《玄奘古道寻踪》由他担任首席顾问而由中央电视台开拍并播放，带动了人们对玄奘之路与玄奘精神的探求；也是 2005 年，人民大学国学院创建，他被聘任为创院院长，在他的主张下，西域历史语言研究所也同时成立，“大国学就是新国学”的概念为国学学科在新时代的发展提供了理论基础。

六

2016年的年底，我得到了冯先生从医院托人捎给我的《风雨平生》的样书，几乎一口气读完。第418页，看到他叙述2005年考察罗布泊的感慨：“我的腿一直到这一年的冬天、2006年的春天才开始犯病，不能行走。……罗布泊到楼兰到白龙堆、三陇沙，这些都是靠腿走的，现在却完全不行了。反正我也已走了不少地方了，年岁也九十多岁了，即使不能再走，我也无遗憾了。”我的心里蓦然一震，想起了几天前他在医院对我说的正好相反的话。是的，当他还能在清晰的思维之中遥想西域的山水却又力不从心时，他的悲哀时时会在暮年的伤痛中涌上心头；但是因为仰慕“玄奘追求佛典精义而万死不辞的勇气”，当他以八十一岁高龄在罗布泊划上了玄奘西域寻踪的句号时，后来的一切又都在所不惜。在矛盾交织的晚年，他战胜了自己，把西域圆满行程的欢欣留在了文字里，留在了可以藏之名山的传记中。

1月23日，我又走在了走过多少遍的前往张家湾芳草园的路上，虽然知道那是为冯先生去送行，但又觉得先生似乎还在寓所的那把椅子上坐着等我。长路上，勉强凑成了一段挽诗：

梦里红楼别样红，
还从大漠识穷通。
我翁归去寻常事，
走遍天西再向东。

“他年欲作徐霞客，走遍天西再向东”，是冯先生西域诗的名句。我愿归去的先生，不再有不良于行的人间苦恼，在他所倾心的漫漫丝路中，可以任意遨游西东。

2017 年 2 月 25 日，北大朗润园

原载《文汇学人》2017 年 3 月 17 日第 8—9 版

从此花开不见君

——刘浦江教授追思

2010年9月，我调来北大中古史中心工作，办公室被安排在了朗润园西所的前院西厢，与浦江老师相邻。这个时期，他接受了中华书局点校本二十四史修订工程中《辽史》的修订工作，每周六的一个整天，都在中心计算机房与参加项目的学生一起做汇校。所以，长达三四年的时间里，在我的窗前，曾经反复定格过这样的一道风景：周末的午后，穿着蓝灰色西装的浦江老师提着条毛巾从办公室匆匆走到对角线方向的盥洗间里，用凉水抹了把脸，又匆匆返回到他《辽史》校勘的工作间里（图1）。

因此，2015年1月7日上午10点57分，当我突然收到倪培翔代表凤凰出版社发来短信唁电，要我转达给历史系刘浦江治丧小组时，顿时茫然不知所措。我快步走到荣新江老师的办公室，确认了这个消息已经是无法撤销的事实：浦江老师已经于1月6日23点57分逝世。我在办

图 1　刘浦江教授在中古史中心

公室里呆呆地坐了很久，看着窗外，想到浦江老师在中心院落里的身影就这样一去不返，忽然间悲从中来，失声痛哭。我自问与浦江老师并非深交，一定是这几年的近距离接触，点滴积累，使我无法承受失去他这么一位谊兼师友的同事。

十四年前的2001年，中古史中心的办公场地刚刚搬迁到朗润园西所的两进院落中，我在此间从事博士后研究。正是在这里，我第一次与浦江老师打了照面，向他问好。他也止住脚步，问我："你现在做什么研究？我记得你写过《登科记考》的文章，现在还做不做这个题目？"他提到的是我在1994年发表于《文献》的《〈登科记考〉补遗订正》一文。我告诉他现在转到研究《登科记考》的作者徐松及其《西域水道记》的方面，而转过身来，心里却吃惊不小。在此之前，我曾与北大历史系的研究生们有密切的交往，从他们的月旦评论中，知道刘浦江教授年纪轻轻，已经是辽金史研究的翘楚。我很惭愧，自己从来没有看过他的论著；而他却能够记住并非其专业领域的我的名字和文章，让我对他的阅读面和学术记忆力佩服异常。

与浦江老师熟悉起来，如前所说，是从五年前调回北大之后。除了日常不定期的照面，听他语速快捷、倾倒四座的学术言谈之外，我们总会在周六的朗润园工作间隙见面。有时没有见到，下个周末相遇，就会问一句："上个礼拜出差了？"这种寒暄，其实也三言两语，一两分钟，又各自忙自己的事去了。厉樊榭的联句："相见亦无事，不来忽忆君。"说的就是这种感受。在中心，同事之间似乎是那样的一个共同体：我们习惯了各自忙碌的工作"生态"，但彼此恒常不变的一些互相见面方式，让我们感到安心。

2013 年 12 月 1 日，我应邀前往京都大学人文科学研究所访问。行前一天，到办公室处理案头事务。正好是星期六，因此向正在工作的浦江老师辞行。他问：“去几天？”我说：“半年。”他皱皱眉头说：“去这么久？”我微微有些愕然，也许他也习惯了我们经常见面的工作方式？但我想，半年其实也快，不久我们又会回到朗润园见面的生活常态中。还不到半年，荣新江老师来京都，告知浦江老师不幸罹患癌症的消息。这时我才觉得，离开中心的半年，确实太漫长了。

2014 年 6 月回国，中心的院子里不再见到浦江老师的身影，但听说他积极配合治疗，因此有康复的消息不断传来，让我感到欣喜。7 月 12 日，随邓小南、荣新江两位老师到医院探望在那里做第三次化疗的浦江老师。他仍然健谈，对于治疗中的反复与受难似乎并不介意，只说现在的治疗是最利于恢复的方案，使我觉得克服病魔，关键在于健康的心理。确实，9 月 27 日的星期六，我又在朗润园的院子里见到了来参加《辽史》统稿的浦江老师。不过这一次，却是我与他的最后一面。此后，他又陷入到与癌症最后的抗争中，直到年底放弃治疗，在家乡垫江走向生命的终点。

已经有不少的同事，回忆到与浦江老师的交往，是纯粹的学术关系，我也深有同感（图 2）。我们的办公室

图 2　2013 年 5 月 23 日，魏根深教授捐赠仪式，与中心成员合影（左起：陆扬、刘浦江、荣新江、魏根深、邓小南、罗新、陈苏镇、史睿、朱玉麒）

在西厢的同一条走廊上，但很少串门。我记得他只有三次到我的办公室来。一次是在他开设《四库全书》的课程、研究天津图书馆藏《四库全书总目》残稿的时候。就津图总目中崔子方《春秋经解》、《春秋本例》、《春秋例要》三书提要的馆臣眉端批语，他抱着书屈驾前来，与我讨论其中互相扞格的句子。事实上他对这些问题已经讨求甚详，我对这些句子的理解与他原来的想法基本相同，觉得那些不解，是馆臣下笔前后的矛盾所致。他虽有所释然，但在隔了很久正式行文的时候，又第二次来到我的办公室，抱着同一册书，翻到同样的一页，再次与我探求这些文字的含义。古人稿本有互相舛误的地方，并非孤例；对于关键内容的解释违背常理时，不得确解而难以心安，又是每个真正的读书人共同的心态，而浦江老师显得尤其谨慎。他认真学问与尊重古人的精神，从这两次的枉顾下问中，可见一斑。他的《关于天津图书馆藏〈四库全书总目〉残稿的若干问题》一文，后来发表在《文史》2014 年第 4 辑中。其中提及我的名字，是他觉得耽误了我的时间而礼貌的表示，我对此并没有什么实质性的贡献。浦江老师以辽金史的研究饮誉学界，学识而外，其实与他在文献学方面的精研独诣也有莫大的关系。

浦江老师第三次到我的办公室，是去年 9 月 27 日他最后一次来朗润园的时候。在工作开始之前，他特地跑到我的办公室来寒暄，告诉我现在《辽史》校勘定稿，他过来听听同学们的意见，自己不会多发言，而且不会再像平时那样坚持到下午。我感念他的好意，心里知道，他来找我说话，是为了答谢我到医院看望他的情谊；他是一个个性倔强的人，从来不需要来自别人的额外帮助。现在想起来，他的从容，哪像是一次诀别的谈话！“英雄生死路，却似壮游时。”浦江老师对待生死的淡定，成为朗润园里他留给我的最后记忆。

我在日本的时候，还曾经因为一位研究生入学的事，给他写过信。这个学生在从本科保研之后，英语学年考试出现失误，可能会影响到他的入学复试。系招生办公室的老师建议我与浦江老师协调一下，推迟上交复试材料，而等待学生重新选修补考之后的新成绩。浦江老师负责古代史研究生招生工作，他的严格在系内系外是出了名的，因此我也只是抱着试一试的方式，给他写信。但是很快，他在当天下午即回信来说：“玉麒：大四学习成绩的复审由各院系进行，上报复审结果不是一个必须的程序，有问题才上报。因考虑到该生已经通过国家英语四六级考试（这是我系保研的一个门槛），说明他的英语水平本身并没有问题。我跟系里商量过了，此事应该不会影响他的录取。但请转告他：本学期重修英语务必要通过，不要给以后带来什么麻烦（虽然学期末出成绩已在录取之后，但要消除隐患）……祝好！浦江。”看了这个回信，我佩服他处理事务的迅捷利索，更感动于他的宽宏大量，有原则，也有包容，给了这个学生求学之路的重要机会。

朗润园西所的工作环境，总让我感到是今生莫大的幸运。开始觉得是幽静的院落、四时的花木给了我如此舒适的心情，但有一天忽然悟到：关键是同道间的比肩共事、无声关怀，让我的学问研求之路充满温馨。我曾口占小诗，叹此遇合。1 月 7 日听闻浦江老师的噩耗后，我把它写在了我的记事本中：

朗润园读书记

余到中心，研究室在前院西庑，右首为唐史家王小甫、荣新江（隔年荣师移后院东厢，则陆扬迁入），左首则宋史家邓小南、辽金史家刘浦江。一日晚樱飘落，憬悟伺坐大家之侧，得无好学为福之天堂？因有口占。今兹记录，以吊浦江教授。

西厢最见史家才，
唐宋辽金一字排。
左右逢源谁似我，
心花到此逐书开。

浦江老师有一张他自己非常满意的照片，是在朗润园的辛夷花前留下的。今年春夏院子里的鲜花再度次第开放时，我对浦江老师的追思不尽，再赋一绝：

吊浦江教授

謦欬连珠江复海，
松荫朗润幸相邻。

辽东鹤去金瓯缺，
从此花开不见君。

浦江教授辞世的三天以后，北大历史系在学校西北不远的东北义园为他举行告别仪式。从四方闻讯而来的吊唁者超出了原来的估计，以致告别厅的走廊里，从楼上到楼下都站满了人，场面感人，让我几度泫然。从告别厅出来，三三两两的人群走回北大。几个学生走过我的身边，听到有人小声说："前两年我常到中古史中心的图书馆看书，还从来没有见过刘老师。"我一下子愣住了，两千多年前李广悲愤辞世，司马迁说："百姓闻之，知与不知，无老壮，皆为垂涕。"今天，浦江老师的去世，来参加告别的师生们，不正是"知与不知"、"皆为垂涕"的写照么？

朗润园西所，浦江老师研究室的灯光虽然黯淡下去，他在这里从事学术研究的恢弘气象和奉献给学界的累累硕果，已经成就了一段历史，一直会留在我们的记忆中。

2015 年 8 月 28 日，北大朗润园

原载邓小南、荣新江、张帆主编《大节落落 高文炳炳——刘浦江教授纪念文集》，北京：中华书局，2016 年，235—240 页

第二辑　艺苑史海珍赏

走向书论前沿的学术异趣

——《启功论书绝句一百首》读书报告

一个形成自我思想体系的人文科学研究者，晚年的理想往往是对自己从事的学术进行总结，完成一部具有独特个性的学科通论著作。在其辉煌的巨著中，后人可以看到人生智慧的结晶和继续攀登的里程碑。但老成的境界未必只有一种表述的方式，生命的力作也不必仅以系统完整而数量可观的文本作出衡定。

启功先生的《论书绝句一百首》（以下通称“《论书绝句》”，图 1）是作者一生中三个阶段的书学理论记录：前二十首诗作于 1935 年，后八十首作于 1961 至 1974 年，而一百首的评注则定稿于 1985 年。半个世纪的一部书论，用以诗论艺和文言评点的方式表述，加上附录的《随笔》和《札记》，在版权页上打出的字数也仅有 8 万 9 千字。这在电脑时代动辄数十乃至上百万字的著述风气下，以及上节提到的思想表述传统中，形成鲜明的写作异趣。然而

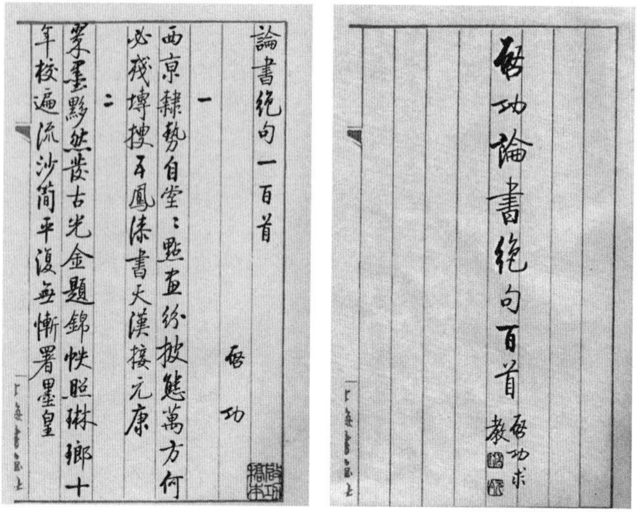
論書絶句一百首
啓功
一
西京隸勢自堂堂點畫紛披態萬方何
必殘塼搜鳳凰漆書天漢接元康
二
苿墨黟然發古光金題錦帙照琳瑯十
年校遍流沙簡平復無慚署墨皇

啓功論書絶句百首
啓功求教

图 1　《论书绝句百首》手迹

它却获得了广泛而经久的读者群，在 20 世纪九十年代的图书市场上，《论书绝句》风行海内外，在中国大陆和香港、台湾以及日本，以多种版式畅销不衰。

《论书绝句》的成功，应该说是得益于作者学术思想的不同凡响。与其表述的异趣相应，是一种思想异趣的魅力，使读者除了获得新知识的积累外，更获得了方法论的营养。这种思想异趣见诸字里行间的表现是多元的。笔者以为融通无间是异趣的重要方面，它使作者的生花妙笔，出入于多重的境界而自由无碍，成就了当代书论的重要界碑。

一、出入碑帖

作者从自身临习古代书法的体验出发，深感墨迹书法的重要意义，因此，贯穿始终的，是对清人书学观念中碑帖优劣论的批判。以阮元、包世臣发端而何绍基、康有为继起的“尊碑卑帖”、“南北优劣”说，导引了书法界盲目崇拜北碑书法而弃绝书帖的习气，甚至形成了由于只见碑刻而对祖本墨迹也概持怀疑态度的迂腐见识。流风所及，至今未绝。作者师法墨迹的态度非常明确：“岂独甘卑爱唐宋，半生师笔不师刀。”（第 97 首）但这种态度却并非清儒式的偏执一端；他是通过碑与帖的广泛比较，以及帖书中向拓、摹、临与真迹的仔细对勘，才审慎地提出师承帖学的结论的。

作者是较早自觉运用新材料进行书法理论研究的学者。在三十年代大量汉晋简牍出土而尚被垄断的时代，作者便通过公布的《流沙坠简》等来验证汉碑的隶势（第 1 首），通过楼兰晋书残简比定王羲之、索靖等名家刻本（第

5、61首）；敦煌、吐鲁番出土文物也始终被作者所追踪，如以高昌墓砖墨迹来比较流行的《张黑女墓志》（第6首），以敦煌唐人写经来反衬枣石翻刻（第11首）；稍后的战国秦汉竹帛，也都成为印证碑帖优劣的直接材料。在宏富的书法史料比勘中，作者作出了“右军面目在纸上而不在木上”（第5首）等符合实际的判断。

不仅如此，他还从董其昌由碑入帖的成功（第18首），提倡碑学的何绍基、包世臣等人临碑的失败（第6首）等正反事例，来证明盲目佞碑的失误。而魏刻《张猛龙碑》与梁刻《瘗鹤铭》的同声应气（第29首），也直接用来攻破了“南北书派”论的弊端。经过这样的反复论证，作者确立了师从墨迹的观念。

但作者并不因此而鄙薄了碑刻的书法意义。他对碑版简札书体异趋的功用具有准确的把握。作者认为：“端重之书，如碑版、志铭，固无论矣。即门额、楹联、手板、名刺，罔不以楷正为宜。盖使观者望之而知其字、名其义，以收昭告之效耳。……简札即书札简帖，只需授受两方相喻即可，甚至套格密码，唯恐第三人得知者亦有之，故无贵其庄严端重也。此碑版简札之所以异趋，亦‘碑学’‘帖学’之说所以误起耳。”（第30首）此外，在对褚遂良、李邕、颜真卿等人书法的分析中也都论证了这种区别。

因为明了了碑帖的内在区别，所以他强调通过碑刻来体悟骨力、琢磨结构的功用，“余于书，初学欧碑、颜碑，不解其下笔处，更无论使转也。继见赵书墨迹，逐其点画，不能贯串篇章，乃学董、又学米，行联势贯，单提一字，竟不成形。且骨力疲软，无以自振。重阅张猛龙碑，乃大有领略焉。”（第 28 首）“（《始平公记》）可贵处，在字势疏密，点画欹正，乃至接搭关节，俱不失其序。……余谓非石刻必不可临，唯心目能辨刀与毫者，始足以言临刻本。”（第 32 首）由自身临习的体验与对碑刻的具体分析，作者倡导了“学书别有观碑法，透过刀锋看笔锋”（第 32 首）的主张。

正因为能够出入碑帖而不抱成见，故尔对传统书法观念的种种不足之处，他都独具慧眼地提出了挑战。如已成定论的“宋四书家”、“有清四家”等称谓，作者对其齐名的非艺术标准给予了否定（第 12、65、19 首）；王羲之、赵孟頫、王铎真行书法“雄强”、“圆润”、“姿媚”等等风格评定，也重新予以辩证的解释（第 15、85 首）；周越书法因众人耳食黄庭坚、米芾言论而遭非议，则通过实际书迹给以澄清（第 64 首）；那些在传统排行榜上身居下位甚或无名的书家书迹，如柯九思、倪瓒、《史岑出师颂》等，也被作者从书艺价值出发赋以较高的书史地位（第 16、17、37 首）；对待古代碑刻，一般是晚近出土者字口完好而易见风韵，但世人都重出土早而品题多者，作者却就《朝侯小子碑》、《张景残碑》等新碑提出了“宁取晚出零玑，不珍流传拱璧”的艺术标准（第22、23首）。

作者在庆幸“生今识古，厚福无涯”（第1首）的同时，又对古人的偏见抱一种理解之同情，对其书艺、书论均作实事求是的区别对待。如作者对贻误后学的清人“尊碑卑帖论”既归咎于当事者的偏见，同时也指出其起源于彼时反对馆阁书风而矫枉过正的历史客观（第94、96首）；“南北优劣论”失之武断，但平心而论，时代与地域影响的书风又不能忽视（第92首）；赵孟頫书法的承前启后之功，作者再三致意，而其书论“书法以用笔为上，而结字亦须用功”则同样遭到再三的质疑（第74、99首）；刘墉书法的浪得虚名受到无情嘲讽，其书论所谓“有我则无古人，有古人则无我”的甘苦却得到作者的认同（第19、98首）。

由于作者不囿成见，自由地出入于碑帖书法的史料中，因而在书法的本体上超越了古人的眼界，形成了别开生面的书论异趣。

二、出入文史

在《论书绝句》中，出入文史的定义表现为对书学理论的阐释有时是借文史的资料作他山之石，有时又借书学的资料作文史的文章。自包世臣《艺舟双楫》开创论文论书以来，并非所有的书论家都能精到地兼顾碑帖的文史、书法价值。作为书法家的启功先生，其修养既来自传统的诗书画训练，又得益于高校文史教学必须的知识储备。作者常常谦称其学问的“多能鄙事”，实际上正道出了切入书学的无所障碍和不拘程式。这样，在典型的书论之外，作者扩充了书学的范围。

作者感叹于“藏碑者多而读碑者少”这一文章与书法价值强烈反差的现象，不但对其本质有精到的分析（第40、41首），而且作为公正的学术研究者，他致力于文字内容的精微阐发，从而加深了碑帖史料价值的发掘。由于史实、典故的精通，使得《曹娥碑》“拟不与伦”的失实之处（第63首），《杜家立成杂书要略》、《宋高宗临米书白居易诗》的作者问题（第50、70首），《升仙太子碑》草字书碑下的别有居心（第44首），《怀仁集王羲之圣教序》“双重护法”的功利目的（第42首），《兴福寺半截碑》功德主名、碑名的以讹传讹（第43首），均昭然若揭；又由于对古代文书制度史的熟悉，解决了《鹡鸰颂》的御书真伪（第47首）。

关于字体的演变，作者有《古代字体论稿》的专著出版，因而据《夏承碑》字体的矫揉造作判定其为北朝风气之下的重立（第24首）、以违背书写便利为雅俗分界的原则（第39首）、论述书法字体的年寿长短（第38首）、及四体的“有古今而无高下”（第95首）等等，都显示出令人信服的文字学规则。此外如《张猛龙碑》的碑主名字歧义（第31首）、八大山人的名字讹传（第84首），也都由于对文字演变与应用原则的掌握而得到更正。

又因为作者熟悉古代文化的常识，因此综合性的学问使他解决了相沿久之的许多误解。最为经典的是《宋人狂草书庾信诗帖》（第56首），自董其昌以来都认定为唐人张旭书，作者运用避讳学、五行说的知识，据其中避宋讳的特点，以有力的内证，考订其为宋大中祥符以后书写的实际，给这一书界公案以确凿的结论。而如《怀仁集王羲之圣教序》（第42首）中据译经文字的使用规律，指出书僧怀仁的外学精于内典，亦令人拍案称绝。

作者对于碑帖文字之奥义的领略，也使书法的审美意义得到延伸。如对苏轼书太白仙诗曲折游戏的揭示（第66首），将苏轼内心与书风、诗风合一的“春风绕树，化工同进”境界发挥得淋漓尽致；而《七姬权厝志》中与碑拓模糊相应的乱世女子、文士惨遭厄运，让人对碑刻中的历史产生逼真的印象。

作者深得文史考证的裨益，但也恪守科学研究的规范。如对传为王羲之书《黄庭经》的考证，因为作者深悉诗歌艺术创作的内在规律，所以反对借李白诗句“山阴道士如相见，应写黄庭换白鹅”来坐实作者，认为“诗人隶事，本与考订无关”；同样的道理，也使他对《曹娥碑》、《兰亭记》层累造史的传奇性给予了认真的辨析（第63首）。这种反面例证，显示出作者的谨严精神，成为其跨越文史而获得成功的重要保证。

出入文史，使作者的书学左右逢源，终以高屋建瓴的文化史批判眼光，超出恪守学科分类的界面限定，成为具有多元信息量的书学载体。

此外，由于作者精研画艺，所以也不满泛泛的“书画同源”说，对提出“须知书画本来同”的赵松雪书格画风的不一，柯九思、倪瓒、吴镇等人却能以书笔作画、画笔作书的机趣（第76首），以及“书家之画，画家之书，俱易辨而难学也”的见识（第16首），都不蹈成说，则又在文史之外更辟天地。

三、出入古今

作为处身现代生活的学术研究者，作者的古代书学研究并没有停留在传统的学术思维格局中，而是相当注重以今人的眼光体悟艺术的现代价值。充盈在《论书绝句》中的现代意识，打破了古今的隔膜，使古代书法的意义得以转型，而完成了与今人的学术对话。

作者的出入古今，首先是消解了书法艺术与社会意识形态之间的隔膜，自觉以社会学的研究方法进行书法的阐释。这在中国古代，也有“知人论世”等种种说法，但往往又将艺术与社会人情作简单的对应、片面的论证，反而陷入庸俗社会学的行列。作者的裁断于此翻进一层，对书艺的社会背景都能作出合乎情理与逻辑的推论。如古代书法碑帖的声誉高下，往往不尽合乎事实，作者寻找的症结是以往的优劣标准来自官本位，如敦煌文书中唐人楷书高手写本“校以著名唐碑，虞、欧、褚、薛，乃至王知敬、敬客诸名家，并无逊色，所不及者官耳。官位逾高，则书名逾大，又不止书学一艺为然也”（第 11 首）。由“宋四书家”中蔡的更名，感慨“古之所谓德成者，率以其官高耳”（第 12 首）、“文与艺俱不能逃乎风气，书家之名，尤以官爵世誉为凭藉”（第 65 首），对所谓“德成而上，艺成而下”的书法表现给予了鞭辟入里的剖析。

作者也反对人品与书风的简单对应。如在柳公权书论中（第 54 首），对于后世哄抬的“心正则笔正”一语，通过心正而书未必佳的事例、柳公权书法内容与书艺的悬殊，论定“笔下之美恶，与心中之邪正，初无干涉”的艺术宗旨。南唐李后主笔势可锥破统万城墙，而无救亡国（第 58 首），论郑板桥则称“其人秉刚正之性，而出以柔逊之行，胸中无不可言之事，笔下无不可解之辞，此其所以独绝今古者”（第 88 首）。凡此均据书法的实际对器识、文艺的关系作出了精确的阐释，堪称诛心之论。

无名氏作品的妄题归属，作者分析其世俗风气中盲目崇拜偶像的社会因素，对民俗学称之为“箭跺效应”的主名现象作出了敏锐的判断，称：“昔人于古画牛必属戴嵩，马必属韩幹。世俗评法书，隶必属蔡、钟，章必属索、萧，亦此例也。”（第 37 首）“昔人于事物，每好求其作者以实之，于是俗语不实，流为丹青者有之；李代桃僵，张冠李戴者亦有之。小楷书帖之悉归之王羲之，犹如汉碑之悉归蔡邕也。”（第 63 首）这对正确进行碑帖考证无疑具有重要的指导作用。

作者还注意书法的时代风尚与地域风格，根据社会历史的背景作出中肯的文化史分析。如明人书法的摹碑作风，作者从其时代风气切入说：“汉铙歌声词淆乱，至不成语，而明人盲于佞古，竟加仿效。石刻模糊，书家亦囫囵临写。风气所关，诗书无异也。”（第 81 首）对清代馆阁书的形成，也有精辟的见解：“盖其时政成财阜，发于文艺，但贵四平八稳。而成法之中，又必微存变化之致，始不流为印版排算之死模样。”（第 87 首）而“凡百艺能，莫得逃乎时代，亦莫得超乎地域……形质性情，或为父子兄弟，或为异县他乡。时代所笼，则异中有同；地域所区，则同中有异”（第 92 首）。凡此均显示出作者对社会文化的深入理解。

更进一步，作者的出入古今，还摒弃了艺术与生活之间的阻隔，从生活日常取譬设喻，由经历体验深入浅出，使严谨的学术化为娓娓动人的轻松述说、亲切幽默的诙谐文风，往昔高头讲章式的英雄欺人之语，因之黯然失色。而读者亦每于谈书论艺之中获闻人生真谛。如作者对汉晋简牍与碑刻的不同，形象地称为：“譬如画像中虽须眉毕具，而謦欬不闻，转不如从其弟兄以想见其音容笑貌也。”（第5首）论真书之年寿，则据人事习惯推理：“人事日趋繁缛，器用日求便利，此自然之理也。文字为日用之工具，字形亦必日趋便利，始足济用也。……（真书）书写既能便利，辨识复不易混淆，其胜在此，其寿亦在于此。”（第38首）由《曹真残碑》“蜀贼诸葛亮”语引发人生感慨：“人能无愧其为人，又何惭于犬之一吠哉！”（第25首）他如嘲戏翁方纲的误鉴为“名医杀人”、阮元书论之为“见橐驼谓马肿背”（第10、93首），均可于文风跌宕之中见作者性情。

古代学术的研究往往好作感性的评述，而忽略论证的严密逻辑过程。作者传统的以诗论艺方式，在浏览者看来或者也会生发这样的联想；但仔细阅读，却会感受到作者古瓷中的新酿。如“临窗映日分明见，转折毫芒墨若新”（第33首），对王珣《伯远帖》的鉴定通过映观墨色、使转以验真假；摄影放大唐人写经字与唐碑比观以寻找碑刻锋颖（第11首）；摸索合乎字体结构的坐标交点，并以现代科学的黄金律来作印证（第99首），这与作者寻找诗文声韵规律而求证于声学原理的方法，几同出一辙（见作者《诗文声律论稿》）。可见利用科学实验与科学原理来求证论点的渠道，已成为启功先生异趣于古人以及许多自守藩篱的同辈研究者而走向书论前沿的不二法门。此外，如前揭作者对最新出土文献与考古资料的关注等等，亦无不见出其研究的学科规范态度。——这些，也无疑标志着作为现代学人超越了古今的研究立场。

余 论

在通行的三联书店《论书绝句》本外（图 2），荣宝斋本前有一段不可忽视的序言。其中说道：

> 功自幼耽于习书，曾步趋前贤论述，而每苦枘凿难符。一旦奋然自念，古人人也，我亦人也，谁不吃饭屙矢，岂其人一作古，其书其法便迥异于后世人人哉？又有清书家论书，每从石刻立说，岂必经斧斤毡蜡，始能传楽几练裙之妙乎？此积疑之初释也。又见古之得书名者，并不尽根于艺能，官大者奴仆视众人，名高者生徒视侪辈。其势其地既优，其迹其声易播。后之观者，遂动色相嗟，以为其秘不可窥，其妙不可及。此积疑之再释也。

这里夫子自道式的叙述反映了启功先生在书法研究过程中独辟异趣的思路所自。作者在高校教育中也总是强调断代文学史的教学必须具有通史的修养，分科的学术研究必须具备文化史的综合常识（先生戏称之为“猪跑学”）。对于独立裁断的倡言，学术与学术、学术与生活之间的无

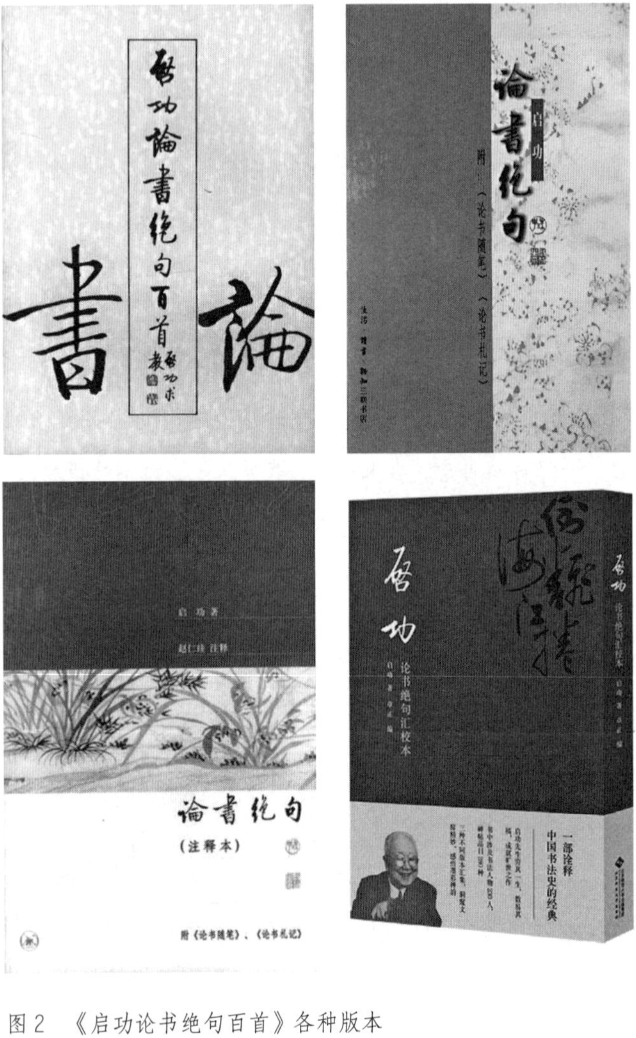

图 2　《启功论书绝句百首》各种版本

间追求，形成了作者学术畅销书的独特风格，也为今天在学科日趋碎化之下人文研究者的学术困境提供了值得借鉴的路径。

事实上，作者的研究并未见得受到学术研究者的普遍注视：《曹娥碑》、《宋人狂草书庾信诗帖》依旧打着王羲之、张旭的名头成为印数可观的习字帖流传世间，习字须由篆隶的顺序论也不乏呼应之众，赵孟頫、王铎的“贰臣”身份仍是评价其书艺的重要标签，王羲之拔献之笔的传说也成为鼓励学书的事实代代相传，《杜家立成杂书要略》在最新的书仪研究成果中还坚持着唐人著作的错误观点……《论书绝句》的边缘状态在一定程度上显示出当代学术研究格局中的某种短视。

但也并非没有独具慧眼的同道。黄永年先生新近发表的《碑刻学》讲义（京都《书论》1989-1995，杭州《新美术》1999年第3期），就碑刻学的角度仅廾出三种书法参考文献，对其中两种清人著述多所批评，唯独于《启功丛稿》，既加“△”号以表“其尤切要者”，又复评“其中言碑刻书法处多精义，悉时人并前贤所未发者”。《启功丛稿》可以说是《论书绝句》异趣思想更为恣肆汪洋的研究著作，二者的观点与方法均可互相参证，黄氏的评语移之后者，也无疑是极为中肯的。

而作者思想异趣的逐渐成为共识，在畅销的图书市场上，同样得到了来自读者方面的验证。

启功著《启功论书绝句百首》，北京：荣宝斋出版社，1995年；《论书绝句》，北京：三联书店，1990年第1版、1997年第2版。

原载《中国图书评论》2000年第10期，46—48页；收入北京师范大学中文系编《启功学术思想研讨集》，北京：中华书局、北京师范大学出版社，2000年，182-192页

漫漫丝路接天涯

——冯其庸《瀚海劫尘》赏评

作为东西方文明交流的通道，丝绸之路的研究业已成为国际显学。

这一条以古都长安为起点的道路，就中华文明的发展历史而言，也有着不容忽视的文化品位。当我们的祖先从黄河流域向东南沿海翠绿的土地上播撒、繁衍着华夏文明的种子之际，西北凝重的黄土地上，丝绸之路穿越绵亘的流沙与雪域，担负起走向世界的历史重任，顽强地寻求着与异域文明的对话。千百年来，通向西方的道路及其所涵盖的整个大西部，自传说中的周穆王西征开始，在驼铃声声的不绝交往之中，积淀了延绵数千年的人文和自然景观。

冯其庸先生以 10 年的心血，四次深入亚洲腹地，走遍了中国境内丝绸之路的全程，以其敏锐的感悟、丰厚的文化素养与精湛的摄影技术，为中国的大西部文明传神写照。厚积薄发，结晶为这部融摄影、游记、诗歌于一体的《瀚海劫尘》(图 1)。

这本书，带我们走上遥远的丝路行旅。

一

遥远，不仅仅是一个空间的概念，也是一个时间的跨度。《瀚海劫尘》每一幅作品所定格的西部之美，在其文字的精巧编排、贯穿之中，包容了中国境内自汉唐以来所经营的数条著名的丝路通道，达到了一个艺术家孜孜以求的“思接千载，视通万里”的境界。

作者从人文与自然景观两个方面展现丝路，以每一处人类生息与曾经生息的地点作观照，形成全景式的丝路画面。在这里，丝绸之路展示出多元的文化意蕴。

丝绸之路的文明印记，首先呈现给我们一条人类追求崇高的精神和理想的崎岖道路。作者从麦积山的石窟开始，摄取了积石山、炳灵寺、敦煌莫高窟、吐鲁番柏孜克里克、龟兹石窟群以至中国最西部的东汉佛龛三仙洞这迤逦开凿的宗教艺术瑰宝，作为人类精神活动的写照，它们横亘几千里、相沿千余载，如明珠一般镶嵌在丝路的缎带上，使我们第一次可以这么集中地巡礼整个西部的宗教艺术。石窟之间不同时代留下的特异风格以及佛像不同的造型与色彩运用，都体现出历代交流过程中人们的精神追求

图 1 《瀚海劫尘》书影

与艺术趣味，这些正是中国绘画、雕塑等艺术门类不断创新的营养之源。而呼图壁的岩画、大地湾新石器时代遗址的切入，又将人类在西部中国的精神活动推进到了更早的岁月。

那湮没在流沙中的废墟断垣，如今已阒无人烟。作者一路寻来，将黑水国、锁阳城、阳关、玉门关、高昌、交河、北庭、龟兹这从东往西的城关摄入镜头。它们残损的遗址，是用厚实的黄土夯筑，在西部金色的阳光下，仍然显示出汉唐不朽的辉煌。而长城与烽火台在不同地域、不同时间里的巍然挺直，也为我们展开了西部中国的伟岸气象。从杀王坡的秦长城、玉门关的汉长城到嘉峪关的明长城，重叠在长城上多少个世纪的历史所构筑的正是中国人开拓西部、戍边守土的卓绝精神。

时空的遥远不仅仅来自作品的重叠印象，即使一幅独立的作品，在作者的游记与考释文字中，同样也诱导我们进入广袤的遐想。前面提及的大地湾遗址是最具有代表性的说明。作者选取了 5000-7000 年前新石器时代的文化遗址为对象，指点我们观瞻中国殿堂建筑的雏形及其周围汉代飞将军李广的故乡成纪、三国时期著名战争失街亭的硝烟所在。一片静寂空旷的黄土地，展示了开创者的沧桑历程。

作者特别注意到历经艰险的西行者们留下的印记。张骞西行的壁画、法显题名的手泽、玄奘行经的足迹、岑参吟诗的边关，都纷纷落入作者追寻的视野。其他如扶苏、薛仁贵、张议潮等联系着西部的历史人物，也都由作者从史籍、口碑中一一寻访、考证而呈现在我们的面前，使我们感性的认识到前人在丝路上的艰苦卓绝。

丝路的人文之美不只是那些遥远的过去，趋古的状态正是梁启超所诟病的清代地理学研究“偏于考古，故活学变为死学”（《清代学术概论》）。《瀚海劫尘》的意义，一如作者在前言中的叙述：“我向往中国的大西部，是我坚信伟大的中华民族必定会强盛！而强盛之途，除了改革、开放、民主、进步而外，全面开发大西部是其关键。”因此，历史的回顾是为现实服务外，作者的聚焦之处还直接表现在耕耘着西部热土的当代人民之中。藏传佛教中拉卜楞寺的辩经喇嘛、喀什巴扎上维吾尔族的盛装女子、赛里木湖畔悠闲的牧羊人，以及吐鲁番农村墙下嬉戏的民族儿童，都以鲜艳浓烈的色彩调和出都市文明不复再见的健康气息。从这些图片中，我们不难理解著名的英国历史学大师阿·汤因比在比较了世界范围内的种种文明形态之后，为什么会选择公元一世纪左右的西域作为他理想中的乐土。西部是一个多民族聚居的地域，民族的风情之美在这里异彩纷呈现，丝绸之路永远充当着不同文明聚汇、交流的中介。

在巡礼西部古往今来人文印记的同时，《瀚海劫尘》还不断地将造化在这里留下的自然景观呈现于我们的眼底。

这些景物摄影，无疑也是作者匠心独运、费尽心机的制作，单看作品中从晨曦微露到夕阳西下的时间跨度，从酷暑至寒冬的季节替换，我们便可以想见作者10年之中四次西部行旅追逐日月、跟踪四季的执着精神。于是，不同凡响的杰作产生了：那积石山下缓缓流淌的黄河之水，清澄的颜色不正是中下游的人们所企盼的盛世“河清海晏”的象征么？祁连山的连绵雪峰，曾经目送最后一支匈奴的马队西逝；开都河的余晖下，彤云满天，唐僧师徒横渡流沙河，不也是这个季节吗？尼雅河的落日中，苇草摇曳，也该见过古精绝国在汉代的袅袅炊烟吧？塔克拉玛干沙漠的无尽曲线，掩埋着多少志士西去的梦幻；长城脚下牛羊晚归、老马啮雪，正在将烽烟四起的边关化解为日月霁和的天涯静处；鄯善国的古桑、和田城的葫芦，还有塔里木河畔的独木舟、胡杨林，也都在构筑着塞外田园古色古香的浪漫情调。

在一个初冬的清晨，敦煌天女散花般落下一场大雪，正好为作者碰上，这是可遇而不可求的。洁白给千佛洞增添了难以言表的静谧和庄严，鸣沙山和月牙泉也都银装素裹而别具风仪。这一组占足了天时、地利与人和的雪景作品，呈示了另一种风姿绰约的敦煌。

最为传神的是作者的天山系列。美丽的天山横亘中国1300公里，包容了人间四季的种种风物。所以在李一氓先生的《明清人游黄山记》的序言中，曾经借一位画家之口说出：除了天山之外，没有比黄山更美的山了。在画家的阅历中，天山竟与国人心目里天下第一的黄山并驾。本是褒赞黄山的这本游记记录下的这段对话，也正见出那遥远西北横空出世的天山何等的奇光异彩！也难怪放眼看遍了世界的魏源要感叹“平生第一伤心事，未见天山万里雪”了。作者四次西部之旅，都没有放弃对天山的关注，他“钻入天山的肚子里，仔仔细细地看了一个够”，将白水涧道的清冷诗意，赛里木湖的湛蓝纯净，果子沟的绿草如茵，小龙池的黄叶满山……一一勾摄而出。特别是天山南部支脉的龟兹群峰，神工鬼斧的造型与五彩斑斓的色泽，占据了《瀚海劫尘》引人注目的篇幅。

民族的风情，历史的废墟，自然的风光，宗教的艺术，在遥远的岁月与旅途中的叠加，丝绸之路在中国西部谱写出一曲文明的交响乐。

二

《瀚海劫尘》的成功之处是多方面的，它成功的意义也是多元的。

中国学术研究中杂型文化观念的优长与中国学人的通才特色是这本书成功的重要因素。正如中国古代的文人画显示出不同一般绘画的特异品质一样，《瀚海劫尘》是一部独特的文人摄影。作为著名的红楼梦研究专家和文史学家，冯其庸先生对于中国传统的史地、考古、文物、书画、诗词均有精深的研究和非凡的造诣。因此，丝路之旅上，作者的选景角度便来自他作为一个文人画家的独特眼光和综合性文化素养。《瀚海劫尘》的初衷，正是表现作者研究中国西部史地所运用的文献与实物并重的“二重证据法”，所以，拍摄的景点就具有了比普通摄影家更多的艺术考虑。如敦煌莫高窟前拍摄的长幅巨制三危山，是每每为旅行者忽略的平常景；作者却从《尚书》、《左传》到《山海经》这种种典籍中找寻其历史的踪迹，为三危山在敦煌景观中的艺术品位加以精深的诠注。同样，作者对积石山中《游仙窟》背景的表达，开都河上夕阳晚照的眷恋，北庭遗址广角场面的展现，塔里木河畔独木舟的独写、变换中的镜头，也都纷纷融进了文化史的犀利眼光。

《瀚海劫尘》中的文字已如前述，是绝对不可忽视的。它不仅仅使摄影作品的意象完整了，赋予其深厚的历史内涵，而且文字本身也是精美的游记小品。作者所深入的西域，是他少年以来梦寐以求的精神国度，一旦身临其境，便引发了积蓄已久的诗情。从“匆匆行色皋兰道，千里高原销客魂”的曾经沧海，一直到“莫负明年沙海约，驼铃声到古城边”的预订后约，都抒发了作者横绝瀚海、壮心不已的英雄气概。而巴音布鲁克高原之夜对东坡诗境的体会、麦积山秋深叶落中对蒋鹿潭词意的领悟、塔里木河畔胡杨林晚餐的回忆，也时时让我们沉浸在被作者诗化了的西部之中。至于那些摄影作品的诗意题名，如“夕阳影里旧坊曲”、“天山深处有人家”、“万户千门天禄阁”、“神秘的月牙泉呀，万千芦苇为你相思白头”，也无不将画面的内涵一语道破，耐人寻味。

我们在这里提出“文人摄影”一词，是因为一本单纯的摄影艺术集不可能以这么厚重的文字信息，使作品前后辉映，叠现出几个世纪的文明历程，而这正是一个具有悠久历史和多种文明形态的国度其摄影语言值得探索的新走向。同样，一部单纯的丝路风物行纪，也不会在传递给我们文字力量的同时，带给我们直观并遐想神往的西域万种风情；新的时代也在提示我们采用全新的表达角度来完成“行万里路”的实录。因此，摄影的现代技术手段为文化研究带来新的视野，而文化的背景阐释也为摄影艺术打开新的表现渠道。二者的交叉与借鉴，便是《瀚海劫尘》给予我们的新启示。

成功的作品必然与作者对事业的执着精神息息相关，尤其是当这一事业面临重重困难之际，成功的艰辛便更闪耀出追求理想的人格光芒。《瀚海劫尘》的另一重要意义便是使我们体味到成就背后作者对于中国西部的拳拳之情。

丝绸之路穿越河西走廊，西出两关，走上新疆境内的三条通道，即沿天山北麓的丝路北道，沿天山南麓、塔里木盆地北缘的丝路中道和沿昆仑山北麓、塔里木盆地南缘的丝路南道。这横贯中国 3600 公里的丝路，其平行的复道相加的总长给我们留下 1 万公里以上的文明区域。但正如加文·汉布里的《中亚史纲要》所描述：“中亚在人类历史上起了两种独特的、从某种程度上说是矛盾的作用。一方面，由于中亚大部分地区的干旱以及缺乏交通上的自然凭借的结果，中亚的主要作用是隔离开了其周围的中国、印度、伊朗、俄国等文明。但是从另一方面讲，中亚的古代商路，也为中亚周围的诸文明提供了一条细弱的、但又绵绵不绝的联系渠道。”所以，虽然丝路之上的绿洲文明魅力无穷，要走遍全程，不唯路途漫长，那足以使文明也被隔离的地理、气候之险恶更是匪夷所思。即使在掌握了现代科技文明的今天，全面地反映它仍是一项艰苦的工程。

《瀚海劫尘》的作者正是在艰辛的工作中为我们展示了令人神往的丝绸之路。在作者的前言、后记与游记、诗草中，我们可以看到他从少年以来对玄奘西天取经的崇慕、对中国西部民俗风物的珍爱和对开发西部寄予的坚定信念，这一切构成作者对于丝绸之路的深挚眷恋，因而能在花甲之年后跨出那远超汉唐的豪迈步伐。《瀚海劫尘》正体现了中国学人不避“惊砂夕起、空外迷天”的险境而追求真理的人文精神。

当你对这片土地产生由衷的热爱并不惜为她付出血汗时，即使是荒芜的沙漠也会为你长出茂盛的红柳！当你翻开《瀚海劫尘》的那一瞬间，驼铃声声，一定已从遥远的丝路悠扬响起……

冯其庸著《瀚海劫尘》，北京：文化艺术出版社，1995 年。

原载《读书》1995 年第 4 期，43-44 页；《丝绸之路》1996 年第 3 期，52-54 页

天风海雨饱曾经

——《风雨平生：冯其庸口述自传》读后

2017年1月22日，九十四岁高龄的冯其庸先生在曹雪芹埋骨之地的通州张家湾，平静地走完了他的一生。就是在他去世前不久，明知垂暮之年，却老骥伏枥，在亲自编辑完成了自己的煌煌著作——《瓜饭楼丛稿》三十五卷、珍藏文物文献图录——《瓜饭楼外集》十五卷之后，又推出了《风雨平生：冯其庸口述自传》（以下简称“《风雨平生》”，图1），该书由商务印书馆出版，作为其学术生涯的总结。

这部数十万字的口述自传，是在国家图书馆中国记忆项目中心历时三年的访问基础上，由宋本蓉女士进行了文字转化和整理，并经过传主冯其庸先生五易其稿的修改而定稿。口述史的写作方式，并非当代独创。孔子的《论语》由其弟子辑录，玄奘的《大唐西域记》也由辩机执笔，因为准确再现了口述者的思想和经历，被理所当然地作为传

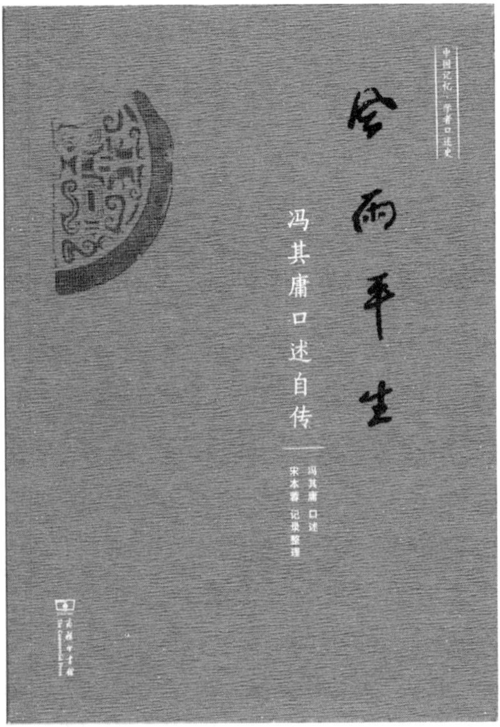

图 1　《风雨平生》书影

主孔子、玄奘的著作而传世。如今，拜受录音技术之赐，《风雨平生》在整理者忠实的还原下，惟妙惟肖地复原了冯其庸先生亲切的口吻；同时又经传主认真的删改，条理清晰地叙述了其一生的遭际。加上丰富的图录，这一认真负责的口述史资料协同工作程序，会成为一种当代口述史精品创作的范式而传扬；而《风雨平生》，也将是这种范式下第一部“中国记忆·学者口述史”的传世精品。

一、刻画了近百年来中国社会的大时代

作为一代文史大家，冯其庸先生的口述本身即具有非同常人的历史意识。他将自己的一生编织在亲历的一个世纪的现代史中去回顾，为自己的口述设立了一个个既是自身历程、也是历史进程的连环章节。我们在他的口述史中可以看到九十多年的历程分成的三个阶段。首先是在江南家乡的三十年。开篇的童年生涯像风俗画一样展开江南农村的家族记忆，勤劳的母亲、抽鸦片的父亲、分成了多个党派的堂房兄弟、南瓜当饭的饥饿岁月、农闲时节的草台班戏剧，这些个人生活的场景，是上个世纪初期中国农村普遍景象的写照。而日本侵略在其记忆里留下的最深刻的童年印象，也真实地反映了抗战时期中国的悲惨民生。他记录自己迎接解放、参加解放军、中学执教的早年生活，都体现了新中国成立前后民众盼望新生的积极心态。冯其

庸先生在1954年的而立之年执教中国人民大学，从此在北京生活六十多年。在首都生活的前二十多年，是他人生历程的第二个阶段，他都首当其冲地被卷入到新中国成立以来所有的运动和事件之中：肃反、反右、三年困难时期、“四清”、“文革”、干校、“天安门事件”……冯先生的这些亲历口述，不仅是其人生风雨点点滴滴的深刻记忆，也是共和国史上风雨历程的早年记忆。他对于自己在这些运动中“暗中受诬”、“险成右派”以及遭到抄家、批斗的细节都有回忆，反映了政治运动给社会带来的灾难、给人性带来的摧残；同时，他也客观记录了在其受到迫害时实事求是处理问题的领导、暗中保护老师的大学生、“文革”批斗时探望他的马河滩老乡等等感人场景，体现了中国社会民众良知的幸存。冯先生人生历程的第三个阶段，是粉碎“四人帮”特别是改革开放以来的生平。这个阶段，冯其庸先生主要提及了他在文化、教育事业方面的诸多作为，如《红楼梦》定本的整理出版、红学的兴起、玄奘取经之路的考察、中国艺术研究院的常务工作、中国人民大学国学院及其“大国学”概念、安阳中国文字博物馆的成立等等。与之前两个阶段的生平回顾比较，从他个人的成就上，可以看到近三十多年来中国社会走向新建设之路的和平环境。

二、记录了一个学者上下求索的学术人生

冯其庸先生出身于底层的贫苦农民家庭，但是母亲坚持设法让他获得教育。对于子女的读书明理充满期盼，这种中国传统的文化理念是冯其庸先生在艰难困苦的岁月能够走上学术之路的起点。在这部口述自传中，冯先生追忆了其早年苦学不辍和转益多师的经历。传记的开篇，冯先生提及自己是“地地道道的农民”，但是江南农村的文化气息，却在小学时代能够找到的《三国演义》、《芥子园画谱》以及农闲时节的草台班戏剧表演中熏陶了他未来的文艺爱好。与科举时代告别，中国高等教育在晚清建立伊始就发生的一个重要逆转，是实业救国论与民众追求生计的结合，导致几乎所有的中学生在家庭的要求下首选理工专业，这样的取舍其实到今天也没有改变。冯其庸先生最初的高等教育也从无锡工业专科学校开始。好在那个时代，那样的工专学校依旧配置了有相当水准的文化、艺术课程教师。冯先生得以在那里受到文史专业真正的启蒙，并在国文教师张潮象先生的引导下参加“湖山诗社”，写下了平生第一首诗歌：“东林剩有草纵横，海内何人续旧盟。今日湖山重结社，振兴绝学仗先生。”诗歌清快豪迈，表达了对无锡东林党人读书救国人生的向往，确实令那些先生们对其早年苦读养成的悟性刮目相看。在传记里回忆更多的，是奠定其国学境界的无锡国学专修学校。无

锡国专是以唐文治为代表的中国知识分子在现代化教育潮流中创建的独特教育机构。它坚持吸纳传统书院教育的菁华，以研究中国传统文化为宗旨，而期于对世界文化有所贡献。对于这一特色鲜明的现代国学摇篮，近年已经多有系统的总结。现在冯先生口述自己在无锡国专的读书体验，可以更生动地窥见其在倡明中国优秀传统而与时俱进的办学理念。

总之，无锡国专的教育使他在传统文史领域得到系统训练，而广泛的兴趣又使他对于书画、鉴定多所涉猎。因此，在古代文学研究、书画艺术、古典诗词创作方面，他堪称是当代难得的全才。仅就古代文学一门而言，今天，当我们以“红学家”称道其最为突出的学术贡献时，更应该知道作为红学领军人物的冯先生在从事《红楼梦》版本整理和研究之前，已经做了这一研究长期而多方面的准备。1954年，他加盟中国人民大学，古代文学课程几乎在草创阶段，他亲自撰著的《中国文学史》讲义、主编的《历代文选》，金针度人，体现出他古典文学训练的全面修养。在“文革”之前，《历代文选》这样一部古代文学的选本几乎一枝独秀，它在新的时期承担了过去《古文观止》的普及功能，而受到毛泽东的赞赏，这也是那时绝无仅有的文学建树。半个世纪以后的2005年，中国人民大学成立国学院，冯先生担任首任院长，无疑是实至名归。他为人大国学院设定的课程系统以及“大国学”概念的提出，直接中国传统文化而又照应时代，无疑延续了他学术生涯中早年求教的种种积累。

当然，对于《红楼梦》的研究者而言，这部口述史更是揭示当代《红楼梦》的校注定本出版来龙去脉、当代红学研究活动和机构成立、冯先生个人红学研究经历和方法的第一手资料。从口述中可以了解到，冯先生1975年倡导并领命整理校注本的《红楼梦》，他才真正走上专业研究的道路。而对于这部千古名著的整理与研究，冯先生确实可以说是呕心沥血，将传统学术中科学考据的方法运用到了极致。从版本的确定、作者家世的认定，他只信奉“实践是检验真理的标准”的原则，一一从头验证，写出了《论庚辰本》、《曹雪芹家世新考》等著作，从而为《红楼梦》底本的确定、校注工作的顺利展开，乃至后来《红楼梦》研究守正出新的蔚为潮流，确立了里程碑。从口述史中描述其在巨帙的《清实录》中找到曹雪芹祖上曹振彦入关的踪迹、在辽阳发现曹氏家族的相关碑刻，从而认定曹雪芹祖籍辽阳，这个过程如侦破案件一般，令人读来兴味盎然，随其谜底的层层揭开而兴奋。此外如对《红楼梦》版本先后的考证、曹雪芹墓石的认定，也都据实而论，剥茧抽丝，让阅读者感受到领略《红楼梦》这部大书，从考证开始就是一门引人入胜的真学问。而由其《红楼梦》研究的夫子自道，也可以领悟到从事中国文学其他领域值得借鉴的方法。

三、展示了中国文化史上近百年中的诸多人事

作为文化大家的冯其庸先生，一生交往多在文化艺术领域。在早年求学之路的江南，他记录了如二胡艺人阿炳的超凡艺术、无锡国专的国学教育等受教的人事，从侧面呈现了民国艺术史、教育史上的重要内容。如在我们普通读者的心目中，阿炳的《二泉映月》是执简驭繁的二胡名作，以其独特的情韵早已成为中国民乐的重要代表。到了读过《风雨平生》里“听阿炳演奏”的亲身经历，才知道，阿炳的音乐天赋已经高超到不计琴弦粗细、乐器好坏而任意自如的境界，而无论是低回苍凉、还是慷慨悲凉的胡琴与琵琶之声，都是他在苦难的岁月里凝练出来的人生回响。

冯先生在执教北京以来的岁月，对于文化的广泛涉猎，又得以与多个领域的文化人有深入的交往。在他的叙述中，学者郭沫若、李一氓、俞平伯、启功、姚迁，作家袁水拍、田汉、王蒙、金庸，书画家许麟庐、黄永玉、张正宇、刘海粟、朱屺瞻，戏曲艺术家袁世海、陈伯华、赵燕侠、盖叫天、周信芳、厉慧良、俞振飞、关骕骦，工艺大师顾景舟、高海庚、周桂珍……以及其在海外因为《红楼梦》而交往的俄罗斯、美国、欧洲的学者，这些因为不同的机缘而走到一起的文化大家，是一部当代文坛的点将录，他们交游的往事为中国传统文化的当代传承增添了不少重要信息。如其中关于看戏的回忆，冯先生说自己是

“把中国的传统的戏曲作为我的一门课程来看待的”，他通过戏曲的评论来提高戏曲表演艺术家们的情节展示，而自己也从艺术家们的戏曲表演中体会古典文学的生动意蕴，是对舞台艺术与文学作品互动影响的深入体会。《春草集》是他四十年梨园交往过程中不自觉成为戏曲评论家的结晶，《〈精忠旗〉笺证》则反映了他参与新中国历史剧编写讨论后对于戏剧与历史关系的文本分析。又如他与诸多中国画家之间的友谊，也真实地反映了这些艺术大师们高超的艺术技巧和率真性情。他写“文革”期间被打倒的张正宇作为“黑画”的代表，在中国舞台美术设计方面的天才表现，栩栩如生；又写张正宇临终之前得知“四人帮”倒台消息之后的快慰心态，真实地还原了那个时代艺术家们期待重返自由的群体意识。他写自己为姚迁遭受诬陷而自杀冤案的平反经历，反映了改革开放初期拨乱反正的曲折过程，读来令人心酸。他写自己与武侠小说大家金庸的交往，竟然是从曾经给予金庸的哥哥在患难之际的仗义相助开始，渗透着并非大师之间而是普通人生的温暖回忆。

四、反映了一个知识分子对中国传统文化的执着与自信

《风雨平生》通过一个老人的娓娓而谈，展现了冯其庸先生九十多年风雨人生的无数欢笑悲忧。在他晚年的学

术踪迹中，我们还可以看到其在年逾花甲之后十次前往西域调查的经历。“去西域探寻玄奘取经之路”是先生的夙愿，“他年欲作徐霞客，走遍天西再向东”，冯先生在西部的考察，是他对历史时期的中国文明在丝绸之路上影响的检验。十次考察，他走遍河西走廊、居延黑水，三上葱岭，数越流沙，玄奘所记、所历，堪称一一目验。对于玄奘西行走出今日国门的别叠里山口、东归经行的瓦罕走廊，他都不顾身老病痛，不至不归。2005 年，他以八十三岁高龄最后一次前往西域，最终征服了罗布泊，在夕阳映照下的楼兰古城驻足行吟，圆满了他探寻玄奘之路在西域的所有踪迹。“玄奘取经之路”凝聚了他对中国文化兼容并包、交通东西的开放认识，也反映了他关注中国历史而形成的既定观念，即西域文明是中国文化的组成部分，二者之间是密不可分的血缘关系。

关注西部开发、关注丝路历史以及对大国学概念的倡导，无疑都是他对中国文化的包容性和凝聚力具有充分认识的体现。而他一生的坚定意志和人生成就，也都来自他对这种文化本身的浸润。从回忆里，他特别记述对母亲教导的遵循，反映出传统家教对于中国民众品格传承的重要性。除了早年的成长到处是他母亲的影子之外；到他在北京工作之后，母亲的影响依旧持续。回忆录“三年大饥荒”的章节里，特别写到母亲病重后他回乡看望，母亲嘱咐他一要照顾好在家乡的大嫂一家，因为大哥加入国民党而逃离大陆，造成了她们不良的成分，也影响了生计，二是解放前借的高利贷不能因为改朝换代而放弃承诺、赖债不还。存在民间的传统良知与所谓的“阶级斗争”发生冲突时，母亲的嘱咐为先生的人格形成给予了有力的支撑。从传统中吸取精神力量，是他能够不畏淫威而挺身乱世的基石。我们看到，经历批斗时，他以苏东坡的旷达自勉，赋诗“何妨海角天涯去，看尽惊涛起落时”；“文革”最激烈的年头，他抄写《红楼梦》，以防这一作品惨遭“革命”……这些都是他将中国文化作为人生支柱的信念所在。在漫长的回忆中，他一生处理人际关系、追求学术真理的轨迹，无不展示出中国文化中值得我们发扬的人性光辉，成为我们面对各种磨难而砥砺前行的明灯。

“天风海雨饱曾经，又作轻舟万里行”，正如冯先生的诗歌所吟唱的那样，《风雨平生》的阅读，一定会使我们坚信在风雨的历程之后，人生的轻舟总能乘风破浪、勇往直前！

冯其庸口述、宋本蓉记录整理《风雨平生：冯其庸口述自传》，北京：商务印书馆，2017 年。

原载《光明日报》2017 年 1 月 24 日第 16 版“光明阅读”

新学科的奠基之作

——《中国藏书通史》书评

“书籍是人类进步的阶梯”，承载与传播文明的重大使命，使得绵延数千年的图书收藏史包含了丰富的文化意蕴，藏书现象也成为传统文化的重要组成部分。因此即使在电子图书的新世纪来临之际，不仅纸质图书的收藏热潮有增无减，对于以纸质藏书为主的研究也成为突出的热点课题。藏书研究在中国出现过两次热潮，一是在20世纪二三十年代，在藏书事业进入新的阶段之际，出现了首次研讨古代藏书楼和整理藏书家史料的热潮，但其后各种各样的动乱使藏书研究中断了半个世纪之久。进入20世纪八十年代，藏书史研究方始再续前缘，藏书文献的整理和各种藏书具体现象的考察与评述都走向深入，形成了繁荣的局面。在个案性的研究已然取得了丰硕成果的今天，《中国藏书通史》在21世纪初元的出版（图1），便成为学术发展的必然。本书历时四年、由众多在藏书史研究上成就

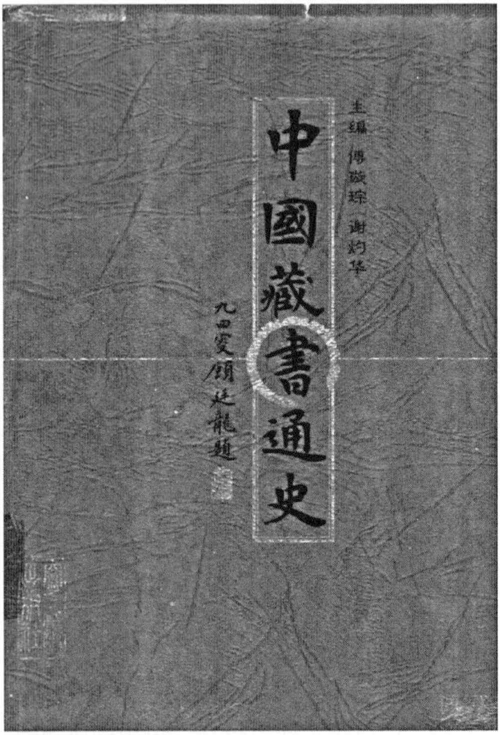

图 1 《中国藏书通史》书影

卓著的专家合力撰著，涵括了藏书研究的古今成果，全面、系统地展现了中国藏书文化发展的历史，成为一部兼具总结性和开创性的新学科奠基之作。

对于阅读者来说，本书这样几个方面的特点值得引起注意。

一、创建新学科的自觉意识

伴随着文字的出现，保存文献就成为文明的事业而启动。但没有任何一个国家具有像中国那样悠久而持续的图书收藏史。从夏王室在宗庙专门收藏图书开始，藏书的历史可以追溯到四千年之前。有关图书的研究也不断深入而建立起诸多独立的学科，如目录学、版本学、校勘学、图书馆学、文献学等等。但藏书本身，却一直是作为与这些学科相关的一种基础手段，处于附庸的地位被介绍。这种现象的出现，与传统的研究格局相关。因为丰富的藏书活动最终的目的是图书本身，“得鱼忘筌”的文化规律自然使手段的功用退居其后。有关藏书的学术研究到了乾嘉时代才开始出现专门的著作；藏书本体从零散而形成有序的整体，则是到了20世纪初才由叶昌炽的《藏书纪事诗》和叶德辉的《书林清话》为代表而出现在学术领域中。现代图书馆体系的建立，又使得这一以私家藏书为主体的内容被图书馆学包容或替代。藏书的研究虽然不绝如缕，但缺乏一个体系来作出整体的推进。

本书的出现，正式提出了建立藏书新学科的宗旨，作者认为："应该有学科建设的创议，就是说，在20世纪中国藏书史研究已经取得不可忽视的成就基础上，已可以把藏书学或藏书文化学作为独立的学科，梳理出中国藏书史及中国藏书文化的基本观念、学术范畴。"（导言2页）由于这样的藏书学科意识，本书的编撰便自觉地承担起总结以往藏书研究成果、全面系统地展现藏书活动历史的重任，成为中国藏书学、藏书文化学新学科中具体的建设性成果。全书在编撰上的诸多特点都体现出这种新学科意识。

二、通史撰著的崭新体例

本书在体例上具有明晰而全面的特点，开篇以精致的图版给予形象的图解之后，简明的"导言"从理论上总论本书的缘起与中国藏书史的概念、藏书史的四大系统和七大分期。正文以历史的时序为经，分为八编，每编则以各个时期逐渐完善的官府、私家、书院、寺观四大系统为纬，全方位地展示藏书发展的历程。在每一编的开端，又综论藏书的社会文化背景，如文化政策、经济发展、印刷术、出版业、著述风气等等（在隋唐五代以后的诸编甚至设专章予以详述），使这一文化活动的地位和特点在广阔的社会格局下展示出来。在系统的布局中，作者又兼顾到藏书活动在各个时期的不均衡性，篇章上并没有划一字数，而是详略有别，如对藏书活动鼎盛与转型时期的明、清与20世纪三编，就用了全书一半以上的篇幅；又如在藏书的初始阶段，主要论述官府的收藏情况，而在其后则主要对私家藏书的方兴未艾给予了较多的章节。

作为以中国为范围的藏书活动史，本书的全面性还体现在对于汉族以外其他民族文献收藏的介绍，其中如少数民族政权辽、金、西夏的藏书和蒙古、满族等少数民族藏书家的活动，都有专门的章节进行论述，反映出中华民族群体对藏书事业的贡献。

又因为如前所揭示的本书的学科意识，因此在藏书史的论述中，也注重历代藏书家对于藏书活动的理论建设，如在明代有“藏书理论建设”、清代部分有“藏书活动的学术总结”、第八编则有“方兴未艾的中国藏书史研究”等章节介绍学科发展的学术研究活动。特别是从书籍收藏的角度出发，本书改变了过去研究中以私家藏书与图书馆藏书对立的看法，从典籍保存、传播、完善的贡献上，使二者成为一体，以“转型”的概念描述了从古代藏书到现代图书馆藏书之间的延续性。对私家藏书的积极贡献也给予了更多的肯定，这一点在以往的研究视角中，往往会夸大藏书家因秘藏而表现出来的品格局限，因而不能从史的意义上作出恰当的评述。

三、揭示藏书的学术旨趣

藏书活动在过去的研究中，因为以“书”为主体而很少对图书流传过程的细节给予学术的关怀。本书以“藏”为主体的视角使学术发展与藏书的关系得到了新的审视，提供了我们认识古代文化的新颖渠道。如揭示藏书与著述、目录、印刷、出版、古书业和学术研究等领域之间的互动影响，为我们展现了丰富的思维空间。像汉魏之际蔡邕、王粲与王弼等人都是在学术史上留下重要著作的大家，但以往的研究很少会想到他们之间的联系，而本书则从藏书角度生发了其间学术承替的渊源：藏书史上第一个超过万卷的藏书家蔡邕曾将书数车赠送给王粲，在王粲被诛之后，那些书又传到了族子王弼兄弟手中，复为王氏外亲张氏、刘氏、傅氏所用（参 83-84、127-128 页）。从这样的角度再回首学术史上蔡邕的《熹平石经》，王粲的《登楼赋》，王弼的《周易》、《老子》注解和张湛的《列子注》，藏书递传的学术价值便分外地凸现出来。其他如明代戏曲特藏的出现对戏曲家的产生、清代藏书的地域分布与学术流派的发展，也均由藏书而揭示出新的旨趣。

又如作者揭示心学与书院在有明一代的结合，废书不读的主旨带来了书院的发展与藏书事业的强烈反差（参 718-736 页）；而英人莫里逊所藏中国问题的书籍被捆载而东，却未引起国人如对待皕宋楼藏书东流一般的强烈反响，也引申出作者对“鄙夷时籍新刊”风尚的批判（1167-1168页）。凡此均从藏书的兴衰中可见思想史意义的内涵。它如琉璃厂古书业因为藏书家的兴趣而发生偏重考据书或戏曲小说等书的倾向变化，也揭示了社会需求在图书事业中的互为影响。此外如校勘学、目录学等逐渐发展的历程，公共图书馆意识在中国的融合等问题，无不因藏书角度的探窥而提供出新的研究路径。

四、资料涵概的集成会通

本书的撰著是在藏书研究取得丰硕成果的20世纪末动笔，自然有许多资料的便利，而且参加本书的作者也都是在藏书研究方面浸淫多年、撰述颇丰的学者（参后记），从其丰富的页下注中，可以检视到作者对2000年前研究成果的兼收并蓄之功，因此数千年之间藏书的细节、上千藏书家曲折的藏书经历，都如百川归海，汇聚其体例分明的叙述中。

尤其值得注意的是，作者对这些零散成果的利用，不是简单的归类铺叙，而是有其会通的别具匠心。因为这些资料在融入到每一时代的藏书叙述中时，都因作者的长时段思考而承担了每一阶段中不可替代的角色。因此，本书读来最有兴味的是，每章每节的设置确实以独特的时代性反映着令人过目难忘的藏书过程。以明代为例，除了藏书资料分为四大系统而体现出对藏书史的各自价值外，作者还揭示出许多为明代所独有而形成藏书史亮点的特色，如明代藩王藏书现象，明代以来印刷业已经非常发达、但传统的手工抄书——写本书却仍然受到重视的现象，小说戏曲的收藏对通俗文学大家的孕育现象，东南藏书楼的兴盛与藏书理论的发端等现象，都使丰富的个案资料具有了历史的定位，因而也体现出独特的个性。又如20世纪的中国藏书，虽然是古典藏书时代的一个终结时期，但唯其如此，近代公共藏书观念的确立、战火频仍之中私家藏书的存亡绝续、书业活动的兴盛、学者文人藏书的独特风貌、工商实业家藏书的崛起、书籍的外流与抢救……在作者的条分缕析中，读来恰构成了藏书史上最惊心动魄的一编。由此均可见作者对资料剪裁的会通手段。

总之，《中国藏书通史》的出现，既为我们就藏书本身提供了一部翔实、全面的通史著作；同时也在中国文化史的研究格局中，标志了一门提供崭新思路的学科正在走向成熟。

作为开风气之先的通史型著作，其即将产生的久远影响是可以预期的。但同时，在草创之际存在着一些在所难免的缺陷也毋庸讳言。谨就通读所见，摘录如下，以便本书的阅读与修订。

1. 文献材料误用

15 页据《左传》、《周礼》、《史通》称管理王室藏书的官员为“大史”，认为大史即太史，因此而在 52、65、66 页引《隋书》、67 页引《史记》等处，均改太史为大史，乃至将后世的太史令改称大史令（112 页）、《太史公自序》亦改称《大史公自序》（67 页），这种对通用官名的以古为绳，在叙述中颇有削足适履之嫌。

38 页记载苏秦的事迹说：“曾任齐相，后以反间罪被车裂而死。”关于苏秦之死的说法显然是错误的。因为据《史记•苏秦列传》记载，苏秦是被与之争宠的齐大夫派刺客杀死，苏秦在临死前，为了抓到刺客，让齐王在他死后假称反间罪而车裂徇市，使得刺客邀赏而出，编纂者在这里引用其事，忽视了上下文的记载。

84 页据《太平御览》卷 618 的记载而以李谿为东汉藏书家，并以其号“李书楼”而认为“这是我国最早的有关藏书楼的记载”。但据笔者核对《太平御览》该条，实际上其内容是摘自《后唐书》，使用这条资料的始作俑者显然误认作了《后汉书》。而所谓的《后唐书》应该就是《新唐书》一类的书，在后者的卷 146《李磎传》称：“磎好学，家有书至万卷，世号‘李书楼’。”因此李谿、李磎实系一人；本书 218 页在唐代藏书部分即利用了《新唐书》中李磎的材料。

161 页综论隋唐时期“逐步形成了皇家藏书与国家藏

书内外分别的格局”，自无问题，但认为“国家藏书于秘书省，则位于皇宫之外，如隋唐两代的秘书省皆处在宫外里坊之中”则有误，因为隋唐长安城修建的重要特点，就是由宫城、皇城与郭城三部分组成，皇城为国家机构所在地、郭城为百姓里坊居住区的分隔正是隋唐都城的新创，因此隋唐两代的藏书机构秘书省虽在宫外，却并未与里坊相混同，而是建立在皇城之内的。

753 页称：“乾隆时修纂《四库全书》，从《永乐大典》中辑出大量书籍，其中仅武英殿以聚珍版形式印行的就有一百二十六种，后又续印多种。”这里的结论来自嘉庆间庆桂等编《国朝宫史续编》，但在引用时也产生了理解的错误，因为武英殿聚珍版丛书实际上有两个来源，如其书所载乾隆《御制题武英殿聚珍版十韵并序》所称：“校辑《永乐大典》内之散简零编，并搜访天下遗籍不下万余种，汇为四库全书。择人所罕觏、有裨世道人心及足资考镜者，剞劂流传，嘉惠来学。”其中既有采辑自《永乐大典》者，也有采自地方进献者，并非如本书所理解的《永乐大典》这一单一来源；另外，武英殿聚珍版印行书，始终也是一个谜，民国年间陶湘专门研究内府藏书，终于弄清楚了该丛书的确切数目为一百三十八种，并有《武英殿聚珍板书目》行世，这也是藏书史上的一段公案。本书的叙述，似乎忽略了陶湘的研究成果，在 809 页也同样沿用了一百二十六种的不确切说法。

896页在“清代私家藏书的种类”中引用了一段关于宋本收藏的名言:“古今书籍,宋板不必尽是,时刻不必尽非。然较是非以为常,宋刻之非者居二三,时刻之是者无六七,则宁从其旧也。”这段话出自清初校勘家陆贻典为宋版《管子》的题跋,后来黄丕烈在用陆校本勘校所藏《管子》时,也过录了陆跋,本书作者据《荛圃藏书题识》引用时,似失察黄丕烈“陆跋二通,录附于后”的说明;而本书1170页在讨论宋刻的优劣时,引用此跋,则作陆贻典语。

1262页称缪荃孙“艺风堂所得包括《宋会要》在内的宋元本,大半是韩心源帮其搜集到的”,按,《宋会要》久佚,嘉庆年间徐松入值全唐文馆,从《永乐大典》中抄成《宋会要辑稿》,缪荃孙所得即此清抄本,此处以“宋元本”相称,显误。

关于商务印书馆涵芬楼幸免于难的善本归入北京图书馆的方式,本书说法也不一,如1266页称“该批藏书终于在郑振铎的促成下作价出售,归北京图书馆收藏”,1295页则称“解放后,经张元济提议,董事会通过,将涵芬楼旧藏(《永乐大典》数册除外)全部交给文化部,这些图书现存北京图书馆”。究竟属售归还是捐献,后者的说法较为模糊。

1360、1361页云:“1999年,北京燕山出版社出版了《书目书话丛书》,凡五册,第一册包括《经籍会通》、《澹生堂藏书约》、《儒藏说》、《武林藏书录》和《吴兴藏书录》

五种”，按，第一册实际包括六种书，在《儒藏说》前尚有孙从添的《藏书纪要》一种，原书的封面、封底都只显示了五种书，遂造成了本书的沿讹。

书前丰富的图版是本书的一大特色，从藏书楼、图书馆、藏书家、藏书印、藏书票，到善本书影，和反映藏书图景的画幅，以不同的角度反映了藏书活动的情趣，但其注解文字也偶有失误，如将敦煌莫高窟96窟的北大像九层楼称作藏经洞显然是错误的，发现大量敦煌文书的藏经洞是非常小的第17窟。另外，标注为“清末民初藏书家王国维像”的照片，我想，也肯定不是王国维。

2. 文字排校错误

由于排印与校对的问题，带来了一些文字误植现象，似也值得提出以便改正。如导言19页15行“藏量大”，量误作书；正文139页倒8、9行“邢劭”，劭误作邵；229页9行“兰台”乙作“台兰”；254页倒10行“云笈七签”，笈误作脈；277页10行“显密二教”，密误作蜜；422页14行“安得读残十万卷”，得误作德；559页1行、566页倒9行“文壁（徵明）”，壁误作璧；592页8行衍“江”字；597页倒2行“倒是”，倒误作到；625页倒1行“祁承㸁”，㸁误作业；632页2、7、20行“世善堂”均误作“世德堂”；634页5行“杳然”，杳误作沓；648页倒10行“马家”下夺口字；709页1行《国朝经籍志》，朝误作史；751 页倒 1、8、12、13 行，“庄廷鑨”，鑨误作疊；874 页页下注《常昭合志稿》，昭误作照；886 页 14 行、1148 页 3 行“徐坊”，坊误作枋；904 页倒 2 行“朱竹垞”，垞误作疊；910 页倒 6 行“罄欬”，欬误作榈；953 页倒 10 行“可以”，以误作出；1003 页倒 2 行“薛起凤”，薛误作薜；1048 页 8 行“驰骋”，骋误作聘；1133 页 11 行“柳蓉邨”，邨误作春；1134 页 12 行、1343 倒 4 行“郭石麒”，麒误作麟、祺；1175 页倒 2 行“认为即”，即误作了；1189 页 2 行《西沚居士集》，沚误作止，集字夺；1207 页倒 11 行“蜾蠃”，蠃误作嬴；1275 页倒 6 行覃字衍；1283 页倒 5 行“蔡孑民”，孑误作子；1285 页 1 行“掣肘”，掣误作制；1315 页 1 行“贤明”，贤误作肾；1320 页 6 行“四十万元”，万字衍；1326 页 10 行“长泽规矩也”，也误作野；其中许多文字的误排很明显可以看出是电脑打字输入法造成的。

另外，在第八编谈到“清末士人对西方公共藏书机构的认识”一节中，第 1043 页因疏忽而被后面的 1143 页内容所替代，经笔者就近对几家书店中本书的调查，都发生同样的错误，看来是整个排版过程中出现的失误。

3. 个别的体例商榷与文献增补

本书的结构体例堪称缜密，对藏书现象的观察分析也极为准确。但作者将“书画收藏”作为隋唐五代（242-248

页）和明代（670-672 页）私家藏书的风尚来对待，似乎有待商榷。因为从整个中国古代收藏史的序列来看，书画收藏似乎也与藏书一样可以列为一大类，藏书家之收藏书画也并非一朝一代的特点，特别是考虑到官府收藏中书画与图书的一视同仁，这种书画收藏风尚似乎不必给予太多的强调。而目录学家实际上与藏书家颇多重合的地方，至少，以藏书研究为旨趣的目录学研究应该作为藏书事业的一种予以介绍。这样，在本书第八编第六章“方兴未艾的中国藏书史研究”中，应该补入《中国著名目录学家传略》（李万健著，北京：书目文献出版社，1993 年）、《近三百年古籍目录举要》（严佐之著，上海：华东师范大学出版社，1994 年）等书。此外《藏书与文化：古代私家藏书文化研究》（周少川著，北京：北京师范大学出版社，1999 年）作为一项重要成果，似也可补入“藏书综论性著述的编撰”一节，与《中国私家藏书史》（1376 页）并列。

在藏书家的介绍上详略注意不够，似也值得从规范上予以吹求指瑕。如许多藏书家都力求给予准确的生平和生卒年记载，但有时又忽略，如 591 页项笃寿（1521—1586）、609 页晁瑮（？—1561）、610 页高儒（？—1553）、923 页冯舒（1593—1649）、1195 页陈毅（1873—？）、1203 页丁祖荫（1871—1930）、1205 页曹元忠（1865—1923）、1354 页张鸿来（1881—1962）等，都有具体的生平介绍，但生卒年均被忽略。而另外的问题是对某些藏书家的生平给予重复介绍，但前后却不一致，如关于李盛铎的卒年，在1227页称卒于1937年，但在1235页则又作1934年；关于刘世珩的介绍，1227页称其生年为1874，字葱石，1319页则以生年为1875，字聚卿、号葱石，显然是出自不同的材料而统稿未周所致。我想，作为一个里程碑，《中国藏书通史》反映以往藏书研究的最新成果，组成藏书史重要内容的藏书家生卒年，记载与否直接引导读者对此项个案研究的认识，所以应该给予准确的描述。此外，称名不一也给阅读带来一些困难，如676页杨羽称杨梦羽，1146页徐坊作徐梧生，1155页陶湘称陶兰泉，1189页孔尚任作孔东塘等，均与该书他处以常用姓名相称不同；这样一些在传统典籍中喜用的称谓变换，虽不无雅趣，但在本书较具学科化的著作中，仍以统一为宜。他如1195页阿英的介绍未及其钱杏邨原名，似亦不尽周全。

许多藏书散失未作交代，我想也是调查不够所致，如1008页“焦山书藏”的现状、1088页古越藏书楼的变迁、1949年前夕国立图书馆藏书运往台湾问题包括目前台湾藏书状况，都应该是读者愿闻其详而通史有所忽略的内容。

另外，本书采用了大量的前贤时哲的文献资料和研究成果，都以随文出注的方式注释于页尾，我想，如果在书末附录一个分类的参考文献，则对读者无疑又提供了深入的津梁。再附以一份藏书楼与藏书家的索引的话，则更加便于对本书的检索与利用，特别是书中的藏书家事迹介绍，往往在大的时代划分下，归置到不同的章节专题中讨论，翻检较为困难，但其中许多的介绍又代表了目前研究的最新成果，我想它应该兼备工具书的性质。

傅璇琮、谢灼华主编《中国藏书通史》，宁波：宁波出版社，2001 年。

原载《中国图书评论》2001 年第 11 期，47-49 页

锦上添花的精品工具书

——《唐刺史考全编》评介

从学术史的角度考察1980年代以来中国大陆的学科发展历程，可以发现唐代文学研究始终处于辉煌的创造性阶段。在这新一轮的学术开始之际，首先由一个重要的契机吸引了众多学者对唐代研究领域的关注，这就是郭沫若在“文化大革命”时期出版的《李白与杜甫》——那一时期可以称得上学术专著的出版物只有两种，另一种章士钊的《柳文指要》也属于唐代研究的范围。《李白与杜甫》始料不及的结果是书中大量史实与认识的讹误引起普遍质疑，这在郭氏欢呼的“科学的春天”到来时，为唐代文史学科储备下了人才最多的研究者队伍。郁贤皓先生在1980年代出版的《李白丛考》、《唐刺史考》等重要的成果，就是从那时发轫的。《李白丛考》（西安：陕西人民出版社，1982年）直接从重新考证李白生平与交游出发，成为当代李白研究界考据学的经典之作；《唐刺史考》（南京：江苏古籍出版社，1987 年，全 5 册，220 余万字）则又是由李白的诗文考证引发而撰著的对唐代文史研究影响更为深广的工具书。

一、从《唐刺史考》到《唐刺史考全编》

职官、地理、年代、目录，构成古代文史研究的“四把钥匙”（宋史专家邓广铭先生语）。刺史（太守、尹）是唐代重要的地方行政长官，也是唐代诗文中出现频率最高的官名，在唐代制度史和文学史的研究领域，往往成为文献阅读首先必须解决的问题。但是设置时间长、分布地域广、任职人数多、资料寻找难等等因素，使唐代刺史的全面考订与图表编纂始终阙如。即使唐代职官考订方面的工具书向称富赡，从《新唐书》四表（《宰相表》、《方镇表》、《宰相世系表》、《宗室世系表》），到“三大缙绅录”（《元和姓纂》、《唐尚书省郎官石柱题名考》、《唐御史台精舍题名考》），以及《唐方镇年表》、《唐仆尚丞郎表》，一代代学人都为唐史研究提供了丰富的资料；而刺史方面的考订，只有清人劳格终其一生才完成的《杭州刺史考》而已。

郁贤皓先生曾以十年之功，爬罗剔抉于唐代文献之中，于 1980 年代完成了《唐刺史考》的煌煌巨著，对唐代历史近三百年中全部疆域三百多个州郡的刺史进行了考订，填补了这项工具书领域的空白。该书当时即引起强烈反响：它不仅是改革开放以来大陆学者在唐代文献研究方面的实力标志；而且还直接影响了唐代文史研究的进程。在历史学的研究领域，此后如唐代中央与地方关系、地方官员的设置和地方行政区划的演变等，鲜有不利用这一成果的；尤其是考虑到中国封建社会后期的行政制度对于唐朝的继承性，那么，因为《唐刺史考》的出现而使这一奠基阶段职官制度的重要层面如内外官轻重、前后期变化等研究得以开展与深入，其实际的意义就显得更为弘远。同样，在文学史的研究中，文学家生平与交游中隐含在刺史名下的疑问也因此迎刃而解，众多的诗文如宋之问《送怀州皇甫使君序》、李商隐《哭遂州萧侍郎二十韵》等，因为刺史人名的确定而使作品具有了更多的信息和可感的意味；唐代文学繁荣与刺史之间关系的探讨自然也将得以实现——它所涉及的文学课题无疑也将是非常有意义的。因此卞孝萱先生当时的序言中就有“功德无量”的赞誉。

而郁贤皓先生造福学界的奉献精神并未因此止步，新近出版的《唐刺史考全编》（全6册，300余万字，以下简称“《全编》”，图1）体现了他对这一课题完美性的不懈追求。作者又积十余年的程功，对原书进行全面的增订，其中新增资料二千余条，订正错误一百多处，以更为完善、周密的形式提供给研究者，使这项工作锦上添花，成为工具书行列中的精品。

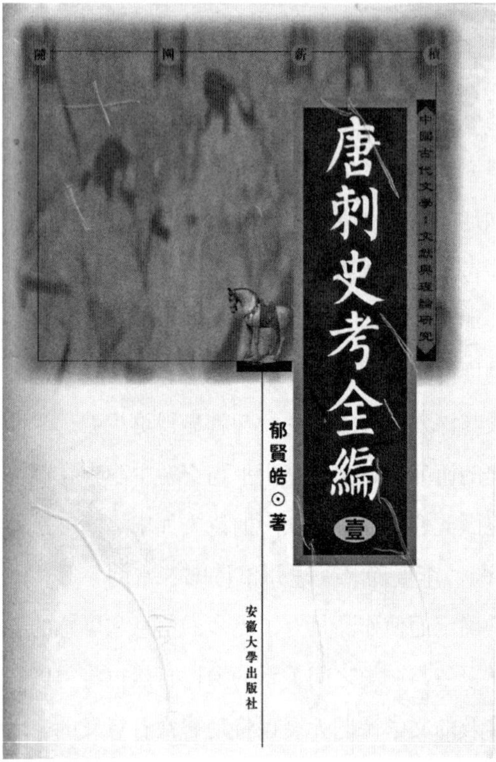

图 1 《唐刺史考全编》书影

二、体例的明晰性

《全编》在体例上仍然继承了《唐刺史考》的优长，面对唐朝州郡设置前后变化的频繁，本书以开元二十九年的建置为准，基本以一州为一卷，隶属十五道即十五编之下；而开元二十九年前后废置的九十一个州郡也予以著录，列为附编。这种安排，既与谭其骧主编《中国历史地图集》的编例相一致，便于对照使用，而且也照顾到了州郡设置的实际演变情况，具有全面性。每一卷中，按所能考知的刺史任职年代先后次序排列，先列刺史姓名，后列任职年代，下注考证材料。不能考知任职年代的刺史，则本着多闻阙疑的原则，列待考录于各州之后。这种材料与表格功能兼备的体例，体现出实证性与实用性的统一。

"全编"二字不仅是增订本区别于《唐刺史考》的书名标志，同样在体例上也做到了更加的完全性。《唐刺史考》因为出版方面的原因，索引的缺席大大降低了本书的工具书性质，读者无法直接了解各州郡在书中的册卷页，以及需要查检的人物在书中出现的情况。《全编》增加了第六册"索引卷"，"州（郡、府）名索引"和"刺史姓名索引"的添置，使其工具书的性质得到充分显示。尤其是唐代刺史往往连刺数州，有了这些索引，其迁转情况与先后关系一索即得。

三、资料的穷尽性

穷尽一切资料，是作者考订唐代刺史所遵循的文献原则。这一点，即使以往学者有着相同的自觉意识，但他们对资料的理解，往往局限于正史材料与总集、类书等相对集中的典籍。《全编》的资料范围，除了这些传世文献外，还涉及另外两个重要的领域。一是传世文献中不太为前人所看重的杂史、笔记、小说、宗教、方志资料。它们因为内容记载的零散和真伪分辨的困难，常常被忽视，《全编》却以巨大的工作量，大海捞针式地一一搜检、细心分辨，获得了许多不为正史所载的刺史材料。二是大量石刻材料成为作者追寻的目标，特别是碑志，这些详明记载志主世次、官寿、乡里的第一手资料，被称为继甲骨、简牍、敦煌写卷、内库档案之后的第五种新出史料（饶宗颐《法国远东学院藏唐宋墓志拓本图录引言》），因晚近的地不爱宝而纷纷出土，成为作者一一寻检的对象。这一方法说来容易，而运作艰巨，存世的碑石与拓片，将近万种，其文字亦数倍于正史，特别是近二十年来，新出的碑志往往零散在各地的刊物上被介绍，作者长期密切跟踪学术资料的新发现与研究的新动向，利用寒暑假到各地抄录石刻，排比考订，可谓备尝辛苦。对于材料理解的全面性，保证了刺史考订能够全备、正确的最大可能性。此外，作者还通过吸收荣新江等先生的考证，补充了对敦煌文献等史料的收集，使《全编》做到了文献利用的“竭泽而渔”（史学家陈垣语）。

即使《全编》已是300余万字的煌煌巨帙，但也许可以说这仅是作者在使用材料上露出的冰山一角，在初版的《唐刺史考·凡例》中，曾提及“凡已辨明某种文献记载之刺史为讹误者，本书不再列入，另见拙著《唐刺史资料辨证》。”但笔者相信这一更为妙趣横生的辨证著作因为材料繁富带来的巨大篇幅实际上是无法出版的——不过作者在其相关的论著如《天上谪仙人的秘密：李白考论集》、《唐代文史考论》中也不断使用着这笔丰富的资料库，使读者可以豹窥《全编》丰富的资料储备源。

四、考证的缜密性

由于有了资料的穷尽保证，作者遂得以在最终完成《全编》的缜密考订中展示出文献家的技艺。作者没有像以往考据者那样，片面地相信传世史籍如两《唐书》等的二手资料，而是在资料的排比中，确认刺史的人名和年代。譬如：寿州刺史张镒，《旧唐书·德宗纪》载：大历十四年五月“癸巳，以寿州刺史杜亚为江西观察使”，但作者根据《金石录》卷八《唐寿州刺史张镒去思颂》的材料，以及其他旁证，考订杜亚实即张镒之误。又如同州刺史源光乘，《新唐书宰相世系表》作“光乘”，《元和姓纂》作

“光垂”，难以定夺；作者据《源府君墓志》、《张府君夫人源氏墓志》等第一手资料，既考订出“光乘”的不误，也确定了天宝三载在同州任上的时年。这种互相印证的考订，实际上是遵循了王国维概括为“二重证据法”的实证手段，即取“纸上之材料”（传世文献）与“地下之新材料”（墓志等出土文献）结合起来研究的方法。不过作者的参证更为多元，所以曾自我概括为“微观综合研究”（《论唐代文史的微观综合研究》，作者著《唐风馆杂稿》，沈阳：辽宁大学出版社，1999 年）。

微观综合研究的得法，使得我们在《全编》的使用中可以得到刺史以外的更多信息，这就是卞孝萱先生在序中称道的：“此书主要是解决唐代各州刺史的姓名和任职年代的问题，这是人所共知的，它还附带解决了很多有关的问题。”如杜甫诗《将赴荆南寄别李剑州》，仇兆鳌《杜诗详注》据杜甫行迹订此诗作于广德二年春，但作者据《旧唐书》、《资治通鉴》等考订李昌巙于大历元年始任剑州刺史，是可以比定为“李剑州”的人物，这不仅解决了诗作的人名阙疑，也订正了写作的时年。又如华州刺史赵鹭的任职时年，作者据《洛阳县尉孙府君墓志》“天子受英武至仁号之年”考订墓志作于咸通十二年，故可定其中称“今赵华州”的赵鹭当时在华州任上，同时，也推翻了新出《千唐志斋藏志》、《隋唐五代墓志汇编》系此志于会昌元年的错误。又如伊州刺史衡义整，作者据《衡府君墓志》考订其任职年代，又据其时间、职官上的相同点，纠正《宝刻丛编》卷四所载《周伊州刺史衞府君》衞字为衡字之讹。这种触处即生的考据内容，也成为检索《全编》值得重视的成果。

总之,《唐刺史考全编》是一部工具书，方法的科学性——明晰的体例、资料的穷尽、考订的缜密——使其在工具书编纂的行列中后来居上。而我们在这里隆重地推荐它，是因为除了专业性介绍的价值外，本书还提供了学术史的动态背景和方法论的研究手段。“史学即史料学”的相对真理性，或许会因《全编》的出现而得到更为确切的佐证。

郁贤皓著《唐刺史考全编》，合肥：安徽大学出版社，2000 年。

原载《中国图书评论》2001 年第 2 期，43—45 页

取精用弘　采铜于山

——《贞石诠唐》书评

《贞石诠唐》（图 1）是陈尚君教授研治唐代石刻的论文汇集，凡 31 篇。据其自序，诠次为五列：其一通述石刻文献之研究意义者 2 篇，其二据石刻考订文史而能淹贯一代者 7 篇，其三以个案研究为主者 9 篇（第 9 篇《贞石偶得》裒辑不同时期短札 11 则），其四为书序书评及综述者 11 篇，其五则以长沙窑瓷器题诗为附录者 2 篇。如所周知，陈尚君教授自问学复旦以来，以一人之力，补苴清人全唐诗文总集之遗漏，而有《全唐诗补编》、《全唐文补编》之作。《全唐诗补编》以系统阅读存世唐宋典籍为核心，钩稽逸诗四千三百余首，虽元明清著作中之唐人石刻碑帖亦为其排查对象，而初未以新出石刻为主；《全唐文补编》的出版晚于前者几二十年，辑得唐人文章五千八百余篇，涉及作家近两千人。其时唐代新出石刻文献层出不穷、整理蔚成风气，而补编之发凡起例，开宗明

图 1　《贞石诠唐》书影

义，即称："近世所出墓志，今人已辑为《唐代墓志汇编》，一般不重复收录。"似乎对于石刻文献无所措意。其以往所出论集如《唐代文学论丛》(北京：中国社会科学出版社，1997年)并不以石刻为论，《陈尚君自选集》(桂林：广西师范大学出版社，2000年)、《汉唐文学与文献考论》(上海：上海古籍出版社，2008年)，也仅三四篇以石刻研究为题的论文及若干石刻整理文献书评被汇集。今兹《贞石诠唐》付梓，则可知其浸淫唐刻，与其他载体文献的研究一样，付出了系统而广泛的程功。从最早发表于1985年的《〈集古录〉及跋尾之成书》，到撰成于2014年的《〈殷亮墓志〉考镜》，这些成果记录了作者三十年来持续关注石刻文献而不断精进的历程，展现了作者在唐代文史研究领域取精用弘、采铜于山的丰富格局。

本论集开卷有益者，约而言之，有以下诸端。

一、对唐代石刻研究方法和文献资料的总体把握

论集的一个重要特点，是在已知唐代文献通盘把握的基础上，对新出石刻文献做竭泽而渔的追踪研究。重视石刻文献的初衷，如作者自序，与其早年受岑仲勉广引石刻以纠订遗史阙文的影响有关，故其书名亦与岑仲勉《金石证史》、《贞石证史》等同出一辙。在以往前辈大家的研究理路中，重视新材料的研究必须以对传世已知材料的熟悉

为前提，自是通识；然而在今天学科发展细化、追求速效成果的学术态势中，却未必得到普遍认同。本集《陈寅恪先生唐史研究中的石刻文献利用》，在彰显陈寅恪先生利用石刻文献从事研究的同时，也对陈先生再三致意于“自昔长于金石之学者，必为深研经史之人”、“必须对旧材料很熟悉，才能利用新材料”的治史方法予以褒奖，实际上也是自身从事石刻文献研究的夫子自道。如前所揭，陈尚君教授三十年前即以全唐诗文总集之补订为己任，而有《全唐诗补编》、《全唐文补编》之作；其后作《旧五代史新辑会证》，主持《旧唐书》、新旧《五代史》的点校修订工作，均以一代之文献为整理对象。补遗、订正的劳作，首在排查以往辑录之是非，尤其是清编全唐诗文不明出处，又须检核来历。故其于唐代以来相关传世典籍，均作拉网式过滤，逐渐形成其如“户籍警”般分门别类的唐代人事档案资料库。这种逻辑严密、循序渐进的文献收罗，使之与新出文献的对接有了完美无缝的良好效应。作者在《敬畏传统》的论文集（上海：复旦大学出版社，2011年）自序其学术体会，第一即“掌握目录学以求全面掌握已佚和存世文献”，堪称是其石刻文献研究的基本方法。

故就石刻文献的综合把握而言，作者对石刻史料细大不捐的系统收罗和排比所得，乃能金针度人。本论集中以《石刻文献述要》为首的书评与综述性论文，构成了一个从古到今石刻文献比较完整的信息渠道。它不仅使读者可以从中了解以往石刻文献的大宗，而对当代辑成的新出唐代石刻也有系统的把握，特别是对这些新编文献增补存世材料的成绩、整理文字的优劣，都做出中肯的评述，给予这些文献整理以文献学的批评，颇便于读者具有针对性地使用新史料。如作者评张沛《昭陵碑石》，则先指明昭陵陪葬人数多寡，继述王昶《金石萃编》至罗振玉《昭陵碑录》及《昭陵碑录补》所收昭陵刻石之贡献，进而对后出之《昭陵碑石》体现出石刻数量的大大增加、清人已见石刻的文字补充、录文审慎严谨而校正前人误录等等后出转精处，条分缕析，使读者得以充分认识《昭陵碑石》的优长之处；同时，对于该书图版和录文不尽合理的编排原则，如拘泥原石而不能全面参考存世旧拓等缺陷，也做了揭示。又如对吴钢主编《全唐文补遗》若干卷的书评，同样认真计算其辑录作者数量和文章篇数，使读者了解其对新出石刻的收录之功，而对其收录范围、编纂体例、编校质量等未尽臻善之处，则提出了严肃的批评。总之，作者对截止到 2012 年《大唐西市博物馆藏墓志》出版之前的石刻文献，都做了排比或系列的品评，对于唐代石刻文献的利用者，可以知其利弊而善用之。

二、对石刻文献促进唐代研究新视野的论述

正因为作者研究石刻文献的目的在于与存世文献之间实现全面融通的史料互补，从而由唐代人事的新材料带动

研究的新天地，因此其研究具有了突破学科的分类而熔铸为文史兼容的新格局。其新出石刻与唐代文学、历史研究的两篇综论，能够从大处着眼，就其于文献考订的功用、文学研究的意义、历史研究的视野，都有具体可感的论述。《新出石刻与唐代文学研究》指出以墓碑和墓志为主的新出石刻文献对于丧挽文学、传记文学、文体变化、家族文学、女性文学、地域文学等六个方面的促进，确实是当前唐代文学正在深入的领域；而其曾经花费精力整理长沙窑题诗收入到《全唐诗补编》中，在本集的两篇相关论文中，进一步指出由这些民间诗作所体现的现象去研究文学接受与传播的复杂问题，“其学术意义远比补录一些作品来得更为重要”，体现出作者对于唐代文学史研究从过去的静态描述走向动态开发的敏锐感触。《新出石刻与唐代文史研究》则指出石刻史料在历史学方面对于补订史传、姓氏录、职官录、登科录，研究宦官政治、河北三镇、五代十国史等课题的推进，也确实是对石刻史料量身定做的有意味的话题。

此外，他的书评自《全唐文补遗·千唐志斋新藏专辑》以来，也都对各辑所包含的有资唐代文史研究的信息予以重点揭示，形成了其书评文字所具有的揭示新材料增进新学问理念的独特风貌。读其《气贺泽保规〈新版唐代墓志所在总合目录〉出版以来新发表唐代墓志述评》，则不仅以气贺泽保规教授2004年的目录为中心，钩稽了之前之后直到2008年以往唐代墓志专书的情况，也对其中有裨于唐代文学与历史研究的资料做了详细的解读。如揭示以上资料中唐代诗人的墓志、诗人撰写的墓志、文学世家的材料、墓志新见唐代诗歌等文学新发现，政治、艺术、宗教、家庭社会、中外文化交流、五代十国等历史新线索，都可见其“虽专以考证为主”而“治学兴趣广泛”（傅璇琮《唐代文学丛考序》评陈尚君治学路数）的文史兼顾、古今通贯的视野。

三、以石刻文献研治文史的宏观与微观成果

论集中更多的文章，是利用石刻文献研治文史的重要贡献，也是作者在《敬畏传统自序》中提及其学术体会第二点“重视史源，区分文献的主次，并在此原则上从事专题研究和文献重建”的身体力行。其中部分的论文是作者所谓“淹贯一代”的研究成果，如《石刻所见玄宗朝的政治与文学》，是利用石刻文献开拓文史研究新问题而就开元天宝时期做出的具体示范。作者认为，全面系统的存世史料如史籍掺杂了后人的立场见解、笔记则传闻失实，数量巨大的石刻虽为某人某事而作，却多能记录当时的实况，具体到玄宗一朝，则神龙先天政局、吏治和教化、宦官干政、四边战事、杨贵妃事迹、安史之乱和伪燕文献、文人事迹及作品、开天杂史作者，均可据石刻文献做出梳

理。与上述就一朝皇帝在位的特殊时期而横向展开的研究相比，《唐代的亡妻与亡妾墓志》、《唐代翰林学士文献拾零》、《石刻所见唐人著述辑考》、《石刻所见唐代诗人资料零札》、《贞石证五代史》等，则就有唐或五季的一代，对某个领域的人事做出长时段的探索。

那些个案问题的研究，也都是唐代文史中具有发覆性的好文章。如作者就唐代妇女问题展开的讨论，有上述的《唐代的亡妻与亡妾墓志》以及《新出高慈夫妇墓志与唐女书家房嶙妻高氏之家世》、《杜佑以妾为妻之真相》等，是从传世文献与唐代墓志文献比较中，发现后者比较集中的夫妻墓志、妇女墓志资料，而开掘妇女史研究的新角度，堪称是与唐代妇女研究风尚不谋而合的预流研究。作者的这些研究多能从自己海量的阅读中获得新的发明，因此其结论也最为可信，与其《唐女诗人甄辨》（北京：海豚出版社，2014 年）的文献质量一致。后者对 150 多位唐代女性诗人做出存真、存疑、祛伪的文献甄辨，是研究唐代女性文学可靠的资料库。

作者还注意到家族墓地被发现和挖掘带来的墓志关联性，因此其研究非常善于从中找出相互间的关系以及对于文学世家问题的考证和研究。过去，王之涣墓志的发现曾经引起广泛关注，启功、傅璇琮等先生均从文学史的角度予以论证。由于关心墓志志主之间的关系，作者更是发现了千唐志斋同时收藏的王之涣祖父王德表、祖母薛氏、妻子李氏的三方墓志，于是有关王之涣的身世，墓志撰写者薛稷、王缙与王之涣这些初唐文人交往圈，都得到更加充分的揭示。又如《本事诗》作者孟启，五代以来，错作棨、綮，一直是个公案。作者《〈本事诗〉作者孟启家世生平考》根据孟启家族的四方墓志，不仅最终确证《本事诗》作者名字为启而非棨、綮的结果，而且对孟启家族先世事迹、韩愈文中提及的其父孟管的生平著作、孟启本人的生平经历做了透彻的考释，甚至从宋代以来的文献中辑存了孟管《岭南异物志》的文字，堪称通过家族墓志研究家族文学的典型。

文献个案的做尽也是其研究特色。如《〈郑虔墓志〉考释》，是由新出石刻文献的出土而就以往文献综合考释一个文学家的精致研究。作者不仅钩稽了郑虔的家族世系，绘制出郑虔家族的详细谱系，对郑虔的仕宦经历和交游、贬官和归葬、家室和子嗣、著作和书画，都做了细致的研究，无疑是有关郑虔问题迄今为止最为穷尽的记录。《〈殷亮墓志〉考镜》同样也从录文到殷亮先世、姻亲、早年、仕宦、著作，做了详尽整理，作者还特别揭示了殷、颜家族七代二百多年的联姻关系，研究了这一中古时期世家大族的家学门风；其中对于墓志撰写者殷永在墓志末尾批评举世厚葬风俗的独特现象，结合相关的记录，也做了合乎情理的解读。前此揭示的长沙窑瓷器诗论文，除了从文献学的角度论证和汇录所有题诗与俗语警句外，还就长沙窑瓷器题诗与敦煌吐鲁番学郎诗的趋同性、唐代下层社会文学趣尚、长沙窑题诗对文人诗之改写、民间诗歌回流为文人诗的问题做了精确分析，其讨论文人作品与民间的互动，确实揭示了唐代文学创作中鲜活的传播、接受例证。

陈尚君教授长期从事文献研究，故其文字干净利落、逻辑周密，排版校勘也绝少出错。笔者通读论集，若作吹求，也仅见少数笔误之处。如：21 页“贫贱夫妇百事哀”，当系引用元稹《遣悲怀》诗句，以平仄而论，“夫妇”当做“夫妻”；63 页所引即作“夫妻”，甚是。22、43—44 页以张令晖的官职是“宁远将军守右司御率”，而认为其夫人由宫女出嫁是《本事诗》载玄宗“放宫女以嫁边军”的例证，则未必妥当；“宁远将军”在唐代是武官正五品下的散阶称号，并不表示有安边定远的职事，其职事官“右司御率”才是其实际的职务，是太子东宫“六率”的右司御率府长官，负责“番上”即在中央和地方的宿卫，并不担负边疆的征伐作战任务。186 页“未有了解多数汇集之资料”，“有”字后夺“不”字。217 页“綦母潜”当作“綦毋潜”，古籍原本也往往“母”、“毋”不分，要当以“毋”为正字；318 页所引作“綦毋潜”，是。250 页“示已不事事”，据文义，当作“示己不事事”，古籍原本多有“巳”、“已”、“己”不分者，要当据文义判断而改为正字。296 页，“毕沆、王袒等所见，前文已无”，“沆”疑当作“沅”。443 页以长沙窑瓷器“外销部分在形制内容方面都根据要求而有所不同”，自不待言，然上文以“在海外的发现……没有汉文题诗的记录”为证据，则未必然；因为下文提及的“1999年德国某打捞公司在印度尼西亚海域打捞的一艘唐代驶往阿拉伯的沉船”上，虽然也多有阿拉伯文字和《古兰经》内容的器物，其实也一样有若干题诗的碗盏（如本书460页30条所载），因此在海量的平民用品瓷器中，并不排除题诗的器皿被外销。444、449、459页，“春鸟咔春声”，“咔”为“哢”之俗字，原本长沙窑瓷器题诗作“哢”，敦煌写卷P.3597作“弄”（哢字通假），故此处仍当书正字作“哢”是。

陈尚君著《贞石诠唐》，上海：复旦大学出版社，2016年。

原载荣新江主编《唐研究》二十二卷，北京：北京大学出版社，2016年，564-569页

吐鲁番学的新起点

——《新获吐鲁番出土文献》《吐鲁番柏孜克里克石窟出土汉文佛教典籍》评介

由新疆维吾尔自治区吐鲁番学研究院主持的“吐鲁番学研究丛书”，在最近推出了吐鲁番文献整理的两部力作：《吐鲁番柏孜克里克石窟出土汉文佛教典籍》和《新获吐鲁番出土文献》。与以往的文献整理与出版比较，两部煌煌巨著体现了新史料出现的重要动向，也代表了文献整理与出版的崭新高度。

一、吐鲁番文献的发现历程

“古来新学问，大都由于新发现。”（王国维语）新出吐鲁番文献是上个世纪轰动世界的西北出土文物热潮在新世纪中的重要延续，也是开启文明史研究的重要渠道。

中国西北内陆地区的一个个绿洲，连缀成古代中国与西方交往的丝绸之路。干旱的气候成为得天独厚的条

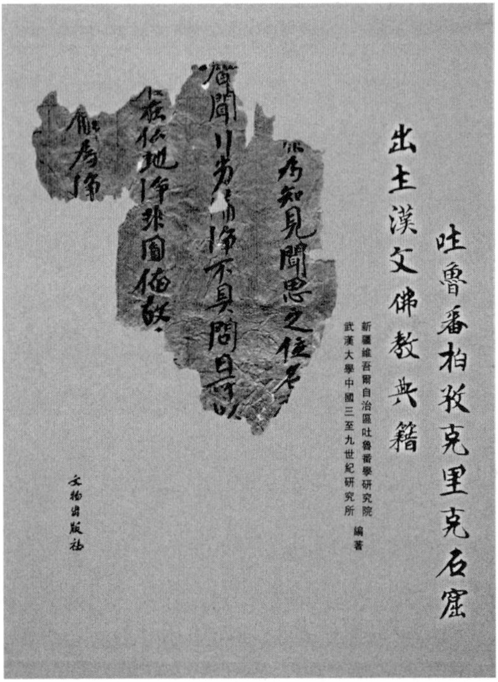

图1 《吐鲁番柏孜克里克石窟出土汉文佛教典籍》书影

图 2　《新获吐鲁番出土文献》书影

件，成全了大量尘埋在历史的废墟和墓葬中的古代文献。20 世纪初期被誉称为“出土文献四大发现”中的汉晋木简和敦煌文书都出自西北地区，由此而出现的简牍学与敦煌学热潮，体现了文书新发现给予古代文明研究带来的新气象。

大量的写本文书展示了印刷术发明以前的历史，而其中的代表是敦煌和吐鲁番。1900 年王道士发现敦煌藏经洞中一个封存千年的佛教寺庙完整的图书收藏而使敦煌文书名声大噪。这批文书规模大而品种全，有一定的内在联系性，它们以佛教经典为主，其中偶然保存下来的其他社会文书对于历史研究的意义尤其重大。这些文书因为近代东西方“探险家”的劫掠而分藏世界各地，其发现的特殊性使得敦煌在此后暂时难以有新的大规模发现。20 世纪后期开始的海外敦煌文献在中国多家出版社的陆续公布，是这一写本文书集大成的全貌显现的开始。

吐鲁番的文书大多是从寺院遗址的沙土或墓葬中发掘出来的，早期的吐鲁番文书发掘也出现过类似敦煌的被外国列强掠夺的情况。敦煌与吐鲁番文书的相似性往往掩盖了各自的独特性，就吐鲁番而言，大量的墓葬文书出自利用废弃的世俗文书作为丧葬用具这一吐鲁番盆地的独特风俗，必将使文书随着新的考古发掘而不断浮现；同时，吐鲁番盆地独特的地理位置使其在东西文化中左右逢源，保留的文书也体现出文明的多样性和历史的连续性等等特点。

从1959年到1975年的13次吐鲁番墓葬发掘，其2000多件文书的整理工作由中国文物研究所、新疆维吾尔自治区博物馆、武汉大学历史系三家合作，最终的成果是由文物出版社出版的《吐鲁番出土文书》(《吐鲁番出土文书》释文本全十册，北京：文物出版社，1981—1991年；图文对照本全肆册，北京：文物出版社，1992—1996年)，成为吐鲁番文书整理在20世纪的里程碑。

新出版的《吐鲁番柏孜克里克石窟出土汉文佛教典籍》(图1)和《新获吐鲁番出土文献》(图2)主要出自1975年以后的陆续发现，其中尤其以2004年以来新出土的文书特别引人注目，而文书的时间也从最早有确切纪年的前秦建元二十年(384)的户籍，到至元十五年(1278)之后的金箔包装纸(参见陈国灿《吐鲁番所出元代杭州“裹贴”纸浅析》,《武汉大学学报》1995年第4期)，几乎跨越了丝绸之路上千年的历史。它使我们在新的世纪里看到了开启新学问的新材料。

二、从吐鲁番世俗文书发现历史

从时间上来说,《新获吐鲁番出土文献》的大量文献主要偏重在柏孜克里克石窟出土汉文佛教典籍之前的十六国到唐西州时期。这批文献是自1997年以来、特别是2004－2006年度吐鲁番地区新出土的文献；此外，还有部分征集文书。这些文献包括300多件写本文书和一些墓志砖。大量的文献除了出现在以往的发掘点哈喇和卓和阿斯塔那两个古墓群以外，一些新的考古地点也开始出现古代写本文书，如木纳尔、巴达木、洋海、交河等。出土地点的扩大预示着吐鲁番出土文献出现了新的增长点。2005年以来，由吐鲁番文物局牵头，与北京大学中国古代史研究中心、中国人民大学国学院西域历史语言研究所合作，成立了“新获吐鲁番文献整理小组”，对这批吐鲁番文献进行了整理。

这批文献主要以世俗社会的公私文书为主，丰富的文书内容中存在着以往没有出现过的大量资料，增加了我们对于许多历史重大事件与制度、文化的了解。如：台藏塔新出的三组唐代历日，对研究唐代的颁历制度与历日的社会意义提供了珍贵的材料（参陈昊《吐鲁番台藏塔新出唐代历日研究》,《敦煌吐鲁番研究》第10卷，上海：上海古籍出版社，2007年）；新发现的《易杂占》则对于我们了解阚氏高昌时代的易学、占卜和社会风貌有极为重要的价值（参余欣、陈昊《吐鲁番洋海出土高昌早期写本〈易杂占〉考释》,《敦煌吐鲁番研究》第10卷）;《唐调露二年（680）七月东都尚书省吏部符为申州县阙员事》则为研究唐前期中央与地方之间的行政程序和铨选、为唐高宗时期东都尚书省的职责和行政运用提供了实物资料（参史睿《唐代前期铨选制度的演进》,《历史研究》2007年第2

期；《唐调露二年东都尚书吏部符考释》，《敦煌吐鲁番研究》第 10 卷）。又如“府兵番上”的概念，长期以来被理解为单纯的京师宿卫，而《唐永徽五年（654）九月西州诸府主帅牒为请替番上事》等文书的出现，却使我们重新定义“番上”这个概念在府兵制度中还包含了地方值勤的意义（参孟宪实《唐代府兵“番上”新解》，《历史研究》2007 年第 2 期）。

出土的文书最早有《前秦建元二十年（384）三月高昌郡高宁县都乡安邑里籍》，它是目前所见纸本书写的最早户籍，为我们认识十六国时期高昌郡的户籍实际面貌提供了极其直观的实物资料，也将成为深入探讨中国古代籍帐制度的发展演变不可或缺的材料（参荣新江《吐鲁番新出〈前秦建元二十年籍〉研究》，《中华文史论丛》2007 年第 4 辑）。新出的北凉时期的计赀纳丝、计口纳丝帐对于此前研究非常薄弱的北凉时期的赋税制度提供了宝贵的例证（参裴成国《吐鲁番新出北凉计赀、计口出丝帐研究》，《中华文史论丛》2007 年第 4 辑）。《唐龙朔二年（662）西州高昌县思恩寺僧籍》则是首次发现的僧籍，为我们理解唐代的相关制度，提供了绝无仅有的信息（参孟宪实《吐鲁番新发现的〈唐龙朔二年西州高昌县思恩寺僧籍〉》，《文物》2007 年第 2 期）。《神龙二年（706）七月史某牒为长安三年军粮破除、见在事》等，则为唐代地方的勾征制度提供了实际的例证（参丁俊《从新出吐鲁番文书看唐前期的勾征》,《西域历史语言研究所集刊》第 2 辑,北京:科学出版社,2009 年)。凡此种种,都在很大程度上改变或提高了我们以往的认识。

新出的吐鲁番文书也再次为中西文化交流史研究注入新的活力,如阚氏高昌送使文书体现了 5 世纪下半叶高昌在柔然汗国控制西域期间交通南北时所扮演的不可替代的角色(参荣新江《阚氏高昌王国与柔然、西域的关系》,《历史研究》2007 年第 2 期);《唐龙朔三年(663)西州都督府案卷为安稽哥逻禄部落事》不仅使我们了解到史籍未载的史实,也澄清了哥逻禄部与燕然都护府的关系及地理位置上的一些问题,加深了我们对当时西域复杂的民族关系形势的理解。同批整理的还有一件粟特文文书残片,是钤有汉文官印的正式官文书,再次证明了粟特民族在东西交往之间承担的重要作用(参荣新江《新出吐鲁番文书所见唐龙朔年间葛逻禄部落破散问题》,《西域历史语言研究所集刊》第 1 辑,北京:科学出版社,2007 年;关于粟特文文书,参 Yutaka Yoshida,"Sogdian Fragments Discovered from the Graveyard of Badamu",同上刊物)。又如在交河沟西、巴达木两处墓地都发现了属于胡人的墓葬,使我们对于高昌粟特及其他中亚胡人在高昌的生活状况,有了更深入的了解(参荣新江《新出吐鲁番文书所见的粟特》,《吐鲁番学研究》,2007 年第 1 期;张铭心《吐鲁番交河沟西墓地新出土高昌墓砖及其相关问题》,《西域研究》2007 年第 2 期；李肖《交河沟西康家墓地与交河粟特移民的汉化》,《敦煌吐鲁番研究》第 10 卷；高丹丹《吐鲁番出土〈某氏族谱〉与高昌王国的家族联姻——以宋氏家族为例》,《西域研究》2007 年第 4 期）。而《唐天宝十载（751）交河郡客使文卷》的发现则使我们对唐朝和阿拉伯历史上都具有重要意义的怛逻斯之战有了更多的了解（参见毕波《怛逻斯之战和天威健儿赴碎叶》,《历史研究》2007 年第 2 期）。

在新出土的文献中，大量的典籍也为我们理解吐鲁番的文化传承提供了依据。如出自洋海四号墓的白文《论语》和《毛诗》，出自洋海一号墓地的《论语古注》和《孝经义》（参朱玉麒《吐鲁番新出〈论语〉古注与〈孝经义〉写本研究》,《敦煌吐鲁番研究》第 10 卷；关于《论语》注，又参王素《吐鲁番新出阚氏王国〈论语郑氏注〉写本补说》,《文物》2007 年第 11 期），无论在写本时间和内容上，都刷新了我们对于典籍流传的认识；甚至，在一片官文书的背后的《古诗习字》，也使我们从吐鲁番的文书里第一次发现了散佚千年的唐前五言古诗（参见李肖、朱玉麒《新出吐鲁番文献中的古诗习字残片》,《文物》2007 年第 2 期）。

三、从吐鲁番宗教文书看文化交融

《吐鲁番柏孜克里克石窟出土汉文佛教典籍》是1980年10月—1981年7月吐鲁番文管所对柏孜克里克千佛洞崖前积土和部分洞窟进行清理、维修时，发掘出来的古代文书的主体。当时初步编号八百余件，虽然大多属于汉文佛经残片，但也有部分其他民族文字的写、印本文书，同时也有少量非佛教的文献。

这批文书确切纪年最早的一件是高昌王国建昌五年（559）的《妙法莲华经·观世音菩萨普门品》残卷，大多数的文书则属于回鹘高昌时期（840年以后至元朝），既有从中原传来的金朝刻本《大藏经》（参党宝海《吐鲁番出土金藏考》，《敦煌吐鲁番研究》第4卷，北京：北京大学出版社，1999年）；又有从波斯输入的摩尼教《美味经》。既有来自丝路东端的汉文、西夏文文献；又有从西方传来的粟特文、婆罗米文文献，它们体现了东、西方的文化在吐鲁番盆地的继续交汇和融合。其多种文字的文书表明：吐鲁番不仅在唐西州时代是多民族共居、多种宗教文化共存的地区，即使到了西州回鹘统治时期，仍然保持着多民族共居、多种宗教文化并存的局面。这种多民族文化的交汇和融合，不仅丰富了回鹘文化的内涵，同时也提升了回鹘文化自身的水平。

文书出土以来，吐鲁番文物局（原文管所）即开始邀请各方面的专家进行合作整理，如其中部分回鹘文和粟特文书的整理成果，出版了《吐鲁番新出摩尼教文献研究》的专著（新疆吐鲁番地区文物局编《吐鲁番新出摩尼教文献研究》，北京：文物出版社，2000 年）。

《吐鲁番柏孜克里克石窟出土汉文佛教典籍》则是其中大量的汉文文书的整理成果，它们由吐鲁番文物局与武汉大学中国三至九世纪研究所合作，对文书进行定名方面的研究。这项定名、录文和整理的工作从 2000 年开始，经过五年多的合作，终于出版。它包括 501 件已经定名的文书，以及 255 件未定名文书，其中可以缀合的文献也被拼合成 61 幅图版，附录在已定名文书之后。

本书虽然以“佛教典籍”命名，其中也包括了少量的非佛教断片，如 80TB1：001a 号是一件东汉荀悦撰《前汉纪》残卷，存《孝武皇帝纪》4 行，书法古拙，隶意浓厚，可订为晋写本。还有少量道教的典籍，如《通玄真经》卷三《九守篇》、《云笈七签》卷九一《七部名数要记部》等，为道教在吐鲁番的影响留下了实证。

四、吐鲁番文献整理与出版的新起点

在新的文献提供给我们从吐鲁番认识历史与文明的同时，新出版的《吐鲁番柏孜克里克石窟出土汉文佛教典籍》和《新获吐鲁番出土文献》在某种程度上也体现了新世纪里文献整理与出版的新起点。

过去的吐鲁番文书分散在世界各地；即使在 1959 — 1975 年间出土的大量文书，也因为吐鲁番本地的保护能力不足，而归藏新疆博物馆，并由国家文物局负责文书的整理与研究。而自 1978 年吐鲁番地区文物管理所成立以来，即开始了吐鲁番地方承担起吐鲁番文物的保护和管理工作。此后随着吐鲁番地区博物馆的建立和地区文物局的成立，特别是新世纪以来吐鲁番学研究院的创立，出现了由吐鲁番地方领头、联合世界各地吐鲁番学研究者振兴吐鲁番学研究的新趋向。新出二书正是这一研究趋势的重要标志。

吐鲁番学研究院在培养自己的研究人员的同时，在刚刚开始主持的文书整理工作中，即高瞻远瞩，接轨世界学术的潮流而多方寻求合作。“吐鲁番柏孜克里克出土文书整理小组”和“新获吐鲁番出土文献整理小组”都是这样一种开放的组合方式，从而保证了文书整理工作的上乘质量与高效出版。整理小组在前人的整理模式中吸取经验，一边研究（“新获吐鲁番出土文献整理小组”先后在《文物》2007 年第 2 期、《光明日报》2007 年 3 月 19 日第 9 版“史学”、《历史研究》2007 年第 2 期、《敦煌吐鲁番研究》第 10 卷、《中华文史论丛》2007 年第 4 辑、《西域文史》第 2 辑、《西域历史语言研究集刊》第 1 辑、《西域研究》2008 年第 1 期、《西域历史语言研究集刊》第 2 辑等报刊发表研究论文专辑），一边整理；特别在世俗文书的整理上，克服了写本文书大量的简化字、不规范字和草书体等所造成的巨大障碍，成功地完成了残缺文书的缀合、定名、录文等工作。而二书的出版，也首次在写本文书中采用了全面的彩版印刷（《吐鲁番柏孜克里克石窟出土汉文佛教典籍》仅对部分未定名残片采用了黑白照片），为研究者提供了更为接近于文献原貌的清晰图版。在保证高质量的同时，其出版的速度，在敦煌、吐鲁番文献的历史中也是史无前例的。

无论从内容到形式，《吐鲁番柏孜克里克石窟出土汉文佛教典籍》和《新获吐鲁番出土文献》都必将成为吐鲁番文献新的起点，而为历史与文明的学术新潮流开辟新的空间。

新疆维吾尔自治区吐鲁番学研究院、武汉大学中国三至九世纪研究所编著《吐鲁番柏孜克里克石窟出土汉文佛教典籍》，北京：文物出版社，2007年；

荣新江、李肖、孟宪实主编《新获吐鲁番出土文献》，北京：中华书局，2008年。

2008年9月15日，乌鲁木齐云鹿居

原载《历史文献研究》总第28辑，上海：华东师范大学出版社，2009年，60-65页

第三辑　古典文学书评

学术性与知识性兼备的文学工具书

——《李白大辞典》书评

诗人李白与孔子、毛泽东一起，在时下辞书编纂的热潮中，成为最早一批以个人姓名独立成册的辞典，无疑是一个人们始料不及而又意味深长的文化现象。

李白的诗歌以长风万里的飘逸雄浑之势，表达了时代乐观向上的创造精神与不满封建秩序的潜在力量，抒写出“盛唐气象”的最强音。千百年来，他诗酒逍遥的传奇，家喻户晓；惊天动地的诗章，光焰万丈。作为一个天才的诗人，他的诗名还远渡重洋，流芳海外。非惟如此，他的名字已超逸诗界的传播而凝聚成一种包含着敏捷、智慧、浪漫、自由和强烈生命意识的文化精神，推动着历史的进程，昭示着文明的未来。也许正是基于以上这种由文学而文化的深层意蕴，《李白大辞典》的出版不是一个偶然的现象（图 1），而是李白文化在当代的延衍，是对一千多年来李白文化价值的一次学术总结和资料集成，它顺应了

图 1 《李白大辞典》书影

我们这个以诗国著称于世的国度中人们的时代需求。

《李白大辞典》是海内外第一部关于李白的大型专科辞书，是广西教育出版社推出的“中国文学家大辞典”系列的第一种。全书共计100余万字，内容分正编和附录两大部分。正编包括生平、作品提要、交游、地名、版本、研究著作、研究学者、海外研究、胜迹、名篇鉴赏10大类。附录包括李白年表、李白作品、李白研究资料索引3种。目录按李白研究的特点分类编排，列有全部词条的分类目录，书末有全部辞条的笔画索引，检索方便，为读者提供了完整的李白学信息，反映了李白研究的历史线索和内在逻辑，对一千多年来的李白研究作了梳理总结，融知识性、学术性、资料性于一体，“既为李白的爱好者提供有关李白的各种基本知识，也为李白研究工作者提供查稽资料的方便，并可从中得到进一步探索的启示”（《李白大辞典前言》）。

作为文学研究和辞书编纂的一种新尝试，《李白大辞典》至少反映了以下三个方面值得借鉴的特点。

一、研究成果的翔实可信与广采博收

《李白大辞典》的编撰原则是既要给喜爱李白及其作品的人提供一部收罗详备的工具书，同时也给研究李白的学者提供一座内容丰富足资参考的资料库。因此，广泛收集前人的研究成果并及时地反映出今人研究的最新动态，才是做到学术性与知识性兼备的重要保证。本辞典的编撰是以信实可靠而收罗宏富的学术品位达到了李白研究里程碑式的目的。

辞典由著名的李白研究专家郁贤皓教授主编，参与撰写者多为在当代李白研究中有所发明的学者，许多资深的研究者在李白生平的索隐与作品的整理方面著述颇丰，这就使得辞条的撰写以谨严见长，并能将李白学界各方面的最新成果反映出来，使《李白大辞典》代表了当今李白研究的总体水平。

如在有关李白生平的辞条中，在学术界出现的任何观点都被丝毫不漏地提供给读者，使读者从中了解李白的经历并由各种新说中得到启迪。像李白出生地的说法，辞条列出了西域、中亚碎叶、条支、焉耆碎叶、蜀中、长安等六种说法，堪称全面；而撰稿者对于碎叶地望的各种观点也不遗漏，即使是孤证的“碎叶为哈密三堡”说，也被列入了“生于中亚碎叶”条中以备参考。作品的理解同样也众说兼备，如《蜀道难》的主题，在“作品提要”与“名篇鉴赏”中，撰稿人除了提出自己合理的诠解外，同时也将学界由古及今的各种观点均予胪列。这如果没有对于李白研究动态长期的关注与精深的识力，是断难做到的。又如有关李白生死行经的“地名”、“胜迹”辞条，多由当地专家结合文献记载与亲历其地的考察经验进行撰写；李白研究的期刊与文献则由参与其事及专门的资料采集人员分担，都表现出博采众长、集思广益的特点，保证了辞条的专业水准。

尤其值得注意的是，李白研究与许多中国学的学科项目一样，已成为世界范围的显学。因而，与前此出现在工具书行列的诸多中国文学研究辞典不同，《李白大辞典》的编撰增加了海外学者的参与。“海外研究”栏目的开辟使中国台湾、中国香港、日本、欧美有关李白研究的学者及其论著同样得到介绍和总结，使李白影响的国际性得到充分展现；同时，海外学者李白研究的课题与方法，无疑也给予大陆学者的研究与广大读者的理解带来了他山之石的功效。这种跨洋的合作在《李白大辞典》中的表现，应该是为将来国际性学科研究的辞书编纂获得真正意义的“广泛全面性”提供了成功的经验。

二、基本资料的包罗宏富与井然有序

《李白大辞典》作为具有知识性的资料库，从分类到辞条设置都体现了系统而丰富的特点。辞典的思路主要是围绕着李白生平和作品两大系统设计。李白生平的资料，正文部分从“生平”、“交游”、“胜迹”三方面着重条分缕析这位身世扑朔迷离、行踪迁转不定的浪漫诗人一生事迹的纷纭众说，使每一处疑问和要点都能得到深入的答复；

而附录部分的“年表”则以时代为经、社会背景作纬，对李白一生进行了有序的系统记录。

在李白作品的资料表述上，正文部分的“作品提要”、“地名”、“版本”是对李白文集及全部作品的概述及涉及作品理解的地名之重点解释；“名篇鉴赏”则着重于佳作的精微导读。附录部分的“作品”，简体横排了日本静嘉堂文库藏北宋蜀刻本《李太白文集》并附补遗，为读者提供了一个迄今为止流传最早的李白作品的重要文本。

包罗宏富的特点应该说在“交游”、“地名”的分类中表现得格外突出。对于李白生平及作品的理解，《李白大辞典》没有像以往某些专科工具书那样拼凑，抄录来自《辞海》、《辞源》等的常见典故、语词作为内容丰富的表征，以邀博大之虚名，而是对那些在普通工具书中难以全面查检却又影响李白研究的人名、地名进行了细致的考订，总结归纳了李白研究界的学术成果，它不仅有裨于深入理解李白的作品，而且通过这些交游、地理名词的沟通，将李白还原到唐代社会的人际交往与漫游路途中，无疑对于李白生平、思想及作品等的多角度理解提供了坚实可信的基础，从中可窥见近二十余年来李白研究的最新学术进展。如关于宋之悌的考证，搞清了宋之悌乃著名诗人宋之问之弟，至德二载（757）营救李白出浔阳狱的御史中丞宋若思之父，搞清了李白五律《江夏别宋之悌》诗的系年，从而对长期以来的错误解释进行了纠正。其他如对张垍、玉真公主、崔成甫、卢象等李白重要交游的考证，都是李白研究在当代的重要收获。

此外，辞典中正文部分的“研究著作”、“研究学者”、“海外研究”与附录部分的“李白研究资料索引”，虽是从研究角度出发，但也是围绕着生平、作品二者兼顾的系统编撰，它们为读者由阅读而进入研究的层次提供了更深一层的“基本资料”。

三、作品导读的生动经典与新颖多样

诗人之为诗人，最关键的还在于其作品展示出来的无穷魅力。《李白大辞典》在李白诗文的辞条编撰中，可谓匠心独运。首先是在类别的设立上，体现出多步骤与多角度的特点。“作品提要”对属名李白的1000多首诗歌与60余篇文章一一作出了主旨、艺术的经典性提要，其中对于作品的写作背景、年代、典象，甚至作品的辨伪工作，也都有简明扼要的诠释。“交游”与“地名”的设立，已如前所述，包罗了李白作品中对于主旨理解起到关键性作用的人名和地名；辞条的撰写将每一人名或地名所出现的作品题目及词句列入，这就使得读者可以了解所列作品间的有机联系，以及李白的游踪与生活背景。每一篇作品便在辞典编织的人名、地名网络中具有了横向的关联，从而立体化起来。

在上述的基础上，《李白大辞典》又吸收了近年多种文学鉴赏辞典的优长，列出“名篇鉴赏”的专栏，对120篇流传广泛的李白诗文名作进行了趣味盎然的鉴赏。与其他栏目谨严审慎的文笔不同，鉴赏文字熔铸了专家、学者们浸淫多年的会心，每一篇风格独特的导读都对太白诗心作出了睿智中肯的赏评，从而复活了诗仙的精魂。读者由此举一反三，便不难窥测到所有作品的总体风貌及各自特色。

还值得引起注意的是附录中的“李白研究资料索引”，编制者没有依年代顺序作机械的抄录，而是分成8大类别进行有意识的著录。其中“作品研究”一类，又分为“分类作品研究”、“具体作品研究”两个部分，在前者中归划出“抒情”、“写景”、“状物”、“言事”、“咏人”、“地域”，在后者中分列“古体”、“乐府”、“近体”、“文赋”、“散论”，使读者在经典性的作品提要、名篇鉴赏后，仍可以按图索骥，找寻到学术界研究的各个专题，进行更深入的研读。

总之，《李白大辞典》这种以个人称名的工具书创格，不仅反映出我们这个时代对于诗神的呼唤，而且其编撰的创格也为中国文学的研究提供了新的范式。

当然，作为一种开创性的辞书，《李白大辞典》也表现出一些缺失。如正文的“海外研究”与附录的“李白研究资料索引”在“海外”的理解上含义不一，前者将港、台包含其中，而后者却将港、台与大陆的研究资料归结在一起，造成了分类的混乱。又有个别托名李白的伪作，在“作品提要”中未能注明，如《北斗延生经注解序》(第184、742页)，根据《道藏》本《北斗延生经注解》的称玄武为真武而又不避宋讳，可知注解为元明道士的伪托，而不可能由李白在唐代先期作序。此外，辞典精校之后，仍有一些错讹，如“元年”误作“无年”(第10页)、“子房”误作“于房”(第792页)、“平冈武夫”误作“冈武夫”(第809页)等。凡此种种小疵，还有待于重印时作出纠正，使辞典精益求精。

郁贤皓主编《李白大辞典》，南宁：广西教育出版社，1995年。

原载《唐代文学研究年鉴》1995-1996年合辑，桂林：广西师范大学出版社，1997年，283-288页

文学史教科书的新典范

——聂石樵《先秦两汉魏晋南北朝文学史》书评

新中国成立以来的文学史研究可谓一波三折。现实政治的干预，庸俗社会学观念的干扰，以及各种理论模式的生搬硬套，使之在很长一段时间内，在物态化表现的文学史著作上，悖离了人文学科的科学规范而游移反复、动摇不定。如何准确反映中国文学发展的客观实际，揭示其独特的审美价值，仍是文学史撰述思索的焦点。聂石樵教授长期在高校从事中国文学史的教学与研究工作，日将月就，辛勤的探索几与新中国同龄。对于半个世纪以来中国文学史研究观念的反反复复，可以说深味甘苦。新近出版的《先秦两汉魏晋南北朝文学史》（图 1），正是其积数十年之功、在近二十年来的不断反思下独立完成的一部断代文学史巨著。基于这样一种社会与个人的研究背景，本书成为新的时代里关于中国文学史研究具有鲜明风格的代表性作品，其方法论的意义与文学史的新见都是值得关注的。

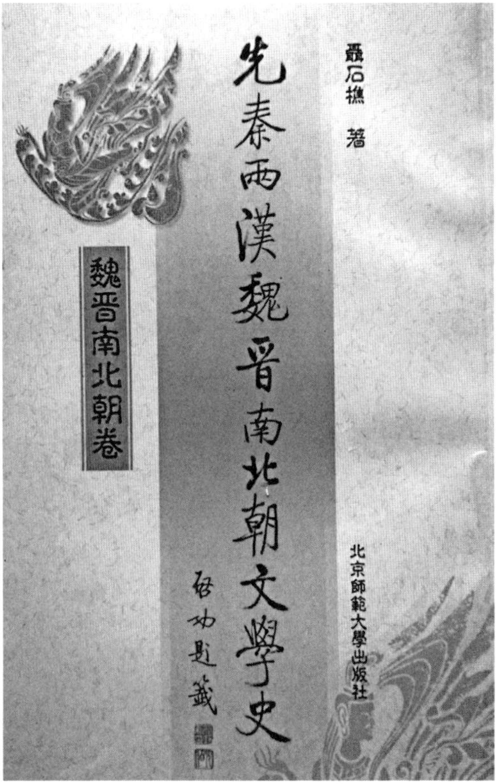

图 1 《先秦两汉魏晋南北朝文学史》书影

一

本书共分3卷，大体按中国历史发展的时段论述唐代以前文学演进的历程。作者在每一时段的文学史叙述方式上，首先考察此期社会政治、经济、文化状况，从而对影响文学创作主体的时代背景作出总体的概括。然后以较多的篇幅，根据中国文学发展的实际，分辟散文、韵文两大部分，介绍各自发展的脉络；而在韵、散两大部分及其生成的具体文体叙述上，作者又总是先胪列出宏富的历史文献资料，然后作出准确而中肯的论断。清晰的历史意识与文体意识构成其文学史研究的坐标。

作者认为，“文学是社会生活和历史时代之反映”（魏晋南北朝卷跋语），因此其文学史基本按历史的顺序展开，但又不做机械的朝代更换。这在魏晋南北朝卷的时段划分上得到体现，作者将汉末纳入到本卷的叙述中，因为在他看来，“汉末迄南北朝约四百年之历史，时间很长，然就其社会政治、经济结构看，基本上是一个体系，即封建门阀士族制度占支配地位。……在此基础上形成之文学，也是一个系统。”（魏晋南北朝卷第1页）在这样一个较长时段的文学演变过程中，作者又将南北朝文学从魏晋系统中区分出来，把从刘宋到隋的阶段概括为六朝文学，这也是不同于传统分段之处，其立足点，同样出自其卓越的史识：“一般治文学史者，往往将六朝文学置于建安至两晋这一系统之中，并将隋代文学归属于唐代系统，这是不正确的。案刘宋时期，就历史范畴讲，已属六朝，就文学范畴讲，则是六朝文学之开端，文学至宋风气为之一变。这与当时之社会环境密切相关。”（魏晋南北朝卷第112页）“（秦与隋的文学）与其在历史上有重要贡献不同，在文学上却没有什么创造。秦朝文学是战国文学之遗响、战国文学之附庸，隋朝文学则主要是南朝文学之因袭、南朝文学之余风。文学的发展与历史并不是平衡的。”（魏晋南北朝卷第345页）这一时段中汉末之下就与隋朝之上承，堪称是基于社会最本质结构的划分，无疑更接近文学发展的真实情况。同样，在叙述中国文学萌生、起源期的上古、先秦阶段，作者并不像以往众多文学史专著那样，大而化之地归并带过，而是清晰地分作上古、夏、商、西周、东周、战国至秦等章节，借重考古材料与历史学的科学观念，一一判别其社会体制的变迁、思想体系的演变，从而将中国文学独特的“萌生之迹”与观念形成阐述得分外缜密合理。

历史意识的坐标线还表现在“以史证诗”方法的贯穿上。作家、作品在文学史论述中的地位与比例经常是撰述者处理的难点。本书则以历史的价值观念对作家、作品进行定位，“采取以史证诗之方法，用历史事实和文化背景阐释各代诗歌和其它类型作品之内容。”（魏晋南北朝卷跋语）这显然最为符合中国文学与政治密切关联的特点，尤其在文学作为其他学科的附庸、杂型文学特征明显的隋唐以前，便使作家的文学史意义和文学作品的内涵得到深刻、丰富的展现。同时，这一方法的具体运用，又使文学作品的分析求精求透，解决了其文学史承担与文学价值体现的矛盾。如在“商代之散文”一节中，作者重点考订《盘庚》“是最古老最可靠为殷人的作品”，分析其三篇的内容，并引上篇原文进行讲解，最后给予文学史意义的结论：“这是我国最早的记言文，是记言文之祖，对后代文学影响很大，唐代古文运动所倡导的散文，其形成最早即渊源于此。”（先秦卷第 35、36 页）微观的文学价值剖析与宏观的文学史意义揭示相结合，使得整部文学史既有血有肉，又融会贯通，自是成功的方法论创获。

文体意识成为本书的另一条坐标线。文学最终是要通过作品的形式来体现与被接受的，因此本书遵循“辨章学术，考镜源流”之修史原则，重视文学源流的探讨，对各种文学体裁的产生、发展、演变，都认真进行考察。从上古之文仅分散、韵两类，到六朝时期发展为诗、乐府、赋、骈文、散文五类，作者均分立章节进行明辨。在同一时段内，作者对每一种文体都予以文献资料的排列，再做出自我的论述，给予总体的勾勒；然后将彼一时期的作家安排在文体发展的时序中进行分析。这样的安排，既避免了因以作家为主而带来的散乱无章，同时又不掩作家本身在文学史上闪烁的亮点；而文体，在作家群体合力下演示的文学轨迹，也更为明晰。作者关于文体的总论性章节如“楚辞之定义与渊源”、“赋之定义与渊源”（见先秦卷）、“赋之流变”、“五言、七言诗之起源”（见两汉卷）、“律诗之形成”、“宫体诗之产生”（见魏晋南北朝卷）等，无疑都构成了文体学意义的经典叙述。在不同的时段，作者以钩连之法，提示前后文体的关系，如论述商代散文时，即提示唐代古文运动的渊源所自（见上文论述）；介绍《汉书》，则比较与《史记》的因革（两汉卷第 330 至 336 页）；而在魏晋南北朝卷中出现的大量被其他文学史专著所忽略的小作家，如庾阐、李颙、殷仲文、谢混之于山水诗创作（第 107 至 112 页），王微、裴子野、姚察之于古文运动（第 435 至 438 页）等不胜枚举的例子，也因承担了文体嬗变的过程，均被赋予了上下钩连的文学史叙述权利。这一切，都使文学的断代论述具有了通史的识见。

二

资料与裁断的并重也构成本书的重要特征。在编著观念上，作者坚持实证的风格，重史实、重证据，通过大量文学史料的排比与作品的分析，描述每一阶段文学最接近实际的存在。作者似乎并不满足于如以往文学史著作那样，仅以材料为说明问题的过程。而是花费很大气力做原始资料的钩沉、考订，如先秦卷“上古传疑之文学”、“夏代传说之文学”等章中对几乎每一篇涉及文学起源的作品考证，两汉卷“汉诗辨伪”对关乎五、七言诗起源作品的专门论辨，魏晋南北朝卷对王粲《从军行》五首用整 10 页的篇幅钩稽史实、诠解典故以揭示其为“战乱时代的缩影”的细读等；并且注意吸收学术界的最新成果，如今人文学史论的见解、考古学界的文物发现等，都给予了较多的利用。因此宏富的材料在其精深识力的编排下，为每一个阶段的文学史提供了丰富、真实的资料长编。正是这一历史文献资料的排比整理，使其篇幅远远超过通常文学史著作的容量，也创下了个人撰述断代文学史的记录。文献的胪列整理，是论述问题的基础，但在文学史著述中的出现，也通过历史本身的说服力揭示了文学史的原生态，富有理性识见而不强为主观。这就使得本书既有强烈的个人风格，又具备客观呈现的状态，给读者留下了进一步认识文学史的空间。

不仅如此，作者在拥有大量史料下作出的裁断更使本书超越资料奉献的功德，为读者把握文学史现象提供了理论的视野和阐释的金针。在本书中，即使是学术界的通识，作者亦必从第一手的资料入手，经过自己的分析、考察，作出令人信服的结论；而由于资料掌握得全面，作者便常有超越他人的新见。如分析商代社会重鬼神而轻人事的时代意识，从而产生巫觋文学的特征（先秦卷第 32 至 35 页）；周代则由经济制度的改变造成敬天保民观念、文学因此向现实人生倾斜的特征（先秦卷第 54 至 56 页）。

读者据此便不难推论中国文学思想体系的最终形成是如何取舍有自的；而且这种由社会意识而文学创作的关系论证，鞭辟入里，改变了以往某些文学史著作在社会背景叙述上强为牵扯、缺乏关联的弊病。又如《老子》，其思想史、文学史的价值亦是人所共道，作者的著述则标以“老子之韵文”（先秦卷第 323 至 337 页），褒扬其道家思想对文学精神影响的同时，突出介绍其韵语谣讴在诸子散文中的形式特征，颇中肯綮。如六朝时期重要的“文笔之辩”，是治中国文学史者人所共知的常识，作者则由此出发，列举丰富的文论资料，提出“文”、“笔”之外，更有“言”之一类，从而更为准确地涵盖了当时的文体以及文学认识观念（魏晋南北朝卷第 20 至 24 页）。又如对齐梁宫体诗的评价问题，前人的褒贬往往相差甚大。作者分析其发展过程，认为这是一种贯穿整个刘宋到隋朝的淫靡诗体，地域经济的发达和宫廷享乐之风的影响，使之成为“特定时代环境之必然产物”，从而对宫体诗的历史时限与产生原因做出了中肯的论断；又通过此期各阶段具体作家作品的分析，对宫体诗的内容狭窄做出了批判，但在写作技巧上肯定其有所开拓，如对宫体诗的代表陈后主这样评价道：“他的创作虽然写的是腐朽的宫廷生活，但其描写手法之细腻，运用对偶、格律之圆熟，特别是把音乐与词曲结合起来，这对诗歌发展所起的作用，是不能忽视的。大凡一种文学合于音乐，就发展，否则就停滞。陈后主能把诗歌与音乐结合起来，就推动了诗歌之发展，这便是他在文学史上的地位。”（魏晋南北朝卷第153至169页）这种还其历史真相，客观平心的评价显然是符合文学史实际的公允之论。卓越的裁断（或曰“史识”）正是作者得以在本书中正确总结一个时代文学兴衰的原因。

三

以上从两个角度分析聂石樵教授文学史新著的特色，其在文学史撰述上方法论的意义是很明显的。无疑，本书的编排体现了文学史教科书的传统特征。自1904年夏曾佑编写的中国史第一次采用西方章节型著述以来，高校教材往往都袭取这一明晰、系统的撰述形式，但陈陈相因、毫无创意的泛滥，也使“教科书”一词几近贬义。而我们要揭示的却是作者几十年的教学经验导致本书文学史研究在叙述上的优长。教学需要清晰的思路，于是便有历史与文体承担起纵横的框架，容纳各个时代无数作家作品的文学表现；教学也需要举一反三的引导，于是资料的编排与裁断的努力给予读者登堂与深入的津梁；教学更需要透析的讲解，其在作品安排上便紧扣时代与社会的脉搏，通过精选与精讲完成了文学史现象的具体演示。这种种特色，都可见出作者对文学史叙述力求清晰准确、通贯照应而有说服力的教学思路。在明晰的框架下，作者又力避教科书遭遇诟病的随人短长、人云亦云之庸常，以研究的深度为本书提神，并使其在普通教科书的意义上具有了鲜明的个人撰述风格。教学规范与研究深度的兼顾成为本书在教科书形式上的创新之处。

我们不缺乏滞后于时代研究的四平八稳、陈词滥调式的文学史教科书，也不缺乏超越于时代的文学史专题研究。但如何使研究的新见转化为风格独特的文学史教科书，使之承担起一个崭新学术时代的创造成果，聂著正是这一文学史著述的时代要求下成功的典范。

上述特征构成聂石樵教授文学史研究独特的著述体系和学院风范，也体现出北京师范大学人文学科一贯的理性风格。而自陈垣、鲁迅等学者以来便形成的学术通史修养也是北师大文科教师普遍的风尚。聂石樵教授前此除了在《史记》、楚辞方面出版过专著外，同样在魏晋以后的唐诗、元杂剧、《聊斋志异》、《红楼梦》等研究领域别有会心而论著斐然。他的文学史通识已然在这部《先秦两汉魏晋南北朝文学史》中得到体现，我们期待着作者在魏晋以后文学史研究方面断代文学史著作的出现。

聂石樵著《先秦两汉魏晋南北朝文学史》，北京：北京师范大学出版社，1999年。

原载《书品》2000年第5期，14-18、24页

根柢与裁断并重的文学史

——聂石樵《唐代文学史》读书报告

一、“重写文学史”热潮中的《唐代文学史》

聂石樵先生的《先秦两汉魏晋南北朝文学史》(北京：北京师范大学出版社，1999 年)出版后，笔者曾经发表书评(参本书上一篇)。在文章的结尾，殷切地期盼：“聂石樵教授前此除了在《史记》、楚辞方面出版过专著外，同样在魏晋以后的唐诗、元杂剧、《聊斋志异》、《红楼梦》等研究领域别有会心而论著斐然。他的文学史通识已然在这部《先秦两汉魏晋南北朝文学史》中得到体现，我们期待着作者在魏晋以后文学史研究方面断代文学史著作的出现。”相隔两年以后，他的《唐代文学史》问世(图 1)，这不能不说是一份重要的成果。而在该书出版以来，迄今尚未见更新版的唐代文学史问世。这一短暂的消歇，使聂著成为 20 世纪八十年代末以来轰轰烈烈的“重写文学史”

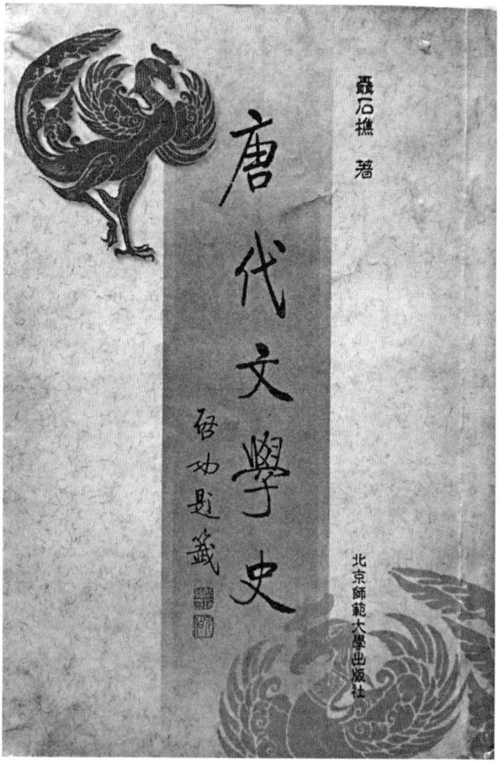

图 1　《唐代文学史》书影

热潮中唐代文学史著述非常有趣的句号。

“重写文学史”是由“二十世纪中国文学”概念的提出而引发的全方位审视传统文学史写作的重要思潮，倡导者主张“对传统文学史在过于政治化的学术框架下形成的既定结论重新评价”（陈思和《中国现代文学展望》，作者著《谈虎谈兔》，桂林：广西师范大学出版社，2001 年），以观念的更新来“改变这门学科原有的性质，使之从从属于整个革命史传统教育的状态下摆脱出来，成为一门独立的审美的文学史。”（陈思和、王晓明“重写文学史”专栏“主持人语”，《上海文论》1988 年 4 期。详细论述参曹顺庆、童真《重谈“重写中国文学史”》，《西南民族大学学报》2004 年 1 期）。

正如不必认为这一发生在中国的“重写文学史”是美国文学界 20 世纪八十年代初“重写文学史”的西潮东渐一样，我们也不必认为这一主要发生在现当代文学领域的学术热潮真的催生了中国古代文学史的重写。但在世纪前后，又确实涌现了不少中国文学史的新著；在断代文学史的行列，号称古代文学“半壁江山”的唐代领域更是不乏其例（参董乃斌《唐代文学史的编撰：历史与现状》的举例，《学术研究》2001 年 3 期）。聂石樵先生的《唐代文学史》虽然也是在这个热潮的阶段里出版，但我相信，作者绝对不会去关心这个热潮，也无意成为任何思潮的迎合者；在《唐代文学史》的自序中，他甚至认为自己“撰写文学史与专门从事文学评论者撰写文学史不同”。不过，他的《唐代文学史》又与这一“重写”中提出的不再以庸俗社会学的政治观念作为撰写的背景话语、改变集体写作的模式而力求呈现叙述的个性，突现“个人主体”、“普遍人性”和“审美维度”等等不谋而合。聂著《唐代文学史》表现出写作实际与当下理论思潮的符合若契，只能说明“重写文学史”确实成了中国学术的时代必然和文学史研究者的殊途同归。

其实，如果一定要用“重写文学史”这样的观念来约定聂石樵先生的文学史写作的话，那么这一观念早在热潮之前的1978年就已经在作为中国文学史教学、研究者的聂石樵教授心中萌生并付诸实现。在聂先生最早于1994年出版的《先秦两汉文学史稿·先秦卷》自序中，即表达了这样的思想：“这部断代文学史，是在对过去比较长期的中国文学史教学的认识的基础上写成的。我讲授中国文学史始于1954年，……经过各种风风雨雨，政治形势的变幻，自然引起课程内容的相应的变化，以符合一定时期思想斗争的需要。”“文化大革命结束之后，……在新的形势下，我也对自己讲授中国文学史的历史进行反思，清理检校之间，有不胜愧悔之感，数十年的文学史教学，并未真正贯彻唯物史观。”“1978年，我承担了部分培养研究生的工作，……我重新认识到评述古代文学只能实事求是，一切从文学史的客观实际出发，……伴随着研究生的培养工作，逐年编写，……我是力图通过具体历史事实的叙述、引证、分析对文学史现象作唯物史观的评价。我的主观愿望是搜览资料务求翔实，铨评史事务求确当，祛臧否褊私之见，存文学史实之真。”以上的指导思想在其后的几部断代文学史中都一以贯之，并在《唐代文学史》自序中重申：“其间自然渗透有自己的治学经验和心路历程。”所以要讨论“重写文学史”观念的自觉，20世纪九十年代以来以聂先生为代表的文学史著作撰写者，应该都在被考虑的范围之内。

在新观念指导下的聂著《唐代文学史》，又有怎样的个性特征可以成为“重写文学史”实践的典型呢？我想，这部“在指导思想、编写原则、体例诸方面”与其《先秦两汉魏晋南北朝文学史》“完全一致”的著作，除了具有笔者在前此书评中列叙之优胜外，以下的三个方面更是值得我们在阅读中引起特别注意者。

二、有意突出的教科书性质

“文学史教科书的新典范”是笔者为聂著《先秦两汉魏晋南北朝文学史》写作书评的题目。笔者认为，在章节体的教科书因为陈陈相因而几近贬义时，聂先生的文学史著作则“力避教科书遭遇诟病的随人短长、人云亦云之庸常，以研究的深度为本书提神，并使其在普通教科书的意义上具有了鲜明的个人撰述风格。教学规范与研究深度的兼顾成为本书在教科书形式上的创新之处”。这样的典范性用于新出的《唐代文学史》，也是完全合适的。

在《先秦两汉文学史稿·先秦卷》的自序中，聂石樵先生完全不回避其学术研究得益于教学相长的经验，表明其文学史“是在对过去比较长期的中国文学史教学的认识的基础上写成的”。到了《唐代文学史》的写作，则在自序中更明确地解释了自己文学史的特点，那就是“由于长期教学工作形成之习惯，多着眼于学生的接受能力和效果，对作家、作品及文学史之史实、现象，重视从具体分析出发，再加以综合论述，得出恰当的评价，使学生在具有感性知识的基础上，达到理性之认识”。

这本《唐代文学史》的教科书特点，不仅仅是形式上分章分节的条贯继承，更重要的是对作品赏析与文学史论的完美结合。通过作品与文学现象的细致分析，以及简洁的理论总结，使其文学史的意义得以彰显。

如作者在分析“初唐四杰”的诗歌时（18—25 页），指出他们在体制上“显示了在新体制作方面之功力”，详细的论证则主要是通过对其诗歌的分析来达到。这些作品并不完全符合以往选本的名篇，而是以其作为律诗兴起的例证作用——也即其在文学史发展过程中的价值来进行衡量。具体到作品的分析时，作者又发挥了其教学的特长，通过串讲方式中的背景介绍、词语考释与章法分析，使得每一篇作品的字句，都落到实处。如讲解杨炯的《从军行》，作者肯定其作为初唐律体的形制，然后引用《旧唐书》所载高宗年间唐军与突厥的战争印证诗歌创作的背景，继而逐句解读每联的词义与修辞性，举凡“玉京”、“牙璋”、“凤阙”、“龙城”、“百夫长”等等词语，都给予了本义与修辞义的准确解释（21 页）。又如分析李白的《古风五十九首》，作者列举四篇以概其余，重点突出其作为政治抒情之作的时代背景和社会风情。如其中“大车扬飞尘”一篇，就以较多的篇幅列举开元、天宝之际宦官专权、斗鸡盛行的情景（84—86 页），为李白的不平之气寻找到了现实的依据。

从作者的分析中可以看到，《唐代文学史》显然坚持了其历史学的唯物史观，贯彻了他“采取以史证诗之方法，用历史事实和文化背景阐释各代诗歌和其它类型作品之内容”（魏晋南北朝卷跋语）的治学宗旨。这一点无疑符合中国文学杂型的演变发展规律以及反映现实政治的特征，其社会与文化背景的介绍也是对进入作品的传统鉴赏渠道的发扬光大。如果我们将《唐代文学史》中有关文学作品的解释集中起来阅读的话，不啻一部唐代文学作品的题解、注释选集。这些都是大部分的文学史著作惜墨如金的地方，而本书却不吝辞费，在文学史理性的经纬编织中，使这些作品体现出唐人在中国文学中的重要贡献，从而完成了文学史体现文学发展历程的功能。读者对于作品的文学史理解能力也能够得以举一反三，得到真正的提高。更重要的是，从教学的角度来说，它也非常圆融地解决了以往高校文学史教学中讲解文学史与作品选分合难置的问题。

三、注重文学现象的实际存在

《唐代文学史》的编纂与前此各卷相同，是采用了以文体为框架进行叙述的条例，全书共分七章，在“唐代文学之社会环境”的总体介绍领起全书之后，又以“诗歌”、“赋”、“骈文”、“散文”、“传奇”、“词”为题分列六章，每一章则再据“初、盛、中、晚”的传统分期顺序叙述。以文体分类的叙述条理，是作者文学史教学经验的结晶。它是作者遵循“辨章学术，考镜源流”之修史原则而在文学史领域的具体运用，如笔者前此书评所总结：“这样的安排，既避免了因以作家为主而带来的散乱无章，同时又不掩作家本身在文学史上闪烁的亮点；而文体，在作家群体合力下演示的文学轨迹，也更为明晰。”

在这一作者习用的文体分类原则外，《唐代文学史》还让我们看到另一个可贵的撰述特征，即对于文学现象实际存在的尊重。

尊重文学现象实际存在的典型例子是六章中的赋与骈文。唐代文学史在广义散文中的一个重要亮点，是“古文运动”，因此一直延续到“重写文学史”阶段出现的一些唐代文学史编纂，仍然是由韩柳散文的评述一枝独秀；对于传统的赋体与骈文，则被放置在“古文运动”的对立面上一笔带过。但是唐代文学的实际，却是赋体律化为新型的唐赋，成为上行下效的通行文体和进士考试的重要内容；骈文则正式形成四六的体式，宜于抒情又无施不可，奏议、议论、叙事，种种应用文字无不骈俪为之。因此聂先生在《唐代文学史》中大声呼吁“不可以骈散论优劣”（360页），并以单独的章节为唐代赋与骈文的发展确立地位。他强调：“唐代之赋包括文赋、骚赋、俳赋、律赋四种体式，文赋、骚赋、俳赋是沿袭前代人之创作而有所变化和创新，律赋则是形成并定型于唐代的赋，是真正的唐赋。”（279页）“骈文起于西汉，形成于东汉，至魏晋已臻于成熟并发达起来。刘宋则偏重辞采，句必偶对，言必用事，惟形式之美是求。齐、梁永明体刻意求工，精心藻饰，遂开四六文之门径。梁、陈时徐、庾精于裁对，谐于声律，长于敷藻，已形成原始之四六体。迨至唐代，四六文正式形成，成为当时文坛上重要之文学体裁。”（392页）

在以上提纲挈领的文学史意义和文体发展规律把握下，作者又不避烦难，列举各期作品，归纳其不同的时代特征，分析其演变过程，如对骈文，最后的总结是：“初唐承六朝余风，雕章琢句，纤丽而流利；盛唐文治武功达到极致，文风趋向儒雅典重，气象雄浑；中唐创为新逸，熔铸声偶之间，色色当行；晚唐英才挺出，以博丽为宗，形成唐文之极轨。”（434 页）——以上文学现象的实际描述，使我们可以得出这样的结论：唐代的律赋和骈文，是汉语的对偶、平仄、声韵、节奏等等特征在散文领域最完美的体现；即使有“古文运动”的反潮流倾向，而唐代以来的古文其实也难脱骈文、律赋多年磨砺而形成的诸多典雅的语言特色；如果没有骈文、律赋的发展，古文的出现也终将是无本之木。这一点，在作者比较唐宋散文的“厚”与“薄”上就有明显的表述（551 页）。

作为以文体分类的文学史，聂著《唐代文学史》稍显遗憾的是关于变文、俗赋这些由于敦煌文书的发现而被广泛讨论的唐代通俗文体，却没有列入其文学史的叙述中。但我想这也有作者的考虑。因为毕竟关于变文、俗赋等讲唱文学作品的讨论迄今尚未定于一尊，作品形式也并不像其他文体那样具有了丰富的可利用资源。这一点，从作者对于文学史研究比较透彻的敦煌曲词已然有所论述中可以得到反证（604-607 页）。因此，这一缺席倒反映出作者“多闻阙疑”的特点。

四、断代而不废通史意识

断代文学史编撰区别于一般文学通史的特点，是比后者具有更强的专业性和学术性，能更多更深地反映文学史专题研究的成果。聂著《唐代文学史》较之一般文学通史中的唐代文学史撰述，在篇幅上有明显的增加。如人民文学出版社 1963 年初版的游国恩等主编《中国文学史》是 21 世纪以前新中国权威的高校文科教材，第二卷为“隋唐五代文学”编，其 2002 年的最新修订版有 188 千字。进入 21 世纪，高等教育出版社 1999 年出版的由袁行霈主编的《中国文学史》以新颖的观念与丰富的成果为基础，是容量最可观的文学史教材，其第二卷包括了“魏晋南北朝文学”与“隋唐五代文学”二编，二者相加，达到了 470 千字。然而，聂著《唐代文学史》仍然以 455 千字的篇幅显示出作为断代文学史在资料数量与叙述翔实方面的优势（作者前此的《魏晋南北朝文学史》也达到了 360 千字）。这一厚重的篇幅，是其几十年来对教学理念与专业研究的不断深入的结晶，其自序中夫子自道著述的过程云：“探求经传史记百家之说，沉潜乎训义，反复乎句读，究研乎事理，而奋发乎文章，数十年如一日，未曾废辍。”这些都使其《唐代文学史》具备了断代史的专业性与学术性要求（断代文学史与文学通史之辩证，可参董乃斌《唐代文学史的编撰：历史与现状》）。

但是，作者在撰写断代的《唐代文学史》之际，又始终以通史的意识贯穿论述、兼顾上下，使得中国文学如长江大河般的发展演变过程在断代之中闪耀着顾盼生辉的流动气势。

《唐代文学史》的通史意识首先表现在对于各种文

体发展的描述上。如作者表彰唐诗“以律诗成就最高，其他各体皆不及”（13 页），但对于这一代表唐诗成就的体式，追述其魏晋以来声律研究的重要性，并且认为它并非像一些文学史所描述的那样在一个时间里形成后就停滞不前，而是根据创作的实际，指出“唐代诗歌主要成就之律体，是在长期实践过程中形成的，并不断发展”（15 页）。又如关于词的起源，更是强调汉代以来音乐的发展对词调的催生（598-601 页），而最后论述的南唐李后主词，则被认为变伶工之词为士大夫之词，“成为五代词成就最高者，并开有宋一代词风”（634 页）。这些概括性的评价，虽如蜻蜓点水，但对于读者进入其他各期的文学史学习，显然是非常重要的暗示与伏笔。

其次，通史意识还表现在对于作家、作品的渊源、影响也多有揭示。如其评论王维山水田园诗的风格，即以比较的方法指出“王维的山水田园诗是对陶渊明和谢灵运创作传统之继承”（46 页）；又如关于崔颢乐府诗《长干曲》的特点，则以为“清新自然，在精神上大类汉代之《子夜歌》、《读曲歌》”（71 页），直接从诗歌的渊源上还原了《长干曲》的民歌影响特点。特别是诸多乐府诗歌，作者均不厌其烦地引征《乐府诗集》等的解题，为理解唐人作品的继承与创新提供文学史的接受背景。同样，对唐代作品的后世传播，作者也往往不忘发挥，在分析之后展示其影响所及。如李商隐，作者认为“其创作标志着唐诗之终结，并开启了宋初的西昆体”（278 页）。尤其在传奇作品的论述中，后世的影响多有标榜。如唐初传奇《补江总白猿传》，以为后世之《陈巡检梅岭失妻记》、《申阳洞记》皆由此而取材演化（564 页）；而《莺莺传》则影响了后世从说唱文学到戏曲、小说各种文体中的《西厢记》系列（580 页）。

此外，这种通史意识还渗透在对作品典实的解说中。如对王维田园诗《渭川田家》中首尾二联，都明确指出化用《诗经》的典故，增强了对诗歌田园归隐情怀的理解（45 页）；刘长卿的《过贾谊宅》则处处以贾谊的贬谪经历解说诗句，为诗歌自伤、伤人的抑郁之气寻找到文本的根源（52—53 页）。而李白的《梦游天姥吟留别》更是通过对《史记》《汉书》《楚辞》《文选》等前人作品中的成语解释李诗的关键词语，展示诗人古体歌吟抒情的不无来历（87—90 页）。因为熟知唐前史事，作者的训释典故总是能够贴切周到，对唐代文学之源流有要言不烦的分解。

通史意识的贯穿对于我们认识唐前文学在此期的传播，以及唐代文学在此后的影响，都具有非常积极的意义。在前后的顾盼之中，不仅增强了读者对唐代文学本身的理解，也增强了对中国文学前后联系的认识。这与西方文论提倡的“互文性”（intertextuality）研究有异曲同工之妙。“互文性”指出：“任何文本都是由引语的镶嵌品构成的，任何文本都是对其他文本的吸收和转化。”（克里斯蒂娃《语言·对话·小说》，转引自李玉平《“影响”研究与“互文性”之比较》，《外国文学研究》2004年第2期，第3页）在本书的通史连贯中，我们也可以认识到唐代文学的文本与其他各期文本之间互为生成的亲密关系。

总之，《唐代文学史》的撰写不故为惊人之语，在平实的叙述中却融汇了作者几十年来的文学史教学、研究与思考，是一部具有突出的个人风格的文学史力著。笔者二十年前拜读熊十力《佛家名相通释》时，因学识所限，几乎难以卒章，但其“撰述大意”中的一句话却铭记至今：“根柢无易其故，裁断必出于已。”这成为以后判别学术著作高下的不二法门。如果以此来权衡聂石樵先生《唐代文学史》的话，我以为那是完全可以当得上根柢与裁断并重的赞誉的。

2006年1月29日，乌鲁木齐云鹿居

聂石樵著《唐代文学史》，北京：北京师范大学出版社，2002年。

原载《书品》2006年第3辑，10—18页

走出章节史的阴影

——《唐五代文学编年史》书评

1904年，夏曾佑的章节体《中国古代史》带来了现代学术史转型的重大形式便利，中国文学研究也在历史主义的影响下袭取了这一明晰、系统的撰述体裁和体例。但作为文学史的载体，章节体仍有许多明而未融、无法接近真实的欠缺之处，如名家名作的按时代先后罗列与线性叙述，难以反映文学活动复杂的流程；作为编著者认定的经典也未必代表一个时段里文学的广泛内容和丰富层面。大部分的章节体文学史是伴随着研究者在高校的教学而流通于读书界的，因此几近贬义的“教科书”称谓，成为近二十年来研究者力图重构文学史而予以摆脱的沉重阴影。

《唐五代文学编年史》（以下简称《编年史》，图1）的出版，无疑是这种思索和努力之下的断代史结晶，在文学史、唐代文学研究，以及文学史料学的整理方面，都具有重要的意义。

图 1 《唐五代文学编年史》书影

意义之一，是本书以较客观的方式，全面体现了唐五代文学活泼的发展流程。

《编年史》借鉴了历史名著《资治通鉴》等的体例，以年、月为单位，将众多作家的活动，包括其仕历、交友、漫游的情况，按序排列，逐月推进。发生在中国广袤地域之内的各种文学现象，从首都长安到岭南、安西，都被并置于历史年经月纬的环境里。这一作家无论大小、从生到死都尽量登场的文学时空，使唐五代文学的总体风貌呼之欲出。古典，正是以这种群体的不可重复的活动得以全面、完整地塑造出来。它消解了名家、名作，承担起文学“史”的叙述功能。

为了使现象的清晰显示与叙述的丰富可信两相关照，《编年史》改进了古典编年史著作的通贯叙述方式，借鉴利用了纲目互见的体例：“先用概括的语句叙述一件事，作为纲；然后引用有关材料，注明出处，表示言必有据，同时还作若干补充，使事件经过有较为丰富的具体内容。”（《编年史》傅璇琮序）这无疑是中国古代成熟的“年谱型”范式运用，而《编年史》可以说正是这样一种汇集了三百六十年文学人物活动的20世纪年谱升级版。

对于五代时期的文学发展，《编年史》也采取了变通的方式，即在一年之中，以北中国的五代与南中国的十国政权行政区为单元，然后按月推进。这不仅可以了解不同区域内的作家活动，也可从更大的范围宏观五代时期文学发展的全局。对于此期文学叙述的终结,《编年史》也未以通常的960年北宋建立为限，而是延伸至978年十国之中最后的吴越献土为止。——对北宋建立之后南中国割据状态下的文学编年，完整了唐五代的时段性。

意义之二，是本书体现了编著者建立在文化视野中的文学整体观。

近二十年来“重写文学史”口号表达的不仅是一种形式载体的重构，更重要的是一种观念更新的焦虑。《编年史》的成功，首先得益于一种成熟的文学观念。这种观念，可以从本书主编傅璇琮先生的表述中窥豹一斑。

傅先生的文学编年史构想，形成于60年代初。受到丹纳《艺术哲学》的启发:“觉得研究文学应当从文学艺术的整体出发，这所谓整体，包括文学作为独立的实体存在，还应包括不同流派、不同地区互相排斥而又互相渗透的作家群，以及作家所受社会生活和时代思潮的影响。这牵涉到总的研究观念的改变，……我觉得文学编年史将会较好地解决研究整体的问题。”(《〈唐代诗人丛考〉余论》,载《书品》1986年第4期)这样的观念在他后来的著作中多次提及并完善。

正因“文学编年史将对整体研究起一种流动观照和综合思考的作用”(《编年史》傅序),《编年史》使历史之流上留下踪迹的作家都浮出水面，登上文学史表述的前台，最大可能地复原着文学演进的图景。这样的舞台，在看似无序的作家活动中，读者的视线不再受到文学高峰的阻挡，不再受到人为分段的影响。在视通万里的时间之链上，可以自由捕捉到文学转型的信息，并作出独立的裁断。

这里的整体，还不仅是一个众多作家活动、作品产生的世界，一段只有文学家出没的历史，它突破了文学与历史的界面，以大量的篇幅，对每一年唐王朝的重大文化政策，与文学相邻的艺术如音乐、舞蹈、绘画以及印刷等门类的发展，扩而大之如中外交流、宗教活动、社会风尚等等，都择取代表性的资料，给予穿插。文学整体在这里获得了社会、文化的背景而更为厚实。

这种编年史整体构成，与编著者“古代文学研究中的文化意识”紧密相关。这可从与陆侃如先生《中古文学系年》的比较中看出特色。序成于 1947 年的陆著初版于 1985 年，无疑是最早产生影响的文学编年史著作。它以年为纲，以人为目，详细记录了公元前 53 年至公元 340 年近 400 年的文学过程。然而其内容主要局限于对 152 位作家生平事迹、著作篇目与年代的考证，这与作者从事文学史研究的思路和步骤有关。但无论如何，缺乏了“历史——文化”背景的观照，便只能获得作为文学史料的一部分功用，研究者的思路很难在这里直接获得没有界面的空间。《编年史》后来居上，其建立在文化视野下的文学史料编年，“为文献学与文艺学的有机结合，找到了一个合适的载体”（《编年史》程千帆序）。

意义之三，是本书体现了本世纪唐五代文学史研究的集体成就。

唐代文学史的研究，在本世纪特别是最近二十年来的发展中，可谓成果斐然。这首先是在文学史观念上有了长足的发展，研究者逐渐扬弃了庸俗社会学的观念，也放弃了只见树木、不见森林的研究格局，他们注意到转型阶段的文学史意义、注意到中小作家群体的价值，纯文学与社会学的研究角度也多元开展。以傅璇琮先生的《唐代文学丛考》为标志，研究者注重史料与理论之间的辩证关系，往往从史料的爬剔开始，为文学的阐释进行艰苦的基础工作，从而使唐五代文学研究获得了文献学与文学史的双重丰收。一系列的唐五代工具书如《唐五代人物传记资料综合索引》、《唐刺史考》等均由文学史研究者编就，反映了唐五代文学研究领域对史料建设的重视程度。而《唐才子传校笺》的完成，则检验了唐五代文学史料在80年代以来的阶段成果。

傅璇琮先生自60年代开始形成的编年史构思终于在80年代末启动，这是一种依托于材料与理论双重建构下的文学史建设。其文学史观的依托已如前揭。在史料上，《编年史》的编著者充分利用了一直到90年代中的集体研究成果；不仅文学界的考证结果，还有历史、考古的最新资料，都进入了编年的视野。从巴黎藏敦煌郡金光明寺张龟天复五年（905）书写的韦庄《秦妇吟》（晚 982 页），到司空图《二十四诗品》可能为后人伪造的学术研究动态（五 62 页），以及多处新出土唐代墓志的利用，都能体现出编著者对 1996 年以前资料的尽量掌握。占有资料的全面性之外，《编年史》还体现出对这些资料的精思与考订上。如有关初盛唐期间的文学家张说，其生平、作品的考证已有陈祖言在 80 年代撰写出《张说年谱》，对谱主 70% 以上的诗文进行了系年。编著者除了利用这些成果之外，又通过排比资料补正了 19 篇诗文的精确系年。其中像《苏幕遮》五首（初 484 页），考证其词与每年十二月的泼寒胡戏相关，而词中“昭成皇后”是睿宗窦皇后，其追谥“昭成”是景云二年（711）正月事，明年睿宗即退位，由此确定这一组重要的词曲乐章作于当年十二月；《温泉冯刘二监客舍观妓》（初 646 页）则据《旧唐书·玄宗纪》幸温泉时年与《山右石刻丛编》一则细小的题名，比定其作时在开元十七年（729）十二月，这些都显示出编著者心细如发而目光如炬的考订工夫，以及得益于史料编年排比的优长。

《编年史》中唐五代文学研究的集体成就在本身的编著方式上也显示了发挥集体力量的特长。主编傅璇琮先生在从事大的科研项目上习惯于团结同仁进行合作，从《唐五代人物传记资料综合索引》到《唐才子传校笺》，都采取了这种提高成果质量的有效工作手段。本书的合作者在唐五代文学的不同阶段学有专长，且与主编都有大致接近的学术路数，因此十年一剑，终于使唐五代文学史以如此闳阔的气象呈现出来。

《编年史》作为一种文学观念与文学史料结合的载体，便是以上述诸种不能替代的特性，带我们走出了章节型文学史规定的话语圈，开辟出“重写文学史”的可能途径。

对于《编年史》使用的读者来说，是否也有不尽完善的问题存在？就笔者的阅读来说，可以提出以下的参考。

如果忽视《编年史》的工具书性质，自然将无法全面认识它对一个世纪以来在史料与理论双重建构之下兼收并蓄的价值。而且，它的工具作用应该是多方面的。不过，从利用的可能性来说，此书只在检索人名方面配置了详细的索引。如果要进一步检索其他更为丰富的项目，如“徐涩体”、“大历十才子”、“程君山”这样的文学掌故，以及《金溪闲谈》、《桂香集》等等编著者花费大量精力筑起的“艺文志”内容，则显然无法承担，而编制这样大量的分类索引也必造成书本容量的本末倒置。在今天，解决这种尴尬的办法，是电子版的出现。“纸上得来终觉浅”，如果能够进一步以光盘的形式发行，那么，《编年史》自然将发挥其导读的多种潜能，成为进入文学史必不可少的二级文献。

与之相关的问题是，本书的考订都指明出处，但对其出处的发表记录却往往简略，无法由此觅取详细的来源。

如果在正式的编年中以简化的方式称引，而在书后附一份明晰的引用论著目录，或许便又多出一类文学史料的义项而裨益于读者。但这可能也受到了纸质书本的容量制约而难以奏功。

另外，笔者曾通检书中全部165处纲记的张说材料，于体例、考订未安之处作有笔记，或可算作抽样的方式反映其玉璧之瑕。谨附其后，供编著与阅读者参考：

1. 少量的脱漏与讹误：

附录的“人名索引”遗漏了初盛唐卷页470、482、566、594、654五处纲条有张说记载的著录。

页初475纲记：“（睿宗景云元年，710）十一月：苏瑰卒，……卢藏用为撰墓志，张说为撰铭文。”按，目记中所引为卢藏用《太子少傅苏瑰神道碑》，纲记作“墓志”，误。

页初329倒5行，“秋风满路尘”：“尘”应作“生”。

页初514行3，“见二月条”：“二”应作“三”。

页初597行2，“幸柏梁杯”：“幸”下夺“奉”字。

页初601倒2行，“良书期日下”：“良”应作“诏”。

2. 作品年代欠交代：

页初434纲记：“本年（中宗景龙元年，707），元希声卒吏部侍郎任，年四十六，有集三十卷；崔湜为撰碑，张说撰铭，卢藏用篆石。”按，这里容易造成的印象是《故吏部侍郎元公碑铭并序》亦撰、刻于是年。但崔湜碑序有

“以景龙三年某月，归葬于某”字样，故撰文时间在两年之后。作品编年是《编年史》的重要内容，虽然此处纲记是为说明元希声的去世，但至少在目记的碑铭引文中应将所记卒、葬时间都予保留，给读者判断的依据。同样的含混还出现在页初 475《苏瑰神道碑铭并序》、491《平贞眘神道碑》、500《郭代公行状》、555《韦嗣立墓志铭》等文中。

3. 作品系年太绝对

页初 330 纲记：“（武则天天授二年，691）七月：张说在太子校书任，作《虚室赋》，魏克己作《宴居赋》以和。”按，据目记，二赋系年之依据为《宴居赋》序称张说“校书”；而张说任太子校书时间在天授元年（690）至长寿三年（694）期间（参页初 321、343），则此数年均有作赋之可能。又，目记引《张燕公集》以“魏克己”作“仁归”，下据《元和姓纂》则作“归仁”，未定正误；据名字义连之常规，其名或由《论语》“一日克己复礼，则天下归仁”而来，作“归仁”是。

页初 381 纲记：“（久视元年，700）秋，珠英学士张说等奉敕宴于梁王武三思宅，各有诗。”按，《三教珠英》编成于明年 11 月，则此二年秋都有可能。且张说诗云“虎殿成鸿业”，理解为大足元年（701）秋日《三教珠英》垂成之际或更合适。又，目记载魏元忠、张说唱和诗各一首，后者试题脱“赋得树字”，当补。

页初 518 纲记：“（开元三年，715）九月九日，张说在岳州宴集，赋诗。”目记引张说诗《岳州九日宴道观西阁》。按，张说开元三、四年秋天均在岳州，不必于三年赋此诗；故页初 528 目记亦偶忘前此记录，复引该诗题于开元四年秋下。

4. 作品系年有误

页初 376 纲记：“（圣历三年，700）四月：张说为右补阙，上疏谏武后避暑三阳宫。”目记据《旧唐书·则天皇后纪》所载幸三阳宫时间定上疏月份。按，据《旧唐书·张说传》：“则天幸三阳宫，自夏涉秋，不时还都，说上疏谏曰：‘陛下屯万乘，幸离宫，暑退凉归，未降还旨。愚臣固陋，恐非良策，请为陛下陈其不可。’”故张说上疏当在秋七月。

页初 526 纲记：“（开元四年，716）春，张说在岳州，常与文士尹懋、赵冬曦及子均、垍等登岳阳楼，游洞庭湖，赋诗唱和。”目记著录张说等唱和诗，据张均诗“客来已两春”系年。按，张说于上年夏六月至岳阳守任，目记释：“两春，即两年。”于事未安，当从《张说年谱》，系于开元五年春。

页初 575 纲记：“（开元十年）七月：张说奉敕作《郭知运神道碑》。”据目记，系年根据为碑文“以（开元）十年七月葬于太原”。按，以葬年为撰碑时间是系年通则，但据赵明诚《金石录》卷五记载：开元十年苏颋作有《郭知运碑》；张说所作为《郭知运后碑》，梁升卿八分书，立于开元十一年五月。

页初591纲记："（开元十二年）十一月：玄宗至东都，经华阴，制岳庙文，勒石。"按，据《玉海》卷三一《唐华岳祠碑铭》条引《实录》："开元十三年五月戊戌，以亲制西岳碑示百僚，五色云见于前。"是赴华岳庙在开元十二年，而成文则在下年五月。又，《西岳太华山碑铭并序》，序文玄宗作，铭文张说撰，后者见《全唐文》卷二三〇，目记未予说明，应补入。

页初601纲记："（开元十三年，725）十月：玄宗东封泰山，……途中遇雪，玄宗有诗，张说和作。"目记据玄宗、张说诗句系年。按，所引二人诗句均与东封泰山有关，可看作未封前之遥想。而张说诗句"诏书期日下，灵感应时通"，"期"字集本均作"斯"，是《喜雪》诸诗为诏书定封禅之日相贺祥瑞而作。据《册府元龟》卷三六，玄宗诏可封禅日在开元十二年闰十二月丁卯。故诸诗系年应在十二年闰十二月。

页初647纲记："（开元十七年，729）八月：五日玄宗以生日宴百官于花萼楼下，赋诗，张说等有和作。源乾曜、张说等率百官上表，请以每岁八月五日为千秋节，布于天下，咸令宴乐，从之，寻又移社于千秋节。"目记著录玄宗《千秋节宴序》与张说《奉和圣制千秋节宴应制》诗。按，《全唐诗》卷三玄宗《千秋节宴并序》诗末云："处处祠田祖，年年宴杖乡。深思一德事，小获万人康。”下有小字夹注：“开元十八年，礼部奏请：秋社会并就千秋节，先赛白帝，报田祖，然后坐饮散之。故诗云云。”据此则千秋节首倡于开元十七年，而移社就节则是十八年事，玄宗、张说唱和诗作当系于十八年八月五日。

5. 生平、作品遗漏

页初 360 纲记：“（神功元年，697）三月：张说为清边道管记，从征契丹，唐兵大败，驰归洛阳奏其事。”按，《全唐文》卷二二二有张说《为清边道大总管建安王奏失利表》，即当时奏文，目记漏载。

页初 475 纲记：“（睿宗景云元年，710）十一月：苏瑰卒，……卢藏用为撰墓志，张说为撰铭文。”目记仅交代卢藏用《太子少傅苏瑰神道碑》出处，张说撰铭文在《全唐文》卷二三一，未著录。

页初 479 纲记：“（睿宗景云二年，711）春，皇太子李隆基作《春日出苑游瞩》诗，张说和作；颜元孙和作，玄宗御札赞之。”目记据《颜元孙神道碑》录玄宗御札赞元孙和作。按，张说和作亦蒙玄宗墨令答赞，见《张燕公集》卷一，纲目失载。

页初 499，此处载先天二年（713）十二月事。按，该月初一，改元开元；张说为紫微令，上《谏泼寒戏疏》，初十，敕禁断此戏。此二事均为该月与文化相关之大事，改元涉及文士流贬赦减、民间庆酺活动，谏泼寒戏则与接受外来文化观念、西域乐舞影响相关，依例当纲目记之。

页初579纲记：“（开元十一年，723，正月）辛卯，玄宗至并州，……又作《起义堂颂》，刻石太原。”按，《起义堂颂并序》，序文玄宗作，见《全唐文》卷四一，颂文张说作，见《全唐文》卷二二一，目记未区分、著录。

页初659纲记：“（开元十八年，730）十二月：张说卒，年六十四，有集三十卷。”目记载其集著录，以《新唐书·艺文志》四：“《张说集》二十卷。”并详录《四库全书总目》著录二十五卷本情况。按，《新唐书·艺文志》宋版作“《张说集》二十卷”，武英殿本则作“三十卷”，《四库全书总目》称引亦作“三十卷”，又《旧唐书·张说传》亦称“有集三十卷”，故应以“三十卷”为是，目记当作辨证。又今存《张说之文集》，中国国家图书馆藏影宋钞三十卷本二种，为最可靠的全本，应予著录。

傅璇琮主编《唐五代文学编年史》，沈阳：辽海出版社，1998年。

原载《中国图书评论》2000年第7期，49—51页

古籍整理的新视点与新范式

——《李德裕文集校笺》评介

唐代文学研究在以往的辉煌成果面前受到严峻的挑战，在这一领域内，后学者往往发出难以寻找到新课题的浩叹；而同时，在传统文化的普及、弘扬之风下，却批量出现着内容陈陈相因、了无胜意的古籍整理出版物。在这样的双重隐忧中，傅璇琮、周建国校笺的《李德裕文集校笺》（以下简称“《校笺》”，图 1）便为我们带来新的观照。

首先，它调整了我们古籍整理的视点。

在以往的研究中，仅仅记录文学大家乃至其经典作品的章节体，曾经是文学史写作的主流程式。其弊在于不能清晰发现伟大作家与作品产生的历史因果，孤立的点也无法还原流动、宽广的历史场景。改革开放以来的唐代文学研究突破了这种旧的框架，文学的群体研究与

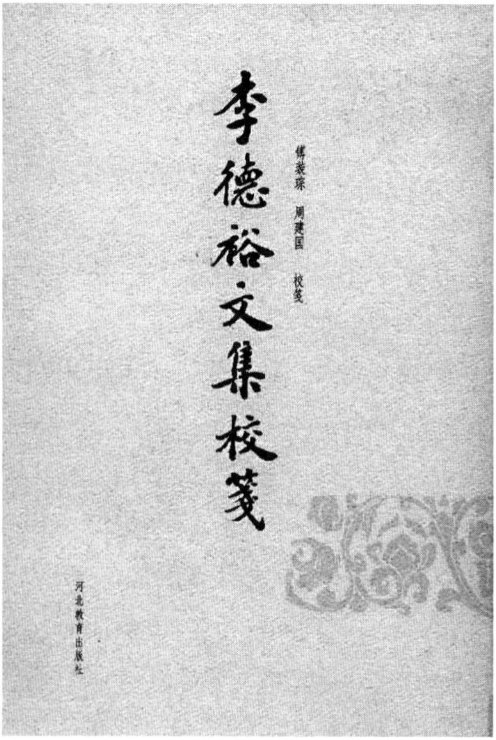

图 1 《李德裕文集校笺》书影

文化研究为我们展开文学史多元而有序的结构网络。80年代初傅璇琮先生《唐代诗人丛考》的出版，正是大陆唐代文学研究新视点肇端的代表；如今，《校笺》在世纪末的出版，则是对文学史研究这种新态势的回应和再度弘扬。

以后世的文学标准来看，中晚唐文学史上的大家显然是由韩愈、柳宗元、元稹、白居易、李绅、李商隐、杜牧等人来承担的。但要揭示这些大家出现的复杂性社会因素，除了韩柳去世较早外，其他作家都无法回避“牛李党争”的政治旋涡。《李德裕文集》的整理以这样的逻辑显示出非凡的意义：李德裕曾两度为相，是牛李党争中的核心人物；中晚唐文学的复杂情况，需要从牛李党争的角度加以考索；而要研究牛李党争，最直接的办法就是研究李德裕；对李德裕的研究，整理、校订其文集，使其作品尽可能翔实、完整地提供给当世，是最重要的环节。本书的完成，正是这样一种及时的学术贡献。如果说前此的《唐代诗人丛考》是通过一批中小诗人构成的群体考证来唱出文学史的和声，那么《校笺》又在寻找文学发展的连接点上成为重要的标志。

既然作为政治领袖的李德裕（姑且不论其本人的文学名家地位）在解释文学现象中的作用如此重要，我们便需要重新审视大量被划入政治家行列而从文学史研究中淡出的人物。在“官本位”的中国社会格局中，他们在文学发展中重要的“过程性”，无疑是应该在研究中得到加强的。然而，唐代文学的“集部”行列中，张说、苏颋、陆贽、权德舆……这众多重要政治人物的煌煌巨制，至今仍在成果斐然的唐集整理中留下惊人的空白。由这样的文学研究角度来观照，《校笺》的出现作为一种象征，便使古籍整理具有了更为重要的对象和宽广的范围。

其次，它提供给我们古籍整理的范式。

一是在版本的使用上，精择善本、广搜异文，这是校勘整理的第一要义，《校笺》的整理者遵循这样的规范，选择了陆心源据月湖丁氏影宋本精校的明嘉靖刊本为工作底本，同时又采用十五种刊本、校记以及唐宋类书、总集、史籍进行参校、辑佚，为读者提供了一部广集众长的定本。在这里，需要指出的是整理者对海外流传文献的利用。其底本即用了流失到日本的原陆心源皕宋楼本，参校本也利用了由美国翁万戈收藏而由文物出版社影印的唯一宋刻残本《会昌一品制集》，这两种文献的利用，保证了《校笺》的版本质量。譬如在李德裕会昌时期重要的政绩——对回鹘的对策上，明代以来的刻本都遗漏了卷一四《奏回鹘事宜状》一文，只有陆心源皕宋楼本据已佚失的影宋本补入，因此底本的使用，不仅恢复了宋本原貌，我们也了解到《唐文拾遗》收入此篇的来龙去脉。大量流失海外的中土文献以及如日本和刻、和抄本对中国本土典籍的补偿价值，在以往被隔绝的年代里很少利用，积久遂成盲点。而中国典籍的整理无疑又是中国学者责无旁贷的使命，《校笺》对海外流传文献的充分利用，自是一种积极的示范。

二是在整理的体式上，《校笺》具有重要的意义。除了对作品文字的广事校勘外，对每篇作品写作年代及历史背景，包括相关人物、事件、地理的考证笺释，是文集整理最见功力之处。长期以来，“集部”的整理仿佛成为文学史研究者的专利，历史学界也倚重着来自文学史家的典籍整理和工具创造。而这类多由应用性政治文献构成的文集对于整理者历史知识的储备要求极苛，这也是导致唐集整理的空白多出现在这样一些政治家作品集上的原因——而这一类作品集的整理，其价值的多元性又在纯文学作品集之上。《李德裕文集》是一部关联着中晚唐重大社会、政治命运的文本，作品的相关史事、特别是写作年月的考证，对研究李德裕生平思想和唐代政治有重要意义，《校笺》的整理者不避艰难，遍查两《唐书》及《册府元龟》、《唐会要》、《资治通鉴》等大量史籍和今人成果，仔细鉴别、审慎抉择，为之一一考订，405 题作品，仅 2 题未得系年。这种不斤斤于字句之注而致力于时间、本事笺释的体例，在整理同类文集中是值得推崇的。

三是在整理本的编排上，也极具匠心。《李德裕文集》的通行本自宋以来就由正集二十卷、别集十卷、外集四卷构成。正集由李德裕亲自选录、同僚郑亚编定，是作者会昌执政时的政治文献总汇，外集是其贬谪之际的《穷愁志》，别集则是北宋人拾遗补缺所编成。因此，虽然整理者考订出了几乎全部作品的系年，但它没有按照编年顺序重新排定，而是维持了文集原来的编次，使古籍编排的原来面目得以保存，读者由此可以领略作者及编集者的用心；甚至在文集中羼入的伪作如《冥数有报论》、《周秦行纪论》等，也未轻易删除，因为这些作品，也反映了李德裕文集传播过程的特殊性，往往成为理解作者与时代的重要参证。但同时为了方便读者知人论世的研究，又在文集的最后附录了《李德裕诗文编年目录》，从时间的坐标上提供了李德裕创作的一种背景。此外，文集还附录有《李德裕年表》、《有关本书的李德裕集题跋》、《史书所载李德裕奏对及纪事》三个部分，对与文集相关的生平、历史、版本资料进行了归总，提供了更为全面的背景研究文献。而文集的前言辨牛李党争的是非曲直、文集流传的渊源、校勘根据、文学成就，强调李德裕作为多方面杰出贡献者的意义，也具有非常重要的导读价值。

四是在整理者的素质上，该书的典范性也分外明显。由于校笺者二人都曾集中研究过中晚唐文学，傅璇琮先生《牛李党争与唐代文学研究》的论文和《李德裕年谱》（济南：齐鲁书社，1984 年）的专著，周建国先生《试论李商隐与牛李党争》、《李德裕与牛李党争考述》等论文，都是围绕李德裕进行的中晚唐政治与文学问题的重要研究成果。由本身对中晚唐文学的研究经验而自觉地进入李德裕文集的整理，这些前期的资料积累和理论素养便保证了该集整理的学术水准，使这一成果具有了采铜于山的品质，从而在中晚唐文史研究的领域创造了填补空白的价值。更为难能可贵的是，即使有前此多年的研究积累，整理者在文集整理的课题上也并未一蹴而就，而是通过七、八年的合作，方始蒇功。较之时下急功近利的大量典籍整理急就章，这种对待名山事业的认真态度，也是具有警示意义的。

傅璇琮、周建国校笺《李德裕文集校笺》，石家庄：河北教育出版社，2000年。

原载《中国图书评论》2001年第3期，14—15页

文学现场与思想语境的还原

——《昌黎文录辑校》书评

“千家注杜，五百家注韩”，这一重要的文学选本和注本现象实际包含着深刻的思想史意义。“杜诗韩笔愁来读，似倩麻姑痒处搔”（杜牧《读韩杜集》），中唐以后这种文学接受史上的艺术偏好同时也便印证了思想史上儒学复兴的内涵。然而，当印刷术在唐宋之际还远远不能为文学读物的普及提供足够的支持时，早期杜甫、韩愈作品集便往往在抄本流传的形式下发生文字变异或者孤本湮没，使得一些最基本的信息内容无法追寻。文献辑佚正是从这样一个角度上提供了文学现象的复原和思想演进的资料。

关于杜诗，林继中的博士论文《杜诗赵次公前后解辑校》（上海：上海古籍出版社，1994 年）体现了这样一种文献价值，早期杜诗注释史上的重要文本——南宋赵次公的《新定杜工部古诗近体诗先后并解》在残存一半的抄本情况下得到还原。而年内，刘真伦《昌黎文录辑校》（以下简称“《辑校》”）则通过对问世最早的韩愈选本——赵德所编《昌黎文录》(以下简称“《文录》”，图1）的辑校，在韩集研究中再度体现出了这样一种贡献。二者的辑校工作，都依托于1979年国家古籍整理“七五”规划项目的启动。林氏的工作在山东大学《杜甫全集》校注组主编萧涤非先生指导下进行，并得以从校注组获得大量资料；而刘氏则直接参与了四川师范大学《韩愈全集》校注组的工作。因此，它们不仅成为新时期唐代集本辑佚无独有偶的典范，同时也体现了大陆古籍整理在政府投入与人才培养上的成绩。

如上所述，刘真伦前此参与《韩愈全集校注》(屈守元、常思春主编，成都：四川大学出版社，1996年。以下简称“《全集》”）的科研课题，此后不断深入，成为韩集研究的专家，撰写了《韩文石本考》、《台湾故宫博物院〈昌黎先生集〉考述》、《〈顺宗实录〉考实》、《韩文石本叙论》等论著。《辑校》一书作为“华中科技大学文科学术丛书”之一，正是他在韩集整理与研究上新的成果体现。

书前较长的前言详细介绍了赵德及其《文录》的情况。概括而言：韩愈在贬官潮州刺史期间，任用了当地文士赵德作为其振兴潮州文化的执行者。在韩愈离任后，赵德将韩愈衣钵相传的诗文汇辑为《文录》一书。作为韩愈身前的选本，它早于流传广泛的李汉《昌黎先生集》，实

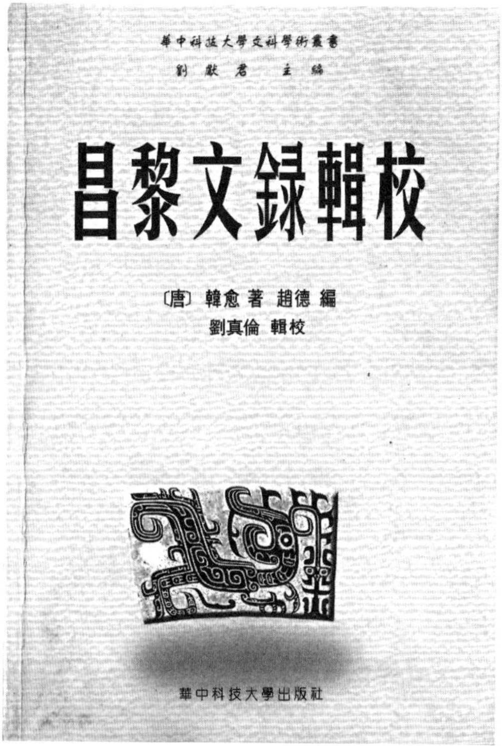

图 1 《昌黎文录辑校》书影

际也是韩愈作品的第一次结集。《文录》在文字与选篇上体现出了韩愈早期的思想状况，其有关民族文化传统亦即道统思想的理论主张，通过《文录》得以孤明先发。它成为宋代注韩诸家心慕手追以为校勘的重要参照。但是至少在南宋时期，它已存亡渺茫，元明两代，即告失传。

辑佚之学，起始于南宋。黄伯思以《隋书经籍志》、《唐书艺文志》所载《相鹤经》一卷完书已逸，遂从马总《意林》和李善注鲍照《舞鹤赋》中钞出大略，成为辑佚学的发端。而就在辑佚兴起的时代开始湮没的《文录》，终于在今天由辑校者根据九个韩文宋代传本中征引的《文录》文字，钩稽出六十四篇属于《文录》范围的作品，得以初步恢复了这一最早的韩集选本原貌。在北宋吕夏卿和南宋方崧卿的记载中，《文录》的实际篇目有七十五篇，《辑校》的辑佚工作恢复了百分之八十五的内容，汇辑了二百五十四条次的《文录》异文。虽然完全属于赵德本的文字和《文录》作品的编排顺序还都无法确定，但它已经完成了提供研究韩愈早期的文学与思想资料的任务。《前言》中对于《文录》的文字特点，如证明韩集的夹注应是韩愈本人原注、用字与传世诸本存在着有意识修改的迹象等，以及其思想文化价值、史料文献价值，尤其是韩愈合学统、政统、文统为一体的道统思想，合个性化、内省化为一体的文学主张，均条分缕析，有非常详细的归纳总结。

以上的工作足以奠定《辑校》在辑佚史上的地位。而该书更大的成就在于韩集校勘史上显示出的功绩。《辑校》通过对十二个珍贵的韩文宋代传本和唐宋史料的综合校理，超越了普通辑佚学的范围，在韩愈作品的文本整理方面达到了前沿水平。虽然作为辑佚的本子，其丰富的校勘记淹没了“赵德本”文字的征引；但可以肯定的一点是，对于《辑校》收录的作品来说，阅读韩愈除了参考新的《全集》本外，还必须认真领略隐藏在《辑校》中胜义纷陈的校记。兹据《辑校》在《全集》之后体现出的特色条而言之。

版本的使用精当是其校勘的特点之一。典型的例证是对台湾故宫博物院藏淳熙翻刻潮州本的使用。这一版本长期以来很少被研究者利用，作者曾考证其为北宋监本系统的唯一传本（《台湾故宫博物院藏〈昌黎先生集〉考述》，《文献》2002 年 2 期，74—86 页），其中除了文字的优胜处外，如《下邳侯革华传》一篇，在过去的研究中均定为疑伪之作，甚至认为是宋人编集时掺入的伪作（《全集》5/3034 页）。但在潮州本中，却引了赵德本的文字，则显然在韩愈生前这篇作品就得到了认可（《辑校》314 页注 26），可以确证为韩愈所作。此外，底本使用的不同也显示出辑校者的鉴别标准。如《全集》本照顾韩集流传的现状，以抄撮他本而错讹颇多的廖莹中世彩堂《昌黎先生集》做了底本，《辑校》则选取了最接近于南宋监本系统的祝充本《音注韩文公文集》作为底本，其间高下自不待言。

对异文的是非裁断是其校勘的重要特点。《辑校》的校勘工作不仅照录异文，同时还寻找词源，对文字的异同尽量给予可以并立或只能独存的解说。这种判别为韩集流传中纷繁的文字差异带来的阅读障碍提供了解决途径。这样的例证如《别知赋送杨仪之》“树蓊蓊其相摎”，“摎”或作“樛”，作者据引《仪礼》“摎”、“樛”相通的例子说明了二字并存的合理性（3页）。《城南联句一百五十韵》中“騃牛躅且鸣”句，以往注者解“騃”为狂，因妄改“躅”为“触”以应狂奔之牛，《辑校》则据“騃”之有呆愚一义，使其文义不仅与“躅”相应，亦与上下文之语境完全相合，否定了擅自变动字句的做法（43页）。《汴州东西水门记》“厥初距河为城”句，诸本“距”多作“拒”，《辑校》考证二字之词义，据上文“汴州河水自中注”而是距非拒，解说得当（114页）。同篇的“用不潜通”、“舟不潜通”、“舟用潜通”之分别，亦与此类（115页）。可以说，一些流传数百年的文字讹误，在《辑校》中第一次得到终止。

通过核对原文并运用内外证据的校勘方法析疑解难，是其敢于裁决的保证，《辑校》于此见出综合校理的识力。如《燕喜亭记》的篇题，“燕”字诸本多作“宴”，字虽可两通，但《辑校》据他人之引用及原文自叙命名之意，以“燕”为是（119页）。《谏臣论》之“谏”，诸本多注“一作争”，《辑校》根据现存韩文传本作“谏”而原文七出

“谏”而不一及“争”的现象，循名责实，以“谏”为是（132、133页）。又如《城南联句一百五十韵》“夭年徒羡彭”句，方崧卿与朱熹等均据文义而以“天年”为是，文谠的注语引《庄子》，也误改“莫寿于殇子，而彭祖为夭”为“莫寿于彭祖，莫夭于殇子”，《全集》的校注以《庄子》“天年”句以为典实，都产生了以“天年”为确解的误导（2/1072页），《辑校》则核对《庄子•齐物论》原句，揭示了“夭年”为彭祖之年的典故符合性（58页）。

通过文字的考订便解决写作诗文或韩愈行踪的时年，也是《辑校》的长处。如《此日足可惜一首赠张籍》“窗户风已凉”句，或作“清风窗户凉”等，注者因此而判断诗作之季节有夏、秋之分，《辑校》则根据同时李翱作品他校其写作在夏秋之交，因而两可其诗句（26、27页）。《泷吏》的首句“南行逾六旬”也是很好的例证。以往的注家拘泥于“六旬”为六十日的说法，不能接受韩愈六十日即三月十五日左右始到韶州、而不到十天就又从韶州到达任所潮州的可能性，因此不惜改“六旬”为“四旬”以便文义通顺。《辑校》则通过唐代习见的旬的时间计算法，认为“六旬”不必指实为六十日，韩愈三月初到韶州亦属六旬范围，而且利用唐贺兰敏之贬死韶州的时间来确证其时日，为“六旬”的可能性提供了佐证（33、34页）。但对于没有十分把握的时年，作者则采取了阙如的做法，如《题哀辞后》一篇，诸本多据《欧阳生哀辞》而定为贞元十七年（801）同时作（《全集》3/1500页），《辑校》则非常审慎地放弃了这一说法（前言10页）。

《辑校》在校理韩愈作品本身文字的同时，也在清理历代注韩版本中的问题。如《原道》“佛于晋魏梁隋之间”句，南宋蜀刻本与魏仲举刊本均注有“王本作‘魏晋梁隋’”，《辑校》对魏本卷首“诸儒名氏”中的王氏六人一一检讨，排除了他们作注的可能性，而通过洪兴祖和方崧卿的记载找到了此“王本”的作者应为王仲至（65页）。《行难》“圣人不世出”句，《文苑英华》“出”作“生”，而注云：“川文粹作‘出’。”但在《唐文粹》中并未收此篇，《辑校》据《直斋书录解题》考证此“川文粹”即眉山刻本《新刊国朝二百家名贤文粹》（80页）。他如《曹成王碑》中考证姚宽有韩文注本（267、268页），皆属此类。《上张建封仆射书》“孟子有云：今之诸侯无大相过者，以其皆好臣其所教，而不好臣其所受教”句，二“教”字，方崧卿《韩集举正》均订作“命”，并以《孟子》为证，《辑校》则遍考历代《孟子》传本，作“教”而无异文，从根本上否定了方氏的证据（211页）。但《辑校》在许多文字上多同意方氏的考订，而反驳朱熹的标新立异，如《答陈商书》“合轩辕氏之宫”句，“宫”字朱熹从诸本作“律吕”而非“宫”字，《辑校》即据声律原理肯定“宫”字可从，并揭示了朱熹“此处为与方氏立异，乃曲为之说”的症结（230页）。

此外,《辑校》的作者心细如发，对于《全集》本的漏校，也多所避免。如《元和圣德诗》“饫膻燎芗”句,《全集》本作“饫沃膻芗”(1/410页)，而未出校,《辑校》则广征前人校记、遍引辞书注解，使校记俨然一篇考证文章(16、17页)。《城南联句一百五十韵》中“妖靸藤索絣”句，诸家注说均有未称允当处,《辑校》独补入文谠注语，以“妖”当作“祆”、“靸”当作“萨”，据当时宗教现象而解释此句为描写萨宝之祆教祠庙被废弃的景状，无疑是更合理的解说(45、46页)。

“校勘之学是专门事业，非人人所能为，专家以其所得嘉惠学者，则一人之功力可供无穷人之用，然后可望后来学者能超过校史的工作而作进一步的事业。”(胡适1930年3月27日致张元济书)《辑校》一书在韩集整理中的校勘程功，是当得起这种评价的。

不贤识小，笔者在阅读《辑校》的过程中，略见有可说者，谨献于下。一是赵德生平材料甚少，因此有关其经历的钩稽似可将其曾为“乡贡进士”一条标明。韩愈在《潮州请置乡校牒》一文中，有“赵德秀才”之称，秀才在唐宋为乡贡进士之别称，故苏轼《潮州庙记》谓“始潮之人未知学，公命进士赵德为之师”。韩愈集中《答刘秀才论史书》、《送王秀才序》等，皆属此类。二是《应科目时与韦舍人书》的写作时年,《辑校》作贞元十年(794,前言9页)，但在具体校勘其中“八九年”一词时，据魏本引严有翼注，似对其订此篇作于贞元九年并无疑议（228页）。《辑校》另一个略感遗憾的小疵是目录中篇名的起始页标记多与实际页码相差一页，第二十一篇《画记》之后每篇如此，这大概是重新编排次序后未及调整目录所致。

[唐]韩愈著、赵德编，刘真伦辑校《昌黎文录辑校》，武汉：华中科技大学出版社，2002年。

原载荣新江主编《唐研究》第八卷，北京：北京大学出版社，2002年，486—491页

地域—家族观念下的文学研究新范式

——《唐代关中士族与文学》书评

李浩教授的《唐代关中士族与文学》是作者1998年完成的博士学位论文的修订本（图1），也是继其《唐诗美学》（西安：陕西人民教育出版社，1992年）、《唐代园林别业考论》（西安：西北大学出版社，1996年）等著作后，贡献给唐代文学研究领域的一本具有典范意义的著作。因为在唐代文学史和唐代历史学研究取得长足进展的近二十年中，学科化的专业趋向使得二者除了在文献使用范围内具有较多共同的话题外，其实很少互相借鉴彼此的学术成果。而本书的选题却直接借鉴了一个在历史学界重要的命题，为唐代文学史的研究提供了新的视角。

作者在书中多次提及其研究在方法论上对陈寅恪学说和理论模式的继承性。为了解释隋唐制度渊源和唐代兴衰的原因，陈寅恪提出了“关陇集团”理论和“关中本位”说，其原创性的观点成为中古史研究的里程碑，被广泛援

图1　《唐代关中士族与文学》书影

引和评论。但从陈氏立论之初到后来研究者对其观点的引申与发展，都侧重于政治、军事层面与统治集团上层群体方面的论证，尚未将这一政治文化概念及其“地域——家族”的方法运用到文学研究这一重要的文化构成中去。换言之，陈氏历史观尚未在唐代文学中得到详细的验证。

就唐代文学史研究的现状而言，地域对文学的影响也并非不被重视，但比较重要的观念则是以魏徵《隋书·文学传序》论及南北文学差异为原典，强调南北文化系统的大差别；并且更多的研究兴趣是把这一差别作为南北朝时期的文学现象，论述它在隋唐以来的大一统局面中逐渐消弭的趋向。同样，家族或者士族文化的概念在唐代文学的研究中也显示出很大的隔膜性。在这样的研究状况下，作者不满足于南北差异的泛泛比较，而是深入到更小单元的文化圈中，探究地域性在政治统一、文化交流趋势下丰富而深刻的人文价值；而家族文化观念与文学现象之间关联性的探讨，也成为其审视唐代文学的新角度。因此，从人地关系的理论前提出发，援引人文地理学和陈寅恪为代表的家族理论，通过对唐代关中士族文学的研究，给唐代文学进行个案性阐释，就成为本书在文化史背景下进行文学研究的崭新特色。

本书的“导言”论述其研究的理论渊源，探讨唐代文学研究中引进“地域”、“家族”概念的意义，简介在正文中即将展开的问题。作者特别强调其在研究过程中“虽偏重历史文化研究，但仍努力追求理论概括、文本分析与史料考证相结合的学术传统。在材料的基本文献的考订外，还颇多留意海外汉学界的研究成果，使课题的确定和观点的提出，既避免重复雷同，又防止学术失语症。试图通过这一有关地域文学的题目实现与国际隋唐史和隋唐文学研究界的衔接对话”。这种对于方法论的讲求与学术规范化的遵循，代表了近年唐代文学研究的学科化追求。而从书后作者开列的“主要参考文献及征引书目”上，也可印证其对于相关课题的文献与资料广泛收集、全面了解的努力。

本书的主体部分由十个章节的正文和三个部分的附录构成，在内容上大致可以分成两个部分，即前七章是总论，从宏观的角度讨论本书的主题；后三章与附录部分为分论，就所涉及的问题进行深入的探究。以下分别就其重要的观点进行评述。

第一章“关中地域与文化精神”，首先界定了所用“关中”的概念，因为不仅“关中”一词在地理范围上具有广狭之分，而且在使用陈寅恪“关陇集团”理论时，也首先遇到其作为政治文化概念而在地理实际上的不精确性。作者将其“关中”的范围划定在陕西关中盆地渭河平原。这一方面是作者本书立足于地域进行文学研究的需要，另一方面也体现出作者在研究理念上对陈寅恪理论继承的同时又有所变通与深化的特点。作者在本章中着重点是提出了关中文化精神的范畴，从历史走向上概括其三个高潮，从逻辑结构上诠释其礼乐精神、重农精神、冒险精神、事功精神和宇宙精神等涵义。作者认为，这种由关中地域而形成的文化传统是唐代关中文学发荣滋长的文化背景，因此，在紧接着的第二章“关中方土风气与文学趣味”中，论述了在关中文化精神投射下形成的关中文学“雄深雅健”的审美趣味，详细分析了形成这一独特情趣的原因所在。地域性特征究竟在怎样的程度上展示出来，是作者非常注意分辨的地方，如作者分析关中人文化成的礼乐精神时，认为虽然它表现为邹鲁文物并进而成为中华文明普遍认同的精神特质，但却指出这是一种源于关中的西周文化，其原创性理想模式仍然非关中莫属。而“雄深雅健”的文学风尚虽然未必仅仅为关中所独有，但关中文学对此风尚的注重，因其独特的文化语境和时地背景而成为唐代文学的理论资源和实践范本，却又是独一无二的景观。凡此种种鞭辟入里的细腻辨析，使我们可以充分信任其建立在严密逻辑思维下的有关文化精神与文学趣味的系统梳理。略嫌不足的是，第二章将关中文学的审美趣味以及形成原因的四点并置为五节论述，在层次上有所不周；而既然强调文学趣味是文化精神的投射，则在分析文学趣味的成因时，再次提出“人文化成”这一精神特质的概念进行论述，似又不免叠床架屋。

在以上两章着重于“地域与文学”的分析之后，作者在接下来的三章中就地域单元内人与文学的关系展开了论述，其中“关中文学士族”命题是其论述的重点。第三章“唐代社会背景下的关中士族”首先对学术界分歧较大的唐代士族状况进行分析，作者持唐代处于士族发展的转型期、士族的衰亡沦替在唐末五代的观点，认为关陇集团虽然在政治斗争中受到影响，但通过科举进士又找到了新的入仕途径，并完成了士族由尚武到崇文的转化，这直接为下文论述关中文学士族的崛兴张本。文中的精彩之处是对“关中郡姓”与“城南韦杜，去天尺五”两个命题的阐释。前者就河东著姓裴、柳、薛氏被列入关中郡姓的现象作出了合理的解释，这种因为政治加盟关陇集团而形成的新概念论证，显示了作者对士族构成复杂性的精审体认和从容驾驭。而韦杜作为京兆望族，流行于唐代杜诗、俚语中的称引所包括的历史渊源、与关陇集团的关系，以及由武向文转化等文化蕴涵，则不仅具有从历史本真出发的研究趣味性，同时也反映出关中士族在唐代社会变迁过程中的普遍性。在厘清这样一些概念的基础上，作者提出了“关中文学士族”这样一个范畴，并从两个方面讨论唐代关中文学群体的形成，第四章“唐代关中文学士族的崛兴”首先从时间维度上考察关中文学士族的崛兴。对于文学士族的唐代演变，不仅要考虑在历史学界争论不休的士族集团是否存在的问题，而且也要考虑唐代风尚迁移中士族生存状态的适应性、与新兴进士群体之间的交叉性，作者认为关中士族经历了一个从文到武、又由武到文的过程，而且这种反复并非简单的转变，而是从经史世家到武力强宗、再由武力强宗到文学世家的演生变迁过程，则无疑又是符合实际并具有说服力的。第五章“唐代关中文学群体的构成”则从地域与族姓构成上，分析关中士族群体由关中本土作家群、河东著姓和代北胡姓加盟关中文坛者、江南和山东士人播迁关中者等几部分组成。对关中土著主要是三辅著姓的认同自在情理之中，而作者同时又将迁徙移居者划入关中文学的创作主体范畴，则颇有新意。作者对迁徙者给予了时代限定，只是认定从西魏北周以来、最晚在隋末唐初完成迁徙者才是重点讨论对象，这既符合中古社会移民实际，也确切体现了形成唐代关中士族群体、养成共同风习所应有的时间条件。因此唐初以来因为仕宦、建都等等原因进入关中地域的士族被排斥在关中文学群体之外，就使本书关于地域群体的认证具备了可信度。

本书的第六章“唐代关中士族与教育”又从与文学密切相关的教育角度讨论关中地域文学的特点。作者考察唐代官学的衰微，在对科举制度确立引起官学不振这一普遍共识的基础上，又从唐代教育制度本身立论，指出了考教脱节、科举考生资格的通融性、学官教师地位低下这三个具体环节上带来官学废弛的因素，显然发前人未发之覆。而私学的新发展，以及关中士人重视家族教育，尤其强调文学教育的论证，则成为了解关中士族在科举与文学中获得进身的重要关节。本书的第七章“从士族郡望看牛李党争的分野”重点讨论了中唐时代影响文学的重要政治事件——“牛李党争”中两派核心人物的郡望分布所具有的地域特征。有关两派的分野一直是学界争论不休的焦点，作者从其地域分野的角度立论，经过统计分析，得出李党成员主要是山东郡姓士族，而牛党成员基本上属于关陇士族，牛李党争实际上是士族之间的圈内之争的结论。显然，通过作者的统计，可以看出以往从科举与门第之争、士庶之争上进行的讨论存在许多反证，而由群体利益冲突引起的党争解释确实可以得到其士族地域构成比例上的支持。所以作为一种新说，其合理性是不容忽视的。但正如作者所说：“两派分野固有政治立场、文化背景、士族等级上的差别。”（177页）从牛李党争的具体争执事件上来说，在意气之外确实更多地体现出两派在人品、政见上的高下之别，因此，士族圈内之争在多大程度上能与此核心问题契合，似乎也还有待考虑。

除了以上总论内容的新见之外，作者的专题分论也格外值得重视。因为它不仅通过文学现象个案的管锥，使人们对唐代关中文学有更深层次的认识，而且其中许多问题又是对文学史定论的重新判定，可以引起对文学史问题的深入思考。第八章“苏绰文体改革新说”是对唐代古文运动的始祖——西魏时期苏绰改革文体的发覆。以往从文学本位上对苏绰的改革作出的评判几乎都是贬抑性的，而作者从其文体改革的背景“大统改制”上寻找根源，认为其文体改革是在整合关中文化精神下的文化认同和寻根，被误解的范本《大诰》当时是为公文体确立的标本，并非一切文学体裁的模式，而由此显现出的质朴古拙之风也并非想象中对《尚书》的机械模仿。这种立足于文化本体和文本细读形成的见解，颇为允当。第九章“柳宗元古文思想与关中学术资源”，同样也是为古文运动的成功而寻找地域文学因子的鲜明个案。作者从柳宗元的师资传承上注意到创始于关中的中唐新《春秋》学派赋予的教育，进而从其生平、思想、学风上寻找关中文化的传统，确实为我们提供了地域影响于文学的重要方面。第十章“窦叔向家族贯望新证”，则就中唐时代重要的文学士族——窦氏父子家族的郡望、房支、迁徙，进行了缜密的梳理，这一文学世家曾经有过不下七种的贯望歧说，作者利用丰富的地理学、谱牒学知识，考证出他们在关中扶风平陵的郡望，以及在洛阳的房支，最后又迁徙江东、活跃于江东文坛的历程，对纷繁的载籍之讹作出了可信的解释。

附录是就涉及的相关问题及材料的考证，同样也是在进行唐代文学研究中有关家族或士族问题具有重要价值的讨论。“《皇唐玉牒》编撰者之重新检讨”是对唐代皇家谱牒文献的编撰者进行的探讨，作者针对岑仲勉、余嘉锡等大家以“林赞”为“林宝”的结论提出了相反意见，认为在没有新出土文献或版本依据的情况下，遽定《皇唐玉牒》的作者为林宝、从而否定了林赞的存在，仍然证据不足。“范碑所述李白世系的谱牒学问题”就作者在研究士族文学中积累的谱牒学经验，反驳研究界在利用范传正《李公新墓碑》时对“手疏”的误解，指出李白为李唐宗室说的不能成立；相反，由其客寓而不归葬的习俗，对李白的受胡风濡染进行了肯定。“柳宗元婚配与子女考”则在士族婚姻的文化背景下考证柳宗元杨氏夫人的病故原因，而其子女情况的确认，对于阅读中唐诸大家如韩愈、刘禹锡等人的作品不无裨益。

从以上的介绍可以看出，赋予本书文史结合、选题新颖、论证严密、新见迭出的评价显然是毫不过分的。但阅读过程中，也明显感到在“地域与士族”的框架下希望能够看到的关中文学景观仍有难以心惬之处。首先是作者在本书中提出的“地域—家族”理论相结合的研究方法，其意甚佳，但具体的操作似尚有隔，作者在一、二章讨论关中文化精神和关中文学审美趣味时，主要论述的是地域的差异性赋予关中的特质，因此，这种文化与文学风尚的形成显然未必存在士庶之别；同样，本书的第四章第二节在论述“唐代关中文学的兴盛”时，举例皆为关中士族人员的文学成败，如果关中文学的创造者在唐代均为士族包笼的话，则士庶的概念同样也似没有提出的必要，而作者作出士族群体与进士集团的分辨也将失去意义。这里，关中文化、文学与关中士族文化、士族文学的重合性，是士族概念缺乏论述价值的致命处。因此虽然本书在关于士族问题的讨论上有许多新见，实际上它仍然只是一个历史学命题的讨论，即使其对象选择了留下文学作品的士族，对于文学史的意义并不突出。

由此而牵涉到另一个问题，即本书对于文学本体的论述似尚未展开。作为本书选题的终极目的，应该是关中士族在唐代文学和关中文学建设中所具有的特质和贡献的揭示。但除了第九章“柳宗元古文思想与关中学术资源”具有这样的旨趣外，其余的论证似均未能回应这样的期待。作者在“导言”中曾提及：“拟议中尚有讨论关中韦氏文学与杜氏文学各一章，因仍未最后定稿，留待将来本书修订时再补入。”——或许这样的章节能够使我们看到家族理论在文学研究中的意义，也体现出“地域—家族”理论框架的合理性。我们拭目以待作者对这一选题新的增订。

同样，首都长安实际上是关中文学兴衰的重要因素，在作者的研究意识中，也予以高度重视，如：“尤当指出的是，关中地域作为京畿所在，既有地域文化的特征，又因处于政治文化中心而具主流文化的特征，所谓贞元之会合，光岳之钟灵，故其对文学的影响也更形复杂。”（4页）“随着天水一朝的兴盛，中国政治文化中心迭次东迁南移，关中文化独擅风骚的主角地位已经失去。……地域文化上升为全国主流价值观念的机制不复存在。”（19页）在关中文化精神、文学趣味、士族构成等讨论中，也都有所考虑。但既然作者将京城文学作为关中文学的重要内容（100页），则显然也很值得另辟专章，以其为中心讨论与关中士族文学之间的消长关系。而京城与关中其他州郡地方文学集团之间的比较，是否也将会是更有意义的讨论内容呢？

又在作者使用关中概念时，非常注意与“关陇集团”理论的分合，即作为对往哲理论的继承，作者时有因衔接而浑言之处；但当具体论述唐代关中文学之际，则注意关中与陇右的撇清。然而，也还时有不能周密处，如在第二章论及关中文学趣味时，陇右姑臧（今甘肃武威）诗人李益就作为典型而屡屡征引（如41页、52页等处）。

此外，作为印刷精致的“文津版唐宋系列”丛书之一，本书也时有文字误书、误植处，今据阅读所及，录出以便再版订正。13页倒7行“梦魇”误作“梦魔”，14页9行“按照”误作“换照”，29页倒11行“波拿巴”误作“波拿马”，34页2行“源远”误作“渊源”，36页11行“颋”字之“廷”误作“延”，37页倒12行“慷慨”误作“慷概”，39页8行“取捨”误作“取舍”，52页9行“稻粱”误作“稻梁”，87页倒8、9行“李健超”误作“李建超”，123页11行“几度”误作“度度”，139至161页之奇数页眉“唐代关中士族与教育”之“与”字均误作“兴”，141页7行“废弛”误作“废驰”，188页11行“既非”误作“即非”，285页倒4行“俨”误作“严”，286

页 8 行“严”误作“俨”，287 页 13 行“旗”误作“琪”、14 行“鳌”误作“鏊”，289 页 1 行“旧唐书”误作为“旧书唐”。

李浩著《唐代关中士族与文学》，台北：文津出版社，1999 年。

原载荣新江主编《唐研究》第七卷，北京：北京大学出版社，2001 年，512—518 页

历史的传说　传说的历史

——《尧舜传说研究》评介

即使进入电子时代，任何一种汉字输入法，都会轻巧地将“尧舜”作为词汇键击在屏幕上，显示出这一相沿数千年的传说对于汉语文化的坚韧附着力。尧舜事迹曾经作为历史，描画出一个人伦和顺、政治清明的上古时代，成为中华文明社会的起点标志。然而，20 世纪初期的疑古思潮中，以顾颉刚“层累地造成的古史观”为代表的理论，使这一上古史的时段走出经学的牢笼，证明其作为一个历史的传说之真面。

被赶出历史的尧舜并不因此而丧失其价值，一个传承久远的故事负载了民族共同体精神文化的重要内涵，本身也构成了一段曲折生动的历史。因此，解剖尧舜传说的过程，反而成为将其从历史史实中剥离下来的顾颉刚最为心仪的研究课题。“我很想俟孟姜女故事考明之后，再着手考舜的故事。这一件事是战国时最大的故事，许多古史上的故事都以它为中心而联结起来了。”“这件事如果能研究明白，一方面必可对于故事的性质更得许多了解，一方面也可以对于伪古史作一个大体的整理。”（《古史辨》第一册《自序》）但顾氏最终未能完成对曾经作为历史的传说本身历史的深究。直到世纪的尾声，陈泳超的《尧舜传说研究》（图 1）圆满了古史辨派在上古史与神话传说方面的研究个例，尧舜得以穿过数千年传播的隧道，显露真身。

《尧舜传说研究》无疑是第一部以尧舜事迹作为一个总体进行单独研究的专著，尧舜事迹在这里被定位于传说品格的范畴而贯穿始终。这种选题与定位之成为研究对象，在“古史辨”派以来应该说是学术的共识。所以，形成研究的难度而又恰是其精彩之处的，是在这种选题、定位之下对纷繁变异的传说情节进行构成分析和内涵揭示的困难——于此也不难发见对这一课题在认识与实践之间悬隔有年的部分缘由。

《尧舜传说研究》对传世典籍的尧舜记载进行了详细的梳理，在前四章中展示了尧舜传说的总体情景。第一章《尧舜传说的古史状况》考察春秋、秦汉之际文献记载中的尧舜传说，从朝代和世系两方面进行讨论，展示了后世广泛崇信的上古史观念中尧舜传说的初始状态。在这一初始状态的分析中，尧舜并称却又分别对待的现象被作者觑着，为解释尧舜传说整个历史过程中“舜大于尧”的规律寻找到了先天性的决定因素。

第二章《尧舜传说的初步形成及其特征》是最显示

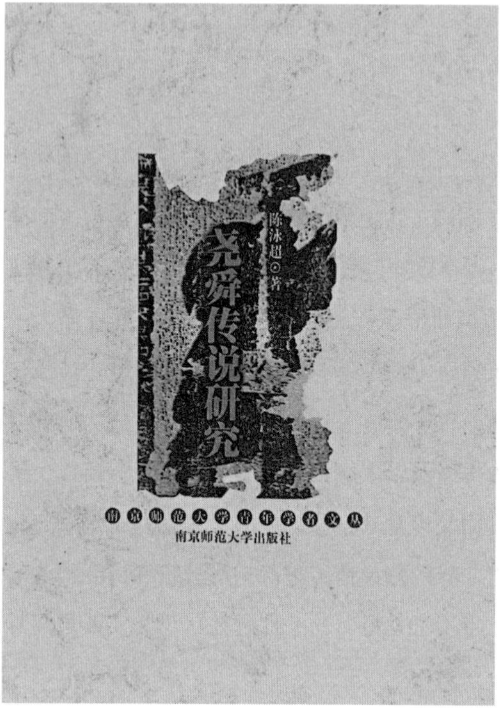

图 1 《尧舜传说研究》书影

作者对传世典籍细读功力的章节。尧舜传说在初次集成之前遭遇到的重要事件是诸子纷争，不同的政治观点使作为其论争依据的尧舜传说也诸相纷呈，尧舜成为百家手中的魔方，在各自的“政治话语”中被改编、新创出许多政治特性。这样一种政治传说状态，形成了尧舜传说最关键的基本特征——贯穿于传说流布全程的强烈的理念性。“理念性”成为作者分析、解剖传说重要的戒尺。结合诸子学说主张以分析传说诸相，是该章的特点，也是得以总结出“理念性”规律、“复古与反复古”理论背景、“舜大于尧”内在倾向等普遍性特征的内在理路。

第三章《尧舜传说中的各情节单元》以《史记•五帝本纪》为中心，对尧舜传说初次集成后的各个情节单元进行划分与溯源，既是对前此动态研究中情节的总合描述，也为后来各章的专题分析提供了全景式的基础。作者在其间对司马迁所撰《五帝本纪》中尧舜部分以《尚书•尧典》为主干、参以《孟子》等诸书记载糅合而成的概括，以及14个情节单元的解析，构成本书总体研究的承上启下章回。

第四章《尧舜传说的主要变化：谶纬与神异品格》按着时代的顺序，在尧舜传说初次集成之后，分析了在皇甫谧《帝王世纪》代表的再次集结之前，谶纬大行给尧舜传说带来的新品格。除了一些细节如神话的原始思维与谶纬神异品格中理性因素的分辨令人赞叹外，作者在这里提出了一个不同凡响的结论：谶纬之前，尧舜传说的总体发展趋向是由神话向史实的移转；而谶纬崛起，为尧舜传说附加了多样的神异品格，使尧舜由历史伟人而变成了人神之间的状态。这一变迁的推导不仅解释了后世尧舜传说中神异品格的取舍由自，而且从理论的角度，也对胡适总结“古史辨”派研究方法中具有进化论色彩的偏颇作出了回应。

在前四章总体格局的研究告成后，《尧舜传说研究》又在其后的四章中对尧舜传说情节中最为活跃、丰满的单元进行了个例研究，这些单元依次是“舜与音乐的传说”、“逃王高士群体”、“舜孝故事”、“二妃传说”，而每章的正标题则对传说在尧舜故事流变中的特性进行了很好的概括：“尧舜传说主体之外的传说例释”、“尧舜传说主流意义的消解”、“尧舜传说的伦理观照”、“尧舜传说的凄美篇章”，四章的构成有意无意之间也体现出整饬的章法，它不仅依次代表了不同时期传说沉积后的流衍状态，而且也显示了尧舜传说多向性的张力。

本书的最后一章《尧舜传说的地理分布》，将前此八章在时间序列中的研究切换到空间的角度上，通过《嘉庆重修一统志》中尧舜材料的出现地域，钩稽出详明的地理分布图；对其间数个传说丛聚和亚丛聚的概括，使读者从新的焦距上得到了尧舜传说更为直观的景深。

以上章节的安置体现出作者把握传说在广袤的时空发展中的匠心。同样，文献处理的得当也是本书成功的关键。曼衍于整个中华文明史的长久过程中，并且又有着始而附着于正经正史、最终又活跃于乡间田野的巨大文本空间，尧舜传说构成了认知者对于材料使用的较大障碍。对象的特殊性使单一学科的研究方式难以展开，《尧舜传说研究》从传统的经史范围到文学意象，再进入通俗唱本乃至风俗活动，首先从资料处理的角度解除了其研究学科从属性的单向对应。传世典籍与出土资料、书面文献与口述史料的并重，不能不说作者对研究对象的特殊性稳操了方法论的胜券。一个明显的例证是6个附录单元的文本整理与田野考察报告内容，使本书得以在书面形态、口述形态、进而习俗行为的对读中具体感知这一古老传说的生存景观，显然在难以界定的阐述空间里使研究本身也得到了拓展。

尧舜事迹从认识其历史的传说性质到论证其传说的历史，恰恰走过一个世纪的轮回。虽然在本文的起首提及《尧舜传说研究》为世纪初的上古史研究圆满了功德，实际，在经过数十年的学科发展之后，《尧舜传说研究》即使作为一个个例，也已经实现了对世纪初叶研究模式的超越。从本书对尧舜传说作并置研究而又分辨其"舜大于尧"的倾向，即可见顾颉刚当时仅仅考虑以舜为研究对象的格局略嫌狭隘处。也恰如前此所及，胡适曾经总结顾颉刚研究方法，提到史事演进的单向过程为："由简单变为复杂，由陋野变为雅驯，由地方的（局部的）变为全国的，由神变为人，由神话变为史实，由寓言变为事实。"（见其1924年发表的《古史讨论的读后感》）而尧舜传说在谶纬时代中导致后来神异品格凸现这一现象，却使这种进化论的方法观有难以适从之处。由此二例，即可概见《尧舜传说研究》在传说的研究理论与方法上，对“古史辨”的时代局限作出的超越。

在作者谨慎使用概念的细心行文中，笔者的阅读仍感到其中个别提法有值得商榷之处。譬如在第二章作者提出尧舜传说一个最关键的特征——“理念性”（页 55），这一特征在本书的分析中贯穿始终，确实是作者极富见地的总结。但作者进而认为：“这一规律在其他传说中很少见，可以说，理念性是尧舜传说演变的内在驱动力与方向盘。”当这种理念性被强调与其他传说相比时，笔者认为“理念性”的提法便需要有所界定。作为人类的精神创造，任何传说从创始到演变，反倒很难说缺乏一定的理念性；只是较之尧舜传说，可能没有那么多的政治理念参与罢了。作者在分析道家记载的尧舜传说中，一个重要的发明是《庄子》“逃王高士群体”的创造，作者认为将尧舜作为抨击对象是《庄子》一书的特点，但其中也有作为正面形象的推崇。对于这种现象，作者解释说：“当然，《庄子》一书本身出自众手，有许多杂乱矛盾之处，它大多记尧舜以仁义撄人心，但也偶有将尧舜作为道的代言人的，《天道篇》就说……”（页 41）这很自然将相反的看法首先归结为书出众手。其实，诸子书中对同一人、事作出矛盾的褒贬并不奇怪，因为尧舜一类称引仅仅是其寓言体的组成部分，前后之间不存在必定的逻辑性。正如作者在总结诸子称引尧舜传说的特征时也有“一部书中所引尧舜事迹亦有相反者”的归纳（页 54），在这里，作者的解释认为：“其中固然有先秦子书成于众手的因素，但随意采用或改编往古事迹以申既说做法的影响也是不容抹煞的。”应该说，后一种解释是比较妥帖的。在第七章“舜孝故事”的二妃传说中，分析以刘向《列女传》为文本代表的尧之二女即舜之二妃在舜孝故事中作用的加强，似亦有未尽妥当之处。作者认为二妃帮助舜避免迫害的作用得到提高的原因来自传说发展的内在驱动力，即当传说的焦点集中在迫害与反迫害上，又要凸现舜巨孝的品格时，就必然加强迫害的力度，因而反迫害的难度也相应提升，而二妃的特殊身份，就使其拥有神奇的力量解脱迫害具有了合理性（页 222、251）。这样一种推断固有其道理，但考虑到这一情节始创于刘向《列女传》，而且也始终只在《列女传》系列中流传的实际，笔者以为恰恰因为先有舜的典范性存在，才使为女子列传的刘向可以借以塑造二妃的内助形象，成为儒家“后妃之德”的典范。内驱力说在传说情节单元的因果链上似乎很难成立。

陈泳超著《尧舜传说研究》，南京：南京师范大学出版社，2000 年。

原载刘东主编《中国学术》2001 年第 3 期，北京：商务印书馆，2001 年，296—300 页

凤凰枝文丛

三升斋随笔	荣新江 著
八里桥畔论唐诗	薛天纬 著
跂予望之	刘跃进 著
潮打石城	程章灿 著
会心不远	高克勤 著
硬石岭曝言	王小盾 著
云鹿居漫笔	朱玉麒 著
老营房手记	孟宪实 著
读史杂评	孟彦弘 著
古典学术观澜集	刘 宁 著
龙沙论道集	刘 屹 著
春明卜邻集	史 睿 著
仰顾山房文稿	俞国林 著
马丁堂读书散记	姚崇新 著
远去的书香	苗怀明 著